Heart
RACING

NISHA ET CAETERA
Les Éditions de l'Opportun

sont éditées par les Éditions de **l'Opportun**
16, rue Dupetit-Thouars
75003 Paris

www.editionsopportun.com

Direction éditoriale : Stéphane Chabenat
Éditrice : Coralie Delvigne
Mise en page et conception graphique : Nord Compo
Conception graphique de la couverture : 2Li

CÉLIA BLOMGREN

Heart RACING

Avez-vous remarqué le petit symbole sur la quatrième de couverture de ce livre, juste au-dessus du code-barre ? En voici la signification :

Sans contenu explicite détaillé

Peu de scènes explicites détaillées

Présence de plusieurs scènes explicites très détaillées

Avertissements

Ce roman fait mention du viol, des agressions sexuelles, de la violence conjugale (physique et morale) et des troubles du comportement alimentaire (anorexie et boulimie).

À tout·es celleux qui ont vécu des choses similaires
à Megan et Dylan.
Vous êtes fort·es.

"Do you feel like you're irrelevant?
Do you feel like you're just scared as f-?
Is there any life on Mars?"

mars, YUNGBLUD

Playlist

Quand on danse, Tsew The Kid

Polygraph Eyes, YUNGBLUD

mars, YUNGBLUD

Time In A Bottle, YUNGBLUD

Bad Side, Jake Daniels

sHe, ZAYN

'Til I Die, Kings Elliot

No Time To Die, Billie Eilish

You Broke Me First, Conor Maynard

CORALINE, Måneskin

THE DRIVER, Måneskin

Black Magic, Jaymes Young

Flowers, Miley Cyrus

Beggin (original version), Macdon

Je t'haine, Loïc Nottet

Hurts So Good, Astrid S

Can't Help Falling In Love, Elvis Presley

Those Eyes, New West

Safe Inside, James Arthur

I'm Yours, Jason Mraz

Unstoppable, Sia

I Wanna Be Someone Who's Loved, Tusse

Kind Of Love, Natalie Jane

Kiss Me, Dermot Kennedy

Chasing Cars, Snow Patrol

Consume, Chase Atlantic ft GOON DES GARÇONS*

Dum, Omar Rudberg

Arcade, Duncan Laurence ft FLETCHER

Night Drive, HENRY

Daylight, David Kushner

I Wanna Be Yours, Arctic Monkeys

Die For You, The Weeknd

greedy, Tate McRae

Take Me To Church, Hozier

Grenade, Bruno Mars

The Village, Wrabel

Prologue
Dylan

Depuis mes neuf ans, je m'entraîne pour ce jour.

Ce jour où je succéderai à ma mère.

Ce jour où je la rendrai fière.

Pourtant, je pensais qu'elle serait là pour y assister.

Et c'est ma faute.

J'ai aujourd'hui quinze ans, et enfin, je vis mon premier *run*[1] en tant que pilote.

Mes mains sont sur le volant, mon pied sur l'accélérateur, conditionné à appuyer sur la pédale dès que la course sera lancée.

1. Course de rue illégale. Aussi appelé « rodéo urbain ».

Une demoiselle en bikini et mini-short, ayant la vingtaine, s'avance au milieu de la piste, un grand sourire dessiné sur ses lèvres pulpeuses. Dans sa main, elle tient un grand drapeau à damier noir et blanc, typique de ceux qu'on voit dans les courses de Formule 1, à la différence que cette course est tout sauf légale.

Ses mains se lèvent au-dessus de sa tête.

3…

Elles descendent doucement…

2…

De plus en plus bas…

1…

Jusqu'à toucher ses flancs.

0.

Le départ est donné et, aussitôt, les moteurs de toutes les voitures se mettent à vrombir tandis qu'elles dépassent cette femme qui n'est plus qu'une pensée fugace dans mon esprit.

Il est temps de se concentrer sur la route.

Et de gagner.

Chapitre 1
Dylan

— Et voilà mon nouveau bijou ! m'exclamé-je en dévoilant à ma bande de potes la Koenigsegg Jesko Absolut blanche que je viens d'acquérir.

— Booooordeeeeel, souffle John, bouche bée.

— Wow, un vrai bijou, celle-là, oui ! s'exclame Julian.

— C'est pas la voiture qui n'a été produite qu'en seulement quelques exemplaires ? m'interroge Thomas.

J'acquiesce en souriant fièrement. Cette voiture a été très compliquée à trouver en raison de sa rareté, mais grâce à mes contacts, j'ai réussi à m'en procurer une malgré tout.

— Elle a fait le trajet tout droit de Suède grâce à Viktor, précisé-je en caressant délicatement la carrosserie.

— Je ne sais pas comment tu fais pour avoir autant de contacts haut placés à l'étranger, mais profiter de ta fortune me plaît assez.

Je lâche un rire. J'ai beau faire aujourd'hui partie du faible pourcentage de milliardaires en France, je ne me suis jamais cru meilleur que mes amis. Toute ma vie, j'ai appartenu à la classe moyenne, mais au fil des années, à force de partager ma passion pour l'automobile et de m'améliorer dans mon contenu, j'ai gagné des millions d'abonnés aussi passionnés que moi, et avec sont venus de nombreux partenariats qui ont fini par changer ma vie complètement, me rendant riche à tout juste vingt-deux ans.

Ouais, aussi simplement que ça.

— On fait un tour ? proposé-je en déverrouillant la bête.

Mes meilleurs amis approuvent avec de grands sourires excités. Je déclenche l'ouverture de la porte du garage, monte dans la voiture et avance jusqu'au milieu de ma piste de course privée. En quelques secondes, ils me rejoignent.

— Qui monte en premier ? demandé-je avec un sourire en coin, sachant très bien qu'ils vont se battre pour décider, quand bien même ils passeront tous un moment dans mon nouveau bébé.

Ils se dévisagent, puis se mettent à se disputer, comme je m'y attendais.

— Stop, finis-je par les couper. Thomas, tu montes en premier. Ensuite John, et ensuite Julian.

— Pourquoi c'est moi en dernier ? se vexe Julian en faisant une moue.

— J'ai fait un pic nic douille. C'est bon, tu profiteras comme les autres !

Il lève les yeux et se met à faire des mimiques caricaturales, avant de finir par accepter. Déjà, Thomas rejoint le siège passager de la voiture, prêt à ressentir l'adrénaline parcourir ses veines. Après m'être assuré que John et Julian sont en sécurité derrière la barrière, je rejoins Thomas et allume le contact. Je fais vrombir le moteur et lui jette un œil.

— Prêt ? lui demandé-je avec un sourire en coin.

Il affiche un grand sourire et hoche la tête.

— Tant mieux, parce que ça va décoiffer !

J'enfonce alors mon pied sur l'accélérateur. Les pneus crissent sur le bitume et en peu de temps, elle atteint déjà les 270 km/h. C'est une voiture si facile à conduire que c'est tout juste si l'on ressent la vitesse à laquelle elle trace. Pourtant, j'ai conscience que le chiffre affiché sur le tableau de bord est plus important que tout le reste.

Ainsi, il n'y a pas un bruit dans l'habitacle, me permettant de me concentrer à cent pour cent sur ma conduite et sur le fait que je tiens deux vies dans mes mains.

La mort peut vite arriver, encore plus à une vitesse pareille.

Et je suis bien placé pour le savoir.

Heureusement, je connais mon circuit par cœur et prends les virages de façon parfaite. Malgré tout, l'adrénaline court dans mes veines. Parce qu'il suffirait d'un mauvais mouvement, d'une seconde d'inattention, et nous finirions encastrés dans l'un des murs qui encadrent la piste.

— C'était incroyable ! s'écrie Thomas en sortant de la voiture une fois que j'ai coupé le contact.

J'acquiesce en souriant.

— Ouais, ouais, allez, à mon tour ! dit John en le poussant pour prendre sa place.

— Eh, eh, eh, l'arrêté-je. Je vais me reposer cinq minutes avant, tu veux bien ? Perso, j'ai encore envie de vivre quelques années.

Immédiatement, son sourire s'efface.

— Me fais pas peur comme ça ! grogne-t-il en me suivant de près.

Je lâche un rire mais l'ignore en me dirigeant vers la salle attenante à mon garage et m'enfonce dans le canapé en attrapant au passage une bouteille d'eau dans le réfrigérateur. Je respire lentement, calmant ainsi mon cœur battant bien trop rapidement pour reprendre le volant tout de suite. En quelques gorgées, j'avale l'entièreté de la boisson, puis ferme les yeux quelques secondes. Déjà, une main me secoue.

— T'endors pas, hein. On a un tour à faire.

Je rouvre les yeux et vois John dangereusement penché sur moi. Je colle ma main sur son visage et le repousse en grognant.

— J'ai pas le droit de me reposer une seconde ?

Il secoue la tête en souriant comme un gosse.

Je souffle et me lève en attrapant une tasse de café à moitié bue sur la table pour la finir d'une traite. Lorsque l'horrible liquide tiède se répand sur ma langue, je lâche un grognement de dégoût.

— Allons faire ce foutu tour, histoire que tu me laisses tranquille ! dis-je d'un air faussement saoulé en tapant dans mes mains.

De nouveau, je prends place sur le siège conducteur, allume ma Koenigsegg et fait vrombir son moteur sous les cris excités de John.

— T'es prêt ?

— J'attends ça depuis ma naissance, mon frère. Appuie sur le champignon !

J'éclate de rire, mais enfonce mon pied sur l'accélérateur pour rapidement m'engager dans le premier virage.

— Cette voiture est magique, s'écrie John en sautillant sur son siège lorsque j'enclenche le frein à main.

— Huh, huh, acquiescé-je. Elle est carrément magique. Tu appelles Julian pour qu'il vienne, s'il te plaît ?

Il fait signe que c'est d'accord, se détache et s'éloigne vers nos potes qui sont assis sur les quelques gradins dont dispose mon circuit.

* * *

— Alors, vous en pensez quoi ? demandé-je une fois que la voiture a repris sa place dans mon garage sécurisé.

— Incroyable ! s'écrie John.

— En un mot ? Wow, affirme joyeusement Thomas.

— Magnifique, sourit Julian. Elle est parfaite, que ce soit esthétiquement ou techniquement.

J'arbore un sourire fier en rejoignant notre Q.G.

— Pizzas ? proposé-je en levant mon téléphone.

Tous, en chœur, font leur commande. Je les invite à se taire et compose le numéro de la meilleure pizzeria du coin. Je dicte rapidement la commande de mes amis et une pizza hawaïenne pour moi – tant pis pour les jugements, elle est digne d'une jouissance gastronomique.

En moins de dix minutes, nos pizzas sont livrées et nous ouvrons des bières en accompagnement. Toutes les pizzas sont englouties – y compris les deux supplémentaires que j'ai ajoutées au dernier moment. Nous discutons et, alors que les autres s'ouvrent une nouvelle bière, je refuse la mienne pour de l'eau.

— Vraiment ? T'es pas drôle.

— J'ai un *run* ce soir. Pas plus d'une bière, les gars, c'est la règle.

Règle que ma mère a instaurée il y a des années et qui est tout à fait légitime, puisque nous conduisons des voitures puissantes à une vitesse suffisamment importante pour nous tuer en tout juste une seconde.

— OK, OK. Tu veux qu'on vienne ?

Je hausse les épaules.

— Ce sera comme toujours, je vais tous les battre et de loin. Vous n'êtes pas obligés de venir si ça ne vous intéresse pas.

— Je viens ! s'écrient Thomas et John au même moment.

— Je vais rentrer, je crois, déclare Julian. Je bosse tôt, demain.

— Excusez-nous, monsieur l'étudiant en gynécologie *aka* pervers ! lui lance John en tirant la langue.

— On est pas des pervers, mais des passionnés, le reprend Julian en secouant la tête.

— Passionnés de la chatte, oui ! rétorque John en explosant de rire.

Thomas et moi rions en voyant ces deux-là se battre une énième fois, même si tout ça n'est que de l'humour et qu'on respecte sincèrement son parcours.

— On dirait vraiment un vieux couple marié, commente Thomas en les observant.

Immédiatement, ils s'immobilisent et et le fusillent du regard.

— Bon, déclaré-je, c'est l'heure de déguerpir, je dois me préparer pour la course.

— OK. On te rejoint plus tard, me répond Thomas en se levant.

— Yup, ajoute John.

— Éclate-les tous, conclut Julian en attrapant ses clefs de voiture.

Je lui adresse un clin d'œil puis lui souhaite bonne chance pour ses longues heures de travail avant de rejoindre le garage pour récupérer ma Zenvo TS1 GT jaune.

Je te le promets, mon pote.

Chapitre 2
Dylan

Comme à chaque fois que j'arrive au point de rendez-vous secret, j'ai le droit à une salve d'applaudissements et de cris. Je fais gronder le moteur de ma Zenvo pour rendre encore plus fous mes fans.

Je suis *le* pilote sur lequel parier, celui qui fait rêver tous les autres grâce à son incroyable succès. D'une, parce que je suis le fils de la meilleure pilote qu'ait connu le coin, de deux parce que je n'ai jamais perdu une seule course, y compris contre des gens qui avaient dix ans d'expérience alors que je n'en avais pas.

Je sors de la voiture en levant les poings en l'air, rappelant ainsi que je suis le boss et que personne ne peut m'atteindre une fois que j'ai le pied prêt à enfoncer l'accélérateur. Je fais des accolades à mes nombreuses connaissances, notamment ceux que j'ai connus à l'époque où ma mère entraînait les futurs prodiges de *run*.

— Mec, y a un nouveau pilote, m'annonce le gars qui gère les courses. Et apparemment, il aurait dit être capable de te battre.

J'éclate aussitôt de rire, mais en voyant son air sérieux, mon grand sourire s'efface aussitôt.

— Attends, t'es sérieux ?

— Carrément sérieux. Deux tiers des paris disent que tu vas perdre pour la première fois de ta vie.

Je lâche un rire jaune.

— Moi vivant ? Ça n'arrivera jamais. Personne ne peut me battre, c'est impossible. Tout le monde sait que je suis le meilleur de toute la région. Tous ceux qui ont fait ce pari vont perdre un paquet de fric.

Il reste muet et en vient même à se mordre la lèvre inférieure.

— N'est-ce pas ? demandé-je d'un air inquiet.

— Tu sais que je ne peux pas prendre parti, élude-t-il.

— Comment il s'est inscrit ? l'interrogé-je. Y a forcément quelqu'un qui le connaît.

De nouveau, il prend un air coupable.

— C'est ça, le truc. Personne le connaît. On n'a même pas vu son visage.

Je fronce les sourcils, décidé à percer à jour ce mystère. Personne ne peut débarquer la bouche en cœur en prétendant être un pilote. Le lieu est protégé et surveillé pour éviter les problèmes avec les flics, et l'accès est seulement sur liste. La seule façon d'y figurer, c'est de s'inscrire via un site sur le Dark Web, avec un code complexe à rentrer. Impossible qu'il ait deviné toutes ces informations tout seul. Reste à trouver qui est le connard qui a filé ses codes.

— Allez, déclare mon ami en posant sa main sur mon épaule, en piste, la course va commencer.

Il se penche vers mon oreille.

— Et gagne, parce que j'ai fait un pari privé qui pourrait me rapporter beaucoup. Je crois en toi, mon pote.

Il me file une tape dans le dos et s'éloigne pour donner des ordres précieux au bon déroulement de la course. Je remonte dans ma voiture, puis rejoins rapidement les autres sur la piste et en aperçois une que je ne connais pas.

Une 9ff GT9-R blanche. Simple, abordable, mais terriblement puissante.

Finalement, j'espère qu'il n'est pas aussi bon qu'il le prétend parce que contre une voiture pareille, je n'ai pas de grandes chances de gagner avec la Zenvo. Je regrette presque de ne pas avoir pris la Koenigsegg par peur de l'abîmer alors qu'elle est neuve.

Comme à chaque course, une femme peu vêtue vient se placer au milieu de la piste avec un drapeau dans chaque main. Ses mains se positionnent au-dessus de sa tête, prêtes à donner le départ aux dix-sept voitures en course aujourd'hui. Elles descendent de moitié, puis, enfin, touchent ses flancs.

Immédiatement, j'enfonce mon pied sur l'accélérateur. L'adrénaline me parcourt les veines, me rappelant pourquoi j'aime tant les *run*. Encore plus ce soir, puisque j'ai peut-être enfin trouvé quelqu'un à mon niveau pour me challenger.

Mon pied toujours enfoncé sur l'accélérateur, je sème rapidement toutes les voitures loin derrière moi – y compris la 9ff. J'éclate de rire. Capable de me battre, mon cul. C'était une tentative pour me déstabiliser, mais heureusement, je ne suis pas assez bête pour tomber dans ce piège. Dans mes rétroviseurs, je n'aperçois même plus la lueur des phares.

En fin de course, dans la dernière ligne droite, décidant que je suis bien loin des autres, je rétrograde pour perdre 70 km/h de ma vitesse initiale, finissant ainsi de parcourir les derniers kilomètres à moins de 150 km/h. J'accélèrerai sur les derniers mètres, simplement pour faire plaisir aux spectateurs.

— *Attention à la 9ff, les gars !* s'écrie la voix paniquée d'Alex dans les haut-parleurs de ma voiture.

En général, le système de communication n'est utilisé que pour prévenir des dangers, mais puisque aucun de nous ne connaît le nouveau pilote, j'imagine qu'il a jugé bon de prévenir ses amis de longue date.

— *Je confirme, elle vient de me dépasser. Dylan, un conseil, accélère tout de suite si tu veux gagner*, déclare Noé, plus calme en revanche.

— Tu penses vraiment que ce pilote va me battre ? demandé-je avec un air moqueur.

Cet air disparaît aussitôt lorsque, dans mon rétroviseur, j'aperçois des phares qui se rapprochent dangereusement de moi.

— *Dylan, accélère. Il vient de me passer devant, et j'étais derrière toi !* s'exclame Nicolas au même moment.

Bordel de merde.

Je jette un nouveau coup d'œil dans mon rétroviseur et appuie sur l'accélérateur autant que je le peux. Rapidement, je dépasse les 250 km/h, ayant malgré tout conscience du danger d'atteindre une telle vitesse.

J'atteins la vitesse maximale de sécurité pour un terrain pareil et pourtant, les phares de la 9ff s'approchent de plus en plus.

Il prend plus de risques que moi, et trop inquiet de ma vitesse, je n'ose plus accélérer. Dans quelques secondes, il va me dépasser et rafler la victoire. J'arriverai seulement trois secondes derrière lui. Mais c'en est déjà quatre de trop.

— Putain ! hurlé-je alors, le cœur rempli de haine envers moi-même.

— *La 9ff t'a dépassé ?* demande Nicolas.

— Pas encore, soufflé-je.

— *Tu peux accélérer ?* me questionne Noé.

— Nan, je ne peux pas prendre le risque, la route n'est pas adaptée. Ma vie compte plus que la première place. Il a gagné.

— *Putain. On va assister à une première historique. Dylan Smith qui perd une course. Du jamais-vu !*

— Ta gueule, Alex, grogné-je. C'est pas le moment.

— *OK, OK.*

Je souffle lorsque les phares de la 9ff sont au même niveau que les miens.

Et lâche un grognement de désespoir lorsqu'elle passe la ligne d'arrivée.

Trois foutues secondes avant moi.

J'ai perdu. Pour la première fois de ma vie. C'est une des rares occasions où je suis heureux que ma mère n'ait pas pu assister à ma course. Parce que je l'aurais terriblement déçue. Je gare ma voiture à côté de la 9ff qui est déjà entourée d'une tonne de curieux désireux d'en savoir plus sur la personne qui a battu « le grand et célèbre Dylan Smith », comme ils disent. Je sors de la Zenvo en claquant la portière, et attire tous les regards vers moi.

Soudain, le temps semble s'arrêter. Personne ne parle, personne ne bouge. Tout le monde est estomaqué par ce qu'il vient de se passer. Et moi, je ne fais qu'observer leurs mines déçues de voir leur champion perdre lamentablement.

Un mouvement attire mon œil. Le pilote est enfin sorti de sa voiture. Il retire son casque et une cascade de cheveux mi-longs en tombe. Aussitôt, des exclamations s'élèvent de la foule, et lorsqu'il se tourne vers moi, j'ouvre grand la bouche en réalisant que c'est une femme.

À cause de l'obscurité, du monde et de la distance, je suis incapable de distinguer réellement son visage. Cependant, j'entraperçois un sourire se former sur son visage avant qu'elle remonte dans sa voiture et en allume le moteur.

John et Thomas me rejoignent alors que j'observe les phares de la 9ff s'éloigner.

— Putain, soupire Thomas. Si j'avais su qu'aujourd'hui serait le jour où tu allais perdre ta place d'inégalable champion !

— Ouais, ouais, enfonce-moi, marmonné-je en le fusillant du regard.

— T'en fais pas. Il y a une première fois à tout.

Je plante mon regard dans le sien, déterminé.

— Première fois peut-être, mais ça n'arrivera plus. Je l'ai cernée.

— J'en doute pas. Allez, viens, on rentre se faire une bière.

Je hoche la tête, et quitte le spot avec, pour la première fois, l'amer goût de l'échec en bouche.

Cela n'arrivera plus, je me le promets.

Chapitre 3
Megan

Un miaulement dans mon oreille me réveille, me faisant grogner.

— Rooooose ! marmonné-je alors que mon chat se met à se frotter contre mon visage.

De ma main, je la pousse, et entends un bruit sonore une seconde plus tard. J'éclate de rire en me hissant jusqu'au bord de mon lit pour observer mon animal se remettre de sa chute.

— Tu l'as cherché, remarqué-je en souriant.

Elle miaule d'un air vexé.

— Oui, oui, je me lève. Tu vas les avoir, tes croquettes, c'est bon.

Je m'extirpe de mon lit et enfile un pull avant de sortir de ma chambre pour rejoindre la cuisine. Enfin dans la pièce, je me dirige vers la cafetière – *aka* mon Saint Graal.

De nouveau, un miaulement me rappelle à l'ordre, rapidement suivi d'autres miaulements et d'aboiements.

— C'est bon, c'est bon, vous allez l'avoir, votre nourriture ! m'exclamé-je en tentant de me déplacer au milieu de mes cinq boules de poils. Y'a des jours où j'ai vraiment l'impression d'être votre esclave !

C'est probablement comme ça qu'ils te voient, note ma voix intérieure telle une vraie petite peste.

Je grogne et attrape les bols de mes animaux ingrats pour les remplir avant de me faire harceler une nouvelle fois. Finalement, je pose les gamelles qui sont immédiatement assaillies de têtes qui se poussent les unes les autres pour manger.

Je secoue la tête en les regardant se nourrir comme s'ils n'avaient rien avalé depuis des jours. Enfin, je récupère mon café et en avale une gorgée. Je lâche alors un gémissement de plaisir, puis m'installe devant mon ordinateur et le déverrouille.

Pitié, pitié, pitié.

Lorsque j'ouvre ma boîte mail, lis l'objet du mail envoyé par G-RACE, l'entreprise à laquelle j'ai postulé comme ingénieure automobile, je manque de m'étouffer avec la gorgée brûlante de café avalée une seconde plus tôt.

Objet : Félicitations : vous êtes notre nouvelle ingénieure automobile !

Je n'étais pas certaine d'avoir obtenu le job, pire je me voyais déjà continuer le travail merdique à l'épicerie du coin qui me sous-paie malgré toutes les heures supplémentaires que j'y fais sans me plaindre. Sans parler du baby-sitting que je fais sur mon temps libre, avec les pires enfants possibles dont personne d'autre ne veut.

Je vois le soleil illuminer ma vie. Enfin, je vais travailler dans un secteur qui me plaît, avec un salaire décent.

Quand j'ai vu l'offre d'emploi de cette nouvelle marque de voiture sportive, engagée dans l'écologie, j'ai cru rêver, je me suis pincé la peau, et j'ai envoyé ma candidature en croisant les doigts.

J'ouvre le mail, rongeant la peau qui entoure mes ongles.

Envoyer

De ▾ recrutement@g-race.fr

À... megan.egeberg.pro@gmail.com

Cc...

Objet Félicitations : vous êtes notre nouvelle ingénieure automobile !

Chère mademoiselle Egeberg,

Merci d'être venue nous rencontrer lors d'un entretien avec notre P.-D.G., Mme Leclairc. Après délibération, il a été décidé que vous êtes sélectionnée comme nouvelle ingénieure automobile pour notre entreprise, G-RACE.

Si vous êtes toujours intéressée par notre offre d'emploi, merci de revenir vers nous au plus vite afin de nous confirmer la prise de poste.

Dans l'idéal, nous aimerions que vous commenciez lundi prochain.

Au plaisir,

Giselle Romarin,

Directrice des Ressources Humaines G-RACE

Sans attendre un instant de plus, je réponds au mail positivement. C'est officiel, je prends mon poste dans moins d'une semaine. J'ai hâte d'appeler l'épicerie et de leur annoncer ma démission avant de faire de même avec les familles dont je gardais les enfants depuis un an.

Adieu, clients mal aimables et diablotins mal éduqués !

Le bruit des clefs dans la serrure et de la porte qui s'ouvre me fait sauter de ma chaise pour accueillir ma meilleure amie et colocataire, Rim.

— Alors ? me demande-t-elle lorsque nos regards se croisent, comme si elle savait que j'avais quelque chose à lui annoncer.

Peut-être est-ce justement parce que je la regarde, immobile, avec mon air d'impatiente.

— Je suis prise chez G-RACE ! Je commence lundi !

Elle ouvre grand la bouche et se jette dans mes bras en criant, manquant au passage de me percer un tympan.

— Je suis si fière de toi, Megan ! Je t'avais dit que tu finirais par trouver quelque chose.

— Il faut que je le dise à mes parents, mais je viens de le voir, m'écrié-je.

Elle fait un grand sourire et me serre une nouvelle fois dans ses bras, heureuse.

— Et toi, reprends-je d'un air plus sérieux, tu étais où, cette nuit ? J'ai cru que j'allais devoir prendre mon petit déjeuner sans mon croissant du matin.

Elle rit et me tend un sachet provenant de la boulangerie du coin. Je m'empresse de l'attraper et de croquer dans une pâtisserie. Délicieux, comme toujours.

— Oh, tu sais… Un job par-ci, un job par-là, répond-elle finalement. La nuit ça paie mieux.

— Rim, tu es graphiste, noté-je avec un sourire, tes prix ne changent pas de nuit. Tu étais avec un mec ?

Elle lève les yeux au ciel en riant.

— Ouais. Il est sympa, mais ça va pas durer, il m'ennuie.

— Essaie les meufs, suggéré-je.

— Ouais, je vais faire ça ! se marre-t-elle. Plus sérieusement, ce soir, on va faire la fête au *Chez Tonton*[2]. Laisse-moi seulement dormir pour le moment.

Je lâche un rire et me décale pour la laisser se traîner jusque dans son lit. Lorsque la porte de sa chambre claque derrière elle, je compose le numéro de ma mère, prête à lui annoncer la nouvelle.

J'ai trouvé un travail.

---

2. Célèbre bar situé sur la place Saint-Pierre, dans le centre-ville de Toulouse.

Chapitre 4
Megan

Lorsque nous arrivons à la place Saint-Pierre après cinq courtes minutes de marche, nous sommes immédiatement assaillies par le bruit de la musique et des nombreuses personnes qui discutent les unes avec les autres. Le printemps étant enfin arrivé, les touristes s'ajoutent aux locaux et forment une foule impressionnante. Aussi, une équipe de police est là, prête à intervenir en cas de débordement.

Nous nous frayons ainsi un passage entre tous pour atteindre le bar et commandons deux bières. Une fois celles-ci récupérées, nous cherchons une place assise à l'une des tables. Je déteste rester debout au milieu du monde, mais je n'aperçois aucune place libre.

— Viens, je connais quelqu'un.

Je hoche la tête et la suis, faisant attention à ne pas renverser la boisson que je tiens dans ma main, même lorsque quelqu'un me bouscule. Je grince des dents à chaque fois qu'un corps se frotte malencontreusement au mien, me retenant cependant de me retourner en grognant tel un chien trop sensible.

— Salut ! s'exclame Rim en arrivant à une table occupée par quatre mecs de notre âge. Vous nous faites une place ?

— Oh, Rim ! Qu'est-ce que tu fais ici ? Et c'est qui, cette jolie demoiselle qui t'accompagne ?

Alors que ma meilleure amie rit, je grimace. J'espère qu'il n'a pas pour but de flirter avec moi, parce qu'il va vite être déçu. Surtout quand mon pied finira en plein dans son entrejambe.

— C'est Megan, ma meilleure amie.

— Ah, oui. La fameuse.

Il tend un bras vers moi, ce qui me fait aussitôt reculer.

— Enchanté, reprend-il en ignorant ma réaction, je m'appelle Thomas, et ces trois têtes de cons, c'est Julian, John et Dylan.

— Salut, disent-ils en chœur.

— Allez, glissez-vous entre nous, ça va le faire !

Je tente de prendre place à côté de Julian – celui qui m'inspire le plus confiance des quatre –, mais Dylan se dégage plus vite et m'invite silencieusement à m'asseoir à sa gauche.

Ses cheveux bruns et sa barbe naissante le rendent sexy, pas étonnant que toutes les femmes présentes paraissent graviter autour de lui. À présent assise à ses côtés, je me fais dévisager par certaines, trop jalouses de ne pas être à ma place, s'imaginant probablement que je suis sa copine.

Lorsqu'il se penche vers moi pour me parler dans l'oreille, je me décale pour l'éviter.

Ne se laissant pas abattre, il chuchote :

— Content de te rencontrer, Megan.

— De même, dis-je par politesse, le ton sec.

— Que fais-tu dans la vie ? me questionne-t-il, ignorant mon air renfrogné.

— Rien qui ne te concerne, grogné-je plus durement pour lui faire comprendre que je n'ai aucune intention de faire connaissance avec lui.

— Très bien. Tu ne veux pas parler, j'ai compris.

Il reporte son regard vers ses potes, ne faisant plus attention à moi.

Parfait.

Je bois une gorgée de ma bière, en écoutant vaguement les discussions passionnées à la table. Lorsque je réalise que les garçons parlent de voiture, je m'intéresse immédiatement à ce qui se dit. Rim savait-elle qu'ils seraient là, ou est-ce un pur hasard ?

— D'ailleurs, Megan a obtenu un contrat de travail, aujourd'hui ! s'exclame justement celle-ci en me pointant du doigt.

— Oui… enfin, c'est pas grand-chose.

— Tu déconnes là ? Ça fait un an que tu cherches un boulot. Elle a été contactée par une nouvelle marque automobile sportive pour être leur ingénieure automobile. C'est littéralement ce qu'elle cherchait, et en plus, elle va pouvoir dessiner les premiers prototypes de la marque elle-même !

Tous se tournent vers moi en me félicitant, tous sauf mon voisin. Celui-ci attend que les autres reprennent la discussion pour se pencher une nouvelle fois vers moi.

— Bravo. J'ai hâte de voir ton travail.

— Qui te dit que tu le verras un jour ? rétorqué-je, mauvaise.

Il hausse les épaules, un sourire au coin des lèvres, l'air de cacher quelque chose. Soudain, il me donne un léger coup dans l'épaule. Immédiatement, je me crispe et le stress m'envahit. Je me force à ne pas m'y plier.

Inspirer.

Expirer.

C'est ce qu'on a travaillé, avec mon psychiatre, pendant nos nombreuses séances thérapeutiques. Inspirer, et expirer. Se répéter que les films que l'on se fait, c'est dans la tête et que le risque que cela arrive vraiment est quasiment inexistant. Recommencer jusqu'à ce que le brouillard se dissipe.

Résister.

Être forte.

— Tout va bien ? me demande Dylan, les sourcils froncés.

— Très bien. Tant que tu ne t'approches pas plus de moi, réponds-je en le repoussant.

Lorsque mes mains se posent sur son épaule, une étrange sensation se forme au creux de mon cœur. Comme s'il était soudain réchauffé. Je les retire au plus vite, et fuis son regard. Lui aussi a senti cette soudaine électricité qui nous a liés le temps d'une seconde. Autour de nous, personne ne fait attention à ce qu'il se passe entre lui et moi. Comme si ce lien nous avait transportés dans un univers parallèle.

Je me lève soudain et rejoins Rim, restant debout à ses côtés par manque de place.

— Tout va bien, mon canard ? me demande-t-elle en me dévisageant. Tu veux rentrer ?

— Oui, ça va. Je voulais aller danser.

C'est la première chose qui m'est venue à l'esprit, et aussitôt l'ai-je formulé que je le regrette amèrement. Danser n'est déjà pas quelque chose que j'apprécie particulièrement, ça l'est encore moins lorsque cela m'oblige à me mélanger à beaucoup trop de monde, et surtout, à des hommes aux mains potentiellement baladeuses.

— Allez, on y va ! s'écrie ma meilleure amie en tapant dans ses mains comme un enfant.

Je lui adresse un sourire faux et la suis jusqu'au milieu de la piste. Déjà, elle commence à se déhancher en me forçant à faire de même. Finalement, j'en viens à regretter ma place assise à côté de ce Dylan. Je ne le connais pas, je n'ai pas envie de le connaître, et pitié que je ne le revois jamais.

Pourtant, quelque chose me dit que mon souhait ne se réalisera malheureusement pas.

Dylan

Lorsque ses mains ont touché mon torse, ses joues se sont colorées d'un rouge écrevisse. Je me suis retenu de me marrer, me disant pourtant à quel point elle était belle quand elle était gênée. Je ne la connais pas, et pourtant, j'aimerais en savoir tellement plus sur elle. Peut-être que Thomas pourra poser des questions à son amie pour que j'en sache plus sur cette fille.

Elle est au milieu de la foule et danse, bien qu'elle semble tout sauf à l'aise, chose que sa meilleure amie ne remarque apparemment pas, bien trop occupée à se frotter contre un homme.

J'observe Megan et, lorsqu'un mec s'approche d'elle et qu'elle cherche comment fuir, je n'hésite pas une seconde et la rejoins.

— Désolé, mec, dis-je en arrivant, elle est déjà prise.

Il me fusille du regard, puis fixe Megan dans les yeux à la recherche d'une réponse. Lorsqu'elle comprend mon intention, elle se contente de hocher la tête en silence. Immédiatement, l'emmerdeur se casse, me laissant seul à seule avec Megan.

— Ne crois pas que je vais te remercier, grogne-t-elle en m'évitant pour rejoindre sa place sur le banc.

Je la suis, et pose mon cul juste à côté d'elle, gardant cependant une certaine distance qui, je l'ai compris grâce à ses différentes réactions, est importante pour elle. Ses yeux se posent sur moi.

— T'es décidé à me faire chier, hein ?

Je lâche un rire.

— Un « merci de m'avoir sauvée de cet emmerdeur », ça aurait été un peu plus cool. Mais on dirait que je vais me contenter de l'insulte gratuite.

— Je ne suis pas une princesse qui a besoin d'être délivrée de sa tour gardée par un dragon, tu sais ? maugrée-t-elle.

— Ouais, je crois que je le sais. T'es plutôt compliquée dans ton genre. Alors, c'est quoi, ton histoire ?

Elle souffle, puis me fixe droit dans les yeux.

— Laisse-moi être plus claire. Toi et moi, on se connaît pas, et tu peux toujours crever pour essayer d'avoir rien que des miettes d'informations sur ma vie !

— Hum… j'en doute, rétorqué-je avec un sourire en coin.

Je me retourne vers Thomas et l'interpelle.

— Fais revenir ta pote. On va faire un jeu, lui annoncé-je.

À côté de moi, Megan se crispe.

— Tu as peur que ta pote révèle tes plus grands secrets ?

— Ça risque pas.

Je ris jaune.

— T'es sûre ? Même après avoir bu trois cocktail en ayant rien mangé ?

— Oui. Parce qu'elle ne peut pas révéler des informations qu'elle ne connaît pas.

Cette fois, mes sourcils se haussent.

— T'es en train de me dire que ta meilleure amie n'est au courant de rien ? Comment c'est possible ? Je connais tout de la vie de ces trois zigotos.

Je désigne Julian, John et Thomas d'un mouvement de menton.

— Je n'ai pas dit qu'il y avait quelque chose. Peut-être ai-je simplement une vie tout à fait normale, comme tous les gens de notre âge.

— J'en doute. T'es facile à déchiffrer. Les mecs te dégoûtent, en particulier les contacts physiques avec eux.

Ses yeux s'arrondissent, mais elle reprend aussitôt sa face impénétrable.

— Les discussions aussi, ça me dégoûte. Arrête de me parler et laisse-moi tranquille.

— Comme tu veux, *princesse.*

Elle grogne en marmonnant quelques injures.

Enfin, Thomas revient avec Rim, encore plus bourrée que je ne le pensais.

— Tu m'as cassé mon coup ! ronchonne-t-elle. T'es vraiment pas cool, Thomas !

— Ouais, ouais, allez viens.

J'attrape une bouteille de bière vide et annonce :

— On va faire le jeu de la bouteille.

Je sens Megan se crisper à mes côtés, si bien que je me dépêche de terminer ma phrase :

— Mais au lieu d'embrasser la personne désignée, on va devoir lui poser une question à laquelle elle devra répondre.

— J'me casse, déclare Megan en se levant pour se diriger vers Rim. Toi, tu viens avec moi.

— Au revoir, les garçons, marmonne celle-ci en riant bêtement.

Je fais un mouvement de la main en les regardant s'éloigner vers une petite rue. Si j'avais des couilles, je me lèverais pour les accompagner jusque chez elles. Mais comme l'a si bien spécifié Megan il y a quelques minutes, ce n'est pas une princesse en détresse, elle n'a pas besoin de moi. Et je sais que ce serait de trop.

Ainsi, je reste assis sur ce foutu banc, immobile, en ignorant ce que me disent mes potes. Je suis concentré sur cette fille aussi mystérieuse que belle, me promettant de trouver dans quelle entreprise elle bosse.

Et de déceler sa vérité la plus enfouie.

Chapitre 5
Megan

Après m'être battue avec Rim pour qu'elle se couche dans son lit, j'attrape son démaquillant et efface de mon visage toute trace de produits.

Dans ma chambre, je remplace la robe qui me colle au corps par un t-shirt et un short simple. Je me glisse sous le drap qui couvre mon lit, et fixe le plafond au-dessus de ma tête. Celui-ci est plutôt haut. Il est d'une couleur blanc cassé avec quelques taches qui ressemblent à des étoiles ici et là. Tous ces détails insignifiants deviennent soudain importants à mes yeux. Seulement parce que je ne devrais pas me concentrer sur ma rencontre de la soirée. Rim ne tenant pas l'alcool, nous sommes parties tôt, mais c'était de toute façon pour le mieux. Je ne suis pas certaine que j'aurais été capable de rester assise à côté de Dylan beaucoup plus longtemps.

D'une, parce que c'est un homme, ce qui le rend très peu intéressant et suscite en moi un profond dégoût. De deux, parce qu'il se montre trop curieux à mon égard et je hais quand quelqu'un essaie de pénétrer dans les recoins les plus intimes de mon cœur. Et surtout, il n'est pas aussi repoussant que les autres, ce qui augmente mon angoisse lorsque je suis près de lui. Je souffle en attrapant mon téléphone pour le mettre en charge. Tout ça me fait peur.

Pourquoi serait-il différent des autres ? Ou plutôt, pourquoi mon inconscient le perçoit-il différemment ? L'idée qu'il s'approche de moi et franchisse la limite que j'ai tracée me terrifie. Je ne peux pas le laisser faire. J'espère que jamais je ne le reverrai, mais puisque rien ne peut me l'assurer, je vais me promettre une chose. Si, malheureusement, j'ai la malchance de le croiser une nouvelle fois dans ma vie, je ferai en sorte de l'éviter réellement. Je me promets de rester stoïque et de l'ignorer dans la limite de la politesse. Je me promets de ne rien lui révéler qui pourrait lui être utile.

Je me promets de ne pas faire les mêmes erreurs que dans le passé. On dit souvent qu'on apprend de nos erreurs, et en effet, la leçon que j'ai apprise va cette fois m'être utile pour éviter de souffrir.

Parce que tout ça, c'était ma faute, quoi qu'en disent les autres.

Chapitre 6
Dylan

Aujourd'hui, la 9ff ne s'est pas pointée, et tant mieux. Il est temps de rappeler qui est le meilleur de la région. Tous les vainqueurs ont été battus une fois, il fallait que ça m'arrive. Mais c'est la première et dernière fois. Je ne referai pas la même erreur une seconde fois.

D'après l'organisateur, certains ont tout de même parié sur elle, pensant qu'elle allait débouler à la dernière minute. Mais ce n'est pas arrivé. Et même si c'était le cas, il est hors de question que je lui laisse me prendre la place de gagnant une deuxième fois.

Mon moteur vrombit sous la carrosserie alors que la femme debout au milieu de la route s'apprête à donner le départ.

3…

2…

1…

Partez.

Le coup d'envoi est donné et j'enfonce aussitôt mon pied sur l'accélérateur. Il est absolument inconcevable que quelqu'un prenne mon titre de meilleur pilote de la région. Ma voiture fonce à une allure bien plus rapide que celle des autres, et c'est tant mieux. Je n'ai pas de raison de m'inquiéter, mais on m'a piégé une fois et cela pourrait recommencer. Pire, cela pourrait devenir monnaie courante pour me battre.

Et si les pilotes avaient vu la ruse de cette femme ? Et s'ils décidaient de s'inspirer d'elle ? Ils en seraient capables si, à la fin, ils pouvaient déclarer m'avoir battu.

Et ça me fait peur.

Malgré mes tourments, je reste concentré sur la route, faisant encore plus attention qu'à mon habitude dans les virages, vérifiant régulièrement les environs, d'autant que nous faisons rarement les courses dans le nord de la ville.

Il vaut mieux prévenir que guérir. Même un champion peut avoir peur. La peur n'est pas mauvaise, elle motive. Elle attise l'espoir et, par conséquent, attire la réussite. Je respire calmement sous mon casque tandis que mon cœur bat à un rythme accéléré… Le turbo de la voiture rugit lorsque j'accélère sur une ligne droite. Au loin, j'aperçois la foule. Celle-ci est habituellement silencieuse pour ne pas attirer les flics, mais aujourd'hui, les spectateurs crient et courent dans tous les sens.

Des gyrophares rouge et bleu percent la nuit.

Merde, merde, merde.

— Police ! On rentre au bercail, les mecs, annoncé-je dans la radio en ralentissant pour reprendre une vitesse autorisée par la loi.

Je sors rapidement du circuit défini pour la course de ce soir et me débarrasse de mon casque lorsque je dois m'arrêter à un feu rouge, de retour en centre-ville. Heureusement, il ne me faut que quelques minutes supplémentaires pour rentrer chez moi, libre et apaisé.

Les interventions de la police sont rares, et elle ne nous a jamais arrêtés, mais elle espère encore choper les grosses têtes. Dommage pour elle, les organisateurs sont bien trop intelligents pour être sur place très longtemps et pour avoir des listes contenant les noms des pilotes. Nous fonctionnons sous forme de codes. Jamais nous n'avons laissé une trace d'un nom, même sur le Dark Web. J'aurais remporté la course ce soir s'il n'y avait pas eu d'intervention. Il me restait à peine un kilomètre.

Pourquoi la vie semble-t-elle décider que je ne mérite plus de gagner ?

Chapitre 7
Megan

Depuis cinq heures du matin, je me retourne sans cesse dans mon lit, espérant me rendormir. Malheureusement, il est sept heures, et mon réveil sonne.

C'est mon premier jour à G-RACE.

J'ai passé la semaine dernière à tout régler avec les familles dont je gardais les enfants. Ils étaient tous plus tristes les uns que les autres que j'arrête de les babysitter, si bien que je n'ai pas pu résister à proposer de venir de temps à autre pendant le week-end alors même que je hais ces diablotins.

Aussitôt que je m'extirpe de mes draps, mes cinq boules de poils s'invitent dans ma chambre dans une symphonie de miaulements et d'aboiements.

— Y en a vraiment pas un pour rattraper les autres ! grogné-je en poussant mes animaux avec mes jambes. Sérieux, je viens à peine de me lever.

Je me traîne jusqu'à la cuisine et remplis chaque gamelle de croquettes puis change leur eau pour qu'elle soit toujours fraîche.

Enfin, je me prépare un café et, en attendant, nettoie la litière de mes chats, ce qui met définitivement fin à mon processus de réveil.

— Tu veux que j'aille promener tes chiens ? me propose Rim en me voyant boire mon café tout en consultant mon téléphone.

Je relève la tête vers elle.

— Putain, j'avais pas pensé à ça ! Ce serait super, Rim, merci. Promis, je me lèverai plus tôt pour le faire.

Elle secoue la tête, désapprouvant.

— Mais non. De toute façon, je sors tous les matins pour faire mon jogging. Maintenant que tu as un job, tu auras moins de temps pour t'occuper d'eux, autant que je t'aide.

Je réfléchis un instant, mais il est vrai que son aide me serait utile, d'autant plus que cela ne troublerait pas son programme matinal.

— OK. Mais s'ils t'empêchent de t'entraîner tranquillement, tu me le dis et je me lèverai plus tôt.

— Ça devrait aller, ne t'en fais pas.

— Si ça arrive…

— Si ça arrive, me coupe-t-elle, je te le dirai. C'est bon. Allez, va te préparer avant d'être en retard pour ton premier jour !

Je hoche la tête, avale rapidement le reste de mon café et mon croissant, puis je file dans ma chambre. J'enfile un ensemble bleu pastel composé d'un veston et d'un short, et une chemise blanche. Enfin, j'y ajoute mes fidèles Converse, assorties à ma tenue. Dans mon tote bag, je range mon téléphone connecté à mes écouteurs, mon portefeuille et mon badge. Je mets quelques gouttes d'anticernes autour de mes yeux, et estompe, avant de brosser mes cils d'un mascara volume.

Je m'observe dans le miroir de ma chambre. Je suis belle, porte une tenue professionnelle, et ai l'air d'avoir une confiance en moi indestructible. Malheureusement, ceci n'est qu'un air que je me donne. Si on me soufflait dessus, je tomberais en mille morceaux, tel un pissenlit.

Je prends une inspiration, et me laisse croire que je suis forte alors que je me dirige déjà vers le métro pour me rendre dans les locaux de G-RACE.

* * *

— Voilà ma chère ingénieure ! s'exclame Mme Leclairc lorsque je pénètre dans le bâtiment.

— Bonjour, madame.

— Oh, je t'en prie, appelle-moi Vanessa !

— D'accord. Vanessa, me reprends-je. Bonjour.

Elle m'adresse un grand sourire.

— Viens, je vais te faire visiter ton bureau et rencontrer ton assistant.

— J'ai un assistant ? m'étouffé-je en haussant les sourcils.

Elle me dévisage avant d'éclater de rire.

— Évidemment. Tu vas en avoir besoin, avec tout le travail qui t'attend. Il s'appelle Mathieu Guilloux. Un très beau jeune homme d'ailleurs, si tu veux mon avis.

Je lui souris, gênée.

C'est un homme.

J'espère qu'il gardera ses distances. Je n'ai pas la force mentale de passer mes journées entières avec lui près de moi.

— Il a son propre bureau ?

— Oui. Il est dépendant du tien, bien sûr, mais vous avez chacun votre espace pour travailler en paix. Il te sollicitera uniquement lorsqu'il n'aura pas le choix. Et puis, il est en alternance, tu ne le verras que la moitié du temps.

J'acquiesce, rassurée. Nous prenons alors l'ascenseur qui monte jusqu'au quatrième étage. Nous descendons et, déjà, il repart pour un nouveau trajet.

— Bon, tu le sais déjà, ici, c'est mon bureau. Voilà celui de mon assistante, dit-elle en montrant la porte en face de la sienne. Et voilà le tien et celui de ton assistant.

— J'ai le bureau juste à côté du vôtre ?

— Oui. Bien que G-RACE soit ce qu'il est grâce au travail de nombreuses personnes, le tien reste l'un des plus importants. C'est toi qui vas concevoir toutes nos voitures afin de les rendre parfaites, que ce soit d'un point de vue écologique ou d'un point de vue performance et esthétique. Mais ça, tu le sais déjà, c'est ce que tu as étudié pendant cinq ans à la fac, après tout.

— Oui, madame.

— Arrête donc de m'appeler madame. Nous allons travailler ensemble constamment, main dans la main. Autant briser la glace dès maintenant. D'ailleurs, nous avons un dîner, ce soir, si tu es disponible.

— Je serais ravie d'y participer, acquiescé-je en souriant.

— Je vais t'ajouter sur le groupe WhatsApp, comme ça, tu auras accès à toutes les informations. Si elles ne se sont pas perdues au milieu de tous les échanges avec tes collègues, ajoute-t-elle en riant.

Je ris poliment à mon tour, puis après avoir échangé quelques banalités, ma patronne s'éloigne en direction de son bureau.

Je me tiens désormais seule devant la porte de mon bureau. Sur celle-ci se trouve une plaque en métal estampée.

MEGAN EGEBERG – INGÉNIEURE AUTOMOBILE
MATHIEU GUILLOUX – ASSISTANT INGÉNIEUR AUTOMOBILE

Je passe les doigts sur la gravure en souriant.

C'est officiel.

Je jette un œil autour de moi, et après m'être assurée que je suis bel et bien seule, je sors mon téléphone et ouvre l'appareil photo de celui-ci. Je le mets en mode selfie et me place à côté de la plaque en souriant. Je fais quelques autres clichés agrémentés de grimaces en tout genre, et enfin, envoie les photos à Rim.

Megan
La classe, non ?

Immédiatement, trois petits points s'affichent, et une seconde plus tard, je reçois sa réponse.

Rim
OMG !!!!!

Elle ajoute des émojis festifs, ce à quoi je réponds par encore plus d'émojis festifs. Elle en envoie une nouvelle ribambelle, si bien que je me contente de *liker* son message avant de ranger mon portable. Si je ne m'arrête pas maintenant, on serait capables d'y passer la journée. Et ni elle ni moi n'avons le temps pour ça.

Je prends une dernière inspiration, puis entre dans le bureau.

— Bonjour, m'accueille immédiatement un homme à peine plus jeune que moi, un grand sourire aux lèvres.

— Salut. Megan, me présenté-je en me forçant à m'avancer vers lui jusqu'à lui tendre la main.

— Mathieu. Je suis ton assistant. J'ai déjà commencé à trier les dossiers et les mails. Tu as visité le bâtiment, ou pas encore ?

Je secoue la tête.

— Non, seulement l'entrée et jusqu'ici.

— OK. On va commencer par ça, alors. Sauf si tu veux faire autre chose d'abord ?

Je hausse les épaules.

— J'imagine que visiter pourra m'aider à m'imprégner un peu plus de la marque. Ça ne peut qu'être bénéfique.

— J'adore cet état d'esprit, s'exclame-t-il. Bon, ça, tu le sais déjà, c'est ton bureau, et là-bas, c'est le mien.

Il pointe une petite pièce au fond que j'aperçois tout juste tant elle est minuscule.

— Tu veux dire que tout ça, c'est mon espace de travail ? demandé-je en tournant sur moi-même pour observer l'énorme pièce.

— Oui. Mme Leclairc voulait que tu sois confortable et que tu puisses tout gérer de A à Z du même endroit. Que ce soit dessin, recherche, lecture, etc. Peu importe, tu devais pouvoir tout faire ici. Il y a un canapé clic-clac, une salle d'eau et la cuisine partagée à l'étage inférieur. Pour que tu restes sur place s'il y a des moments où la *deadline* est courte.

Je note que Mathieu n'utilise pas le prénom de notre boss. Veut-il être professionnel au possible, ou ne l'a-t-elle pas invité à le faire ?

— Mme Leclairc a vraiment pensé à tout, noté-je en utilisant volontairement le même nom que lui, ne voulant pas lui faire ressentir un traitement différent de la part de notre patronne.

— Bien sûr. Elle veut que son projet soit une parfaite réussite. Tu veux voir le reste ?

J'acquiesce et ainsi, nous passons la matinée à visiter tous les recoins de ce qui sera à présent comme ma deuxième maison. J'ai aussi l'occasion de rencontrer une grande partie des employés et suis heureuse de voir qu'ils sont tous aussi gentils les uns que les autres. Bien qu'il y ait une majorité d'hommes, j'ai étonnamment hâte d'être à ce soir pour le repas d'accueil afin de les connaître un peu mieux.

Il est trop tôt pour dire que je commence enfin à cicatriser, mais peut-être que j'ai fait un premier pas sur le chemin de la guérison.

Peut-être.

Chapitre 8
Megan

Bien que je n'aie pas beaucoup travaillé aujourd'hui, je suis éreintée de ma journée. Visiter les locaux et rencontrer mes collègues, c'est plus fatigant que cela en a l'air. J'imagine que ce n'est que demain que je pourrai ouvrir mon ordinateur et le premier dossier qui m'a été confié.

Je dois concevoir des voitures sportives fonctionnant exclusivement avec un nouveau carburant écologique qui a été développé et mis au point par les scientifiques de G-RACE au fil des années. En dehors des employés, personne ne connaît encore l'existence de ce produit qui sera commercialisé en même temps que la première collection de voitures.

Pour ce lancement, Vanessa a vu les choses en grand. En effet, cette collection sera onéreuse, mais fera une première impression marquante auprès de l'industrie, ce qui nous permettra par la suite de nous introduire sur des segments[3] moins élevés.

J'ai déjà une tonne d'idées de design en tête, tous aussi fonctionnels et esthétiques les uns que les autres, avec comme seuls points communs, un logo et un carburant exclusif.

Je sens que je n'aurai jamais l'occasion de m'ennuyer dans ce travail, tant il y a à faire. En particulier en ce moment, puisque Vanessa voudrait un lancement d'ici seulement un an. Cela signifie que je dispose de trois mois pour faire chaque voiture, les faire concevoir, et m'assurer qu'elles n'ont aucun problème technique. Je sens que la chambre d'appoint va m'être bien utile avec un projet pareil.

— Tu es prête ? me demande Mathieu en passant sa veste.

— Oui. C'est fou, d'aller manger à seulement seize heures.

— Oh, non. On ne va pas manger tout de suite ! D'abord, on va au *Chez Tonton*. Y a rien de mieux qu'une bonne bière là-bas pour apprendre à se connaître entre collègues, tu crois pas ?

3. Dans l'automobile, un segment est une catégorie de véhicule. Dans le contexte, cela signifie une catégorie de véhicule moins chère.

J'acquiesce. Il est vrai que ce bar a quelque chose que les autres n'ont pas. Hiver, printemps, été ou automne, ce bar est toujours bondé de monde. Et pour cause, c'est le meilleur de Toulouse. Les prix sont attrayants, l'ambiance est au rendez-vous, il est situé en plein centre-ville… Bref, il n'y a que des avantages. Sans parler des nombreuses soirées à thèmes organisées tout au long de l'année.

— On y va ! m'exclamé-je en attrapant mon tote bag.

Pour plus de simplicité, une grande partie d'entre nous monte dans les voitures de fonction – qui nous servent principalement à nous rendre au circuit d'Albi, là où les prototypes seront testés – et voitures personnelles utilisées par certains employés pour venir travailler. Pour ma part, je monte dans celle de Mathieu qui, habitant dans une banlieue mal desservie par les transports, préfère prendre sa voiture.

— Alors, ça t'a plu, cette première journée ? me demande l'une de mes collègues – Emma, si je ne me trompe pas.

— Oui. Vous êtes tous super et j'ai toujours rêvé de ce poste. Les deux combinés, ça fait vraiment une excellente journée.

— Attends d'être à demain, rit-elle. Mathieu ne va pas hésiter à te rappeler à quel point les *deadlines* sont courtes.

— Ne lui fais pas peur dès le premier jour, se marre le concerné avant de se tourner vers moi. Promis, je ne suis pas le monstre qu'elle décrit.

— Un peu quand même, assure Emma.

Nous rions en chœur puis Mathieu allume la radio, trouvant une station qui diffuse de la musique contemporaine, ce qui rend le reste du trajet vide de discussion.

La présence de Mathieu n'est pas aussi dérangeante que j'aurais pu le penser. Est-ce parce que je tourne la page, ou parce qu'inconsciemment, ne voulant pas détruire mon travail, je l'accepte ? Ou est-ce parce qu'enfin, mon inconscient est capable de faire la différence entre les hommes et *lui* ?

* * *

Après avoir passé deux heures au *Chez Tonton* à discuter tous ensemble de tout et de rien, nous changeons de lieu pour rejoindre un restaurant peu éloigné. Celui-ci est plutôt dans le genre étoilé, bien loin des établissements dans lesquels j'ai l'habitude de manger. Dès que nous arrivons, une dame aux lèvres rouges nous accueille en souriant.

— Bienvenue, mesdames et messieurs ! Le nom de la réservation, je vous prie ?

— Bonjour, lui répond ma patronne. Vanessa Leclairc. Dans la salle V.I.P.

— Oh, bien sûr, madame Leclairc. Je suis désolée, je ne vous ai pas reconnue ! Suivez-moi.

Ainsi, tout notre groupe se déplace entre les tables pour rejoindre une salle isolée du reste. Nous prenons place autour de l'énorme table, et je me retrouve entre Mathieu et Emma. Des serveurs entrent dans la pièce, des menus dans les mains, et nous les distribuent. J'ouvre celui que la serveuse me donne et écarquille les yeux. Je me penche vers Mathieu, et chuchote dans son oreille :

— Comment on est censé payer ça ? J'ai pas encore reçu ma première paie, et même avec…

Il éclate de rire, comme si j'étais une idiote.

— Madame Leclairc, c'est vous qui régalez ? lance-t-il à notre patronne, assise à l'autre bout de la salle.

— Bien sûr, Mathieu. Prenez ce qui vous fait plaisir, c'est mon cadeau de bienvenue !

Il me donne un coup dans l'épaule, ce qui me fait immédiatement grincer des dents. J'ai beau accepter, voire apprécier sa présence, je ne suis pas encore prête à ce qu'il me touche. Je me force cependant à ne pas réagir. Ce serait une mauvaise idée de passer pour une personne acerbe auprès de quelqu'un avec qui je vais travailler tous les jours.

Je reporte mon attention sur le menu, m'obligeant à oublier ce contact physique désagréable.

Nous passons rapidement notre commande et en attendant, nous décidons de nous lancer dans une bataille de blagues pourries, faisant disparaître la sensation de malaise.

— J'en ai une ! s'exclame l'un. C'est une chocolatine qui rencontre un croissant et qui lui dit : « Eh, pourquoi t'es en forme de lune, toi ? », et le croissant lui répond « Oh, j't'en pose des questions, moi ? Est-ce que je te demande pourquoi t'as une merde au cul ? »

Tout le monde éclate de rire, mais déjà, un autre prend la parole :

— Deux pneus se disputent, et y en a un qui dit : « Tu veux que je t'éclate la tronche ? Dégonflé, va ! »

Une nouvelle fois, les rires se font entendre. D'autres blagues sont racontées, rapidement suivies d'une nouvelle salve de rires.

Les plats arrivent, mettant fin à ce moment de légèreté et de solidarité. Pour ma part, j'ai jeté mon dévolu sur de simples pâtes carbonara, l'une des constantes de ma vie. Si je devais avoir une phrase philosophique, je dirais que rien ne vaut des pâtes carbonara. Elles réchauffent le cœur quand ça va mal, elles sont assez douces pour fêter une réussite, et c'est autant un plat d'étudiant que de haute gastronomie. C'est le plat par excellence qui convient à toutes les occasions.

Puisque nous sommes dans un restaurant luxueux, de la truffe a été ajoutée à la recette originale provenant d'Italie. J'aime la version originale des carbonaras, même si je préfère la version revisitée à base de crème – au grand désarroi de mes voisins italiens.

De son côté, Mathieu a commandé un porc noir gascon avec des pommes de terre et légumes.

— Ça a l'air bon, commenté-je lorsque l'odeur parvient à mes narines.

— Ton plat aussi, répond-il en souriant.

Je savoure ma première bouchée en fermant les yeux, afin d'apprécier pleinement le goût qui enveloppe mes papilles gustatives.

— C'est un chef-d'œuvre gastronomique, déclaré-je en reprenant une bouchée.

Il lâche un rire, puis je me tourne vers mon autre collègue, Emma.

— Tu as pris quoi ? la questionné-je alors.

— Un cabillaud avec du butternut. Tu veux goûter ? me propose-t-elle alors que je grimace.

Je secoue la tête, dégoûtée.

— Non, le poisson, c'est pas du tout mon truc.

— Wow, je sais pas comment tu fais ! J'en mange au moins deux fois par semaine, c'est super bon !

Je ris.

— Je ne déteste pas le goût. Mais j'ai trop souvent fait l'expérience des arêtes coincées dans la gorge. Ça m'a traumatisée. Je n'aime que le saumon cru.

À son tour, elle lâche un rire. Mathieu, attiré par notre discussion, tente de se pencher vers nous, empiétant ainsi considérablement sur mon espace personnel. Subitement, sans pouvoir me retenir, je recule, faisant grincer ma chaise contre le sol.

— Je vais aux toilettes, annoncé-je en attrapant mon sac.

Emma hoche la tête, tandis que Mathieu paraît troublé.

Lorsque j'arrive enfin aux cabinets après une ascension qui m'a paru infinie, j'ouvre le robinet devant moi et m'asperge le visage. Je relève la tête et croise mon regard dans le miroir qui se trouve face à moi.

Il faut que je me sente vivre.

Je sors mon téléphone et me connecte rapidement sur le site.

Dans moins de deux heures, au sud de la ville.

Parfait.

Je tape un rapide message sur le groupe WhatsApp du boulot pour prévenir que je ne me sens pas bien et que je préfère donc rentrer chez moi. Je leur souhaite ainsi une bonne soirée, puis je quitte le restaurant d'un pas rapide.

Je suis prête à lui rappeler qu'il n'est pas le maître de cette ville.

Chapitre 9
Dylan

— Bordel, qu'est-ce qu'elle fout encore là ? demandé-je à l'organisateur du *run*, énervé.

— Eh, mec, j'ai pas le pouvoir de refuser des gens ! Elle s'est inscrite, c'est tout.

— C'est quoi, son nom ? grogné-je.

Il souffle.

— Tu sais très bien que je ne peux rien te dire pour la sécurité.

— Donc tu le sais, conclus-je.

— Je connais le nom de toutes les personnes qui sont ici ce soir. Et toi, mon petit, t'es au courant de beaucoup trop de choses. T'as bien de la chance d'être le fils d'Isabel.

Je lâche un rire sec.

— Sinon, t'aurais fait quoi ?

— Tu crois vraiment que j'aurais accepté qu'un gamin m'agresse ? se marre-t-il.

— Pas faux, avoué-je. Bon, je vais aller me mettre en place.

— Et cette fois, ne te laisse pas abattre par cette meuf. Je te connais, Dylan, tu es le meilleur. Et les gens ne vont pas apprécier de voir leur champion se faire défoncer par une nouvelle que personne ne connaît.

Je lui adresse un clin d'œil et me dirige jusqu'à ma voiture, déjà garée dans la rue. Nous sommes en plein dans les quartiers aux hautes tours, si bien que les flics n'ont pas tendance à se pointer ici. Depuis la dernière fois où la police s'est pointée, nous avons décidé de faire nos courses uniquement dans le coin. Si ce n'était pas la première fois qu'ils venaient là-bas, ils ne sont en revanche jamais venus jusqu'ici. Bien entendu, le Mirail leur fait bien plus peur que Borderouge.

Il est vingt-deux heures trente, et d'ici quelques secondes, la course va commencer.

Dans le cas où la femme se pointerait de nouveau avec sa 9ff, j'ai cette fois-ci pris ma Koenigsegg. Et j'ai eu raison, puisque sa voiture prend place à côté de la mienne quelques minutes avant le départ.

Une femme terriblement sexy s'avance jusqu'au milieu de la piste. Puisque la température est agréable ce soir, elle arbore sa fidèle tenue composée d'un mini-short en jean et d'un top qui recouvre tout juste sa poitrine.

Même à travers les vitres de ma voiture, j'entends les spectateurs la siffler. Elle leur fait un signe de la main, aimant recevoir autant d'attention. Nous savons cependant tous qu'elle est là pour nous, les pilotes, ceux qu'elle considère comme les hommes les plus sexy et les plus forts.

À ses yeux, nous représentons non seulement un bout de viande, mais aussi un trophée qu'elle pourra fièrement exposer aux autres. Je sais que je suis sa proie ultime. Proie qu'elle n'attrapera jamais. J'aime les femmes presque autant que j'aime les voitures. Pourtant, rien ne m'intéresse moins que le sexe pour le sexe.

Je reporte alors mon attention sur ses bras qui vont bientôt donner le départ, ignorant son regard qui transperce mon pare-brise. Mon pied est posé sur l'accélérateur, mes mains tiennent fermement le volant. Mon corps repose tout entier sur le siège. Mes yeux suivent les mouvements de la femme.

Mes pensées sont partagées entre la mystérieuse pilote et la course qui va débuter. Je me demande si, ce soir, elle va utiliser une ruse. Si, encore une fois, elle va tenter de gagner sans faire une course à la loyale.

Enfin, le départ est donné. J'arrête alors de réfléchir et appuie sur l'accélérateur. Rapidement, la voiture atteint les 200 km/h. Je jette un coup d'œil dans mon rétroviseur, et vois la 9ff non loin de moi. Avant qu'elle prenne la décision de me piéger, j'accélère encore.

J'atteins les 250 km/h et me suis largement éloigné d'elle, au point de ne plus apercevoir ses phares qui percent la nuit. Je continue à avancer, sans jamais relâcher ma vitesse. Je ne me ferai pas avoir. Pas cette fois.

Ce soir, la météo n'est pas clémente. Le risque d'accident est plus grand, et pourtant, mes pneus crissent sur l'asphalte. La pluie tombe en petites gouttes qui s'intensifient à mesure que je me rapproche de la ligne d'arrivée. Sans mes phares, je ne verrais rien. Il fait nuit et aucun lampadaire ne borde la route.

Mon avantage, ce soir, c'est de connaître la route sur le bout des doigts, savoir quand et où faire attention. Celle qui possède la 9ff ne peut pas faire de même. Elle n'est pas débutante, ce qui veut dire que jusqu'ici, elle ne vivait pas dans le coin. Le pourcentage de chance pour qu'elle connaisse la route aussi bien que moi est très faible.

Ainsi, j'évolue jusqu'à dépasser le panneau qui annonce l'entrée de la ville. Je pénètre dans la banlieue toulousaine, mais la course n'est pas finie. Il me reste encore quelques kilomètres à parcourir. Je jette un nouveau coup d'œil dans mes rétroviseurs et n'aperçois pas la moindre lueur derrière moi. Pas de concurrent à l'horizon, donc.

Je ne me laisse cependant pas berner comme je l'ai fait la semaine dernière, et maintiens ma vitesse à 270 km/h.

La Koenigsegg Jesko Absolut que je possède est censée être capable de dépasser les 500 km/h, mais puisque je n'en ai pas besoin, je reste à cette vitesse pour ne pas risquer d'abîmer mon bijou, et parce que la 9ff GT9-R ne peut pas dépasser les 400 km/h, si ce n'est en l'abîmant considérablement.

À sa place, je ne prendrais pas le risque, quitte à perdre.

Enfin, j'aperçois l'arrivée. Tous sont rassemblés autour de l'espace réservé aux voitures, et aucune n'est encore arrivée. Un dernier regard dans le rétro m'assure qu'aucune voiture n'est proche de moi.

Je commence alors à ralentir pour ne pas m'arrêter trop loin quand une masse noire passe le long de ma voiture. Je n'ai pas le temps de réaliser ce qu'il se passe que, déjà, elle se place devant moi, m'obligeant à appuyer sur le frein autant que possible.

Mes phares se reflètent alors dans la carrosserie d'une voiture. Pas n'importe laquelle.

La 9ff GT9-R.

— C'est pas vrai ! m'écrié-je en tapant sur mon volant.

Elle s'arrête à une centaine de mètres de la ligne d'arrivée, ce qui me permet de me garer à mon tour.

Il est hors de question que je laisse filer cette fille une nouvelle fois. Elle m'a battu à deux reprises, et bien que ça m'étonne, j'en suis à présent impressionné. Elle a pris un véritable risque avec la ruse qu'elle a employée aujourd'hui, encore plus avec un temps pareil.

Ainsi, je sors de ma voiture et me dirige vers l'attroupement qui s'est formé autour de la 9ff. J'aperçois ses cheveux, mais surtout, son corps tout entier. Elle est de dos, ce qui m'empêche de voir son visage. Combien de temps va-t-elle me cacher son identité ? C'est à croire qu'elle le fait exprès.

Et surtout, pourquoi est-elle habillée de cette façon ? C'est tout sauf adapté à la course. Si elle avait eu un accident, elle n'aurait eu aucune chance de s'en sortir. Elle porte un short en jean semblable à celui de la fille qui s'occupe de signaler le départ, bien qu'il soit plus long, et un débardeur noir, tout ce qu'il y a de plus simple. Son corps, lui, est recouvert de dessins que je n'arrive pas à identifier.

Je m'approche alors, bien décidé à rencontrer cette mystérieuse femme qui est capable de me battre, et qui, bizarrement, m'attire. Peut-être est-ce ce côté mystérieux, mais j'ai envie de savoir qui elle est, et pas seulement pour mieux la battre la prochaine fois.

Non.

J'ai une réelle envie de la connaître, comme si un fil invisible nous reliait. Comme si elle captait ma présence, elle file dans sa voiture, sans jamais me laisser entrevoir son visage, démarre le moteur, et s'éloigne dans un crissement de pneus sur l'asphalte brillant de pluie. Je fronce les sourcils en regardant la 9ff s'éloigner.

Pitié qu'elle revienne à la prochaine course. Je dois savoir qui elle est.

Je brûle de le savoir au point que c'est aussi indispensable que l'eau à mon corps.

Chapitre 10
Dylan

Mon téléphone vibre incessamment dans ma poche.

Je le sors et décroche aussitôt.

— Jeremyyy ! m'exclamé-je avec excitation.

— *Dylan,* me salue mon agent avec plus de contenance. *J'ai reçu une demande de partenariat pour toi.*

J'attrape mon ordinateur pour ouvrir mon planning.

— Dis-m'en plus.

— *Une future marque de voitures de sport, dont le siège se situe à Balma. Son nom est G-RACE, ils sont engagés dans l'idée de faire des voitures plus écologiques.*

Je ne peux m'empêcher de penser à Megan, que j'ai rencontrée il y a une semaine. Sa meilleure amie a dit qu'elle venait d'obtenir un poste d'ingénieure automobile. Et si c'était la marque pour laquelle elle travaille ?

C'est drôle. Hier, j'étais obnubilé par celle qui m'a battu une deuxième fois, et maintenant, me revoilà à penser à cette femme au caractère bien trempé. J'ai l'impression d'être cet horrible mec dans les mauvaises comédies romantiques qui est incapable de choisir entre deux femmes. L'une me déteste, tandis que l'autre semble vouloir me fuir. Et pourtant, je ressens un lien avec ces deux femmes. Je dois être attiré par les femmes qui m'ignorent et ne veulent pas avoir affaire à moi. C'est la seule explication possible.

— Et ça tient la route ? questionné-je mon agent pour me redonner contenance et tenter de me changer les idées.

— *Plutôt, oui. Ils m'ont envoyé un rapport détaillé et je dois dire que ça m'a l'air pas mal. Et puis, même si ce n'est pas le cas, ils t'offrent un sacré paquet de fric pour le service qu'ils demandent !*

— Ouais, d'ailleurs, tu ne m'as pas dit, je dois faire quoi ?

— *La P.-D.G. souhaite que tu suives les employés pendant quelques jours pour réaliser une vidéo sur le processus de fabrication. Tu observeras notamment l'ingénierie, l'usine d'assemblage-fabrication, le contrôle qualité…*

— J'accepte, le coupé-je.

Les nouvelles marques de voitures sportives toulousaines, ça ne court pas les rues. Je suis quasiment certain que c'est pour G-RACE que Megan travaille. Et si c'est bel et bien le cas, je passerai un long moment avec elle. Et dans un cadre comme celui-ci, il sera impossible pour elle d'éviter la conversation, c'est même l'inverse.

— *Je ne t'ai même pas annoncé le salaire*, remarque-t-il.

— Pas besoin, c'est pas comme si je manquais d'argent. Cette mission me plaît. Dis-leur que je suis disponible pendant les deux prochaines semaines.

À travers le téléphone, je l'entends taper sur les touches de son ordinateur.

— *C'est noté*, répond-il enfin. *Je te tiens au courant par mail.*

— Très bien. Passe une bonne journée, Jeremy.

— *Bonne journée, Dylan.*

Sur ce, il raccroche.

À présent, il ne me tarde que d'une chose : savoir quand je vais me rendre à G-RACE, et surtout savoir si je vais y voir Megan.

* * *

Je suis en train de prendre des photos de ma Koenigsegg pour alimenter mon compte Instagram quand mon téléphone tinte pour m'annoncer un mail. Immédiatement, je pose mon appareil photo sur le côté, et m'assois au sol. Je déverrouille mon téléphone et ouvre la notification de mail.

Envoyer

De ▾ jeremybonitin@hyperinfluagency.org

À... dylansmith@hyperinfluagency.org

Cc...

Objet Partenariat G-RACE

Dylan,

Voici les dates et informations pour ton partenariat avec G-RACE. Ci-joint, le contrat, retourne-le-moi signé au plus vite afin que je le leur communique.

Tu devras te rendre dans les bureaux de l'entreprise du 22 au 27 mai 2023, de 10 à 15 heures.

Tu suivras chaque jour un service différent, ce qui te permettra de faire une vidéo complète. Celle-ci devra d'ailleurs être validée par Mme Leclairc, la P.-D.G.

Un badge temporaire pour la semaine te sera attribué et te permettra d'entrer dans les locaux ainsi que d'accéder à la cantine. Tu devras par ailleurs te rendre à l'entreprise à 9 heures le premier jour pour récupérer ton badge et ton emploi du temps.

Aussi, ils t'invitent à la journée de cohésion qui se déroulera le 20 mai de 11 heures à 17 heures au circuit d'Albi. Ceci est optionnel, donc je dois leur dire si tu comptes être présent ou non.

Jeremy.

Étant intéressé par la journée de cohésion – en grande partie parce que cela me permettrait de voir Megan plus tôt, ou au moins de m'assurer qu'elle est bien employée chez G-RACE –, j'ouvre mon application de planning et vérifie ma disponibilité pour le 20 mai.

Je souris lorsque je vois que je n'ai rien de prévu ce jour-là et retourne ainsi sur mon application de mail. Je télécharge rapidement le contrat que je ne prends pas la peine de lire – j'ai confiance en Jeremy pour ça –, et le signe.

Enfin, je réponds au mail de mon agent :

Envoyer

De ▾ dylansmith@hyperinfluagency.org

À... jeremybonitin@hyperinfluagency.org

Cc...

Objet RE : Partenariat G-RACE

Jeremy,
Voici le contrat signé.
Aussi, je te confirme ma présence à la journée de cohésion.
Bonne journée,
Dylan.

Je récupère mon appareil photo et reprends ce que j'avais entrepris, mais m'arrête au bout de quelques secondes, incapable de penser à autre chose qu'à Megan. Cette femme sublime, me haïssant du plus profond de son cœur et de son âme, plus encore que n'importe quelle autre personne. Pourquoi moi particulièrement ? On ne se connaît pas, je ne lui ai rien fait, si ce n'est essayer de la comprendre, au moins un peu.

Je soupire.

Que cache-tu, Megan, ingénieure automobile ?

Megan

Je suis assise à mon poste de travail, occupée à dessiner le premier modèle que je vais envoyer à Vanessa, quand le téléphone fixe sonne au bout de la table. J'allume le haut-parleur et entends justement la voix de cette dernière résonner dans la pièce.

— *Bonjour, Megan. Comment vas-tu aujourd'hui ?*

— Bonjour, Vanessa, lui retourné-je. Je vais très bien, et vous ?

— *Super. Comment avancent les plans ?*

Je lance un regard à ma tablette graphique et souris.

— Plutôt bien. Je crois avoir compris exactement ce que vous voulez.

— *Parfait.*

Un silence gênant s'installe.

— C'est tout ce pour quoi vous appelez ? demandé-je pour le rompre.

— *Non. En fait, je voulais te tenir au courant qu'on a contacté une agence d'influence pour un partenariat.*

Une drôle de sensation envahit ma poitrine, inexplicable pourtant.

— Oh. Et qu'est-ce que cela à voir avec moi ? l'interrogé-je en triturant la peau autour de l'un de mes ongles.

— *L'influenceur va suivre chaque branche de l'entreprise pour réaliser une vidéo sur le procédé de fabrication complet de nos voitures. Il commencera par toi, mais pas de panique. Il viendra aussi à la journée de cohésion.*

— D'accord, soufflé-je, encore troublée par la réaction de mon corps. C'était tout ?

— *C'était tout. Je te laisse reprendre le travail. Bonne journée, Megan.*

Je lui retourne la politesse puis raccroche. Alors que je devrais me concentrer sur mes schémas, j'attrape mon téléphone et le déverrouille. J'ouvre le navigateur, puis tape ma recherche. J'ai besoin de savoir qui viendra.

influenceur supercars Toulouse

Plusieurs sites s'affichent et présentent des interviews avec la « superstar Dylan Smith, influenceur automobile ».

Putain. Voilà pourquoi j'ai réagi de cette manière. Pourquoi cela me paraît-il maintenant si évident ? Il m'avait dit qu'il finirait par voir mon travail, mais comment mon inconscient a-t-il pu deviner ce que j'ai été incapable de comprendre ?

Je devrais poser mon téléphone et reporter mon attention sur ma tablette graphique.

Je le devrais vraiment.

Pourtant, je clique sur le premier lien, et aussitôt, une page s'ouvre avec, en illustration, une énorme photo de Dylan aux côtés d'une Hennessey Venom F5 noire mat. J'ai beau haïr les hommes, je ne peux pas ignorer à quel point il est sexy dans son débardeur blanc qui laisse dépasser ses muscles. Je me mords la lèvre inférieure, et quand Mathieu m'interpelle, je sursaute, faisant au passage tomber mon téléphone au sol.

— Tout va bien ? me demande-t-il alors.

Je sens mes joues s'échauffer, mais hoche la tête pour me donner contenance.

— Je faisais une pause, me justifié-je bêtement.

— OK. Hum, justement, je voulais te proposer d'aller manger un morceau.

— Oh, lâché-je.

Il paraît alors gêné à son tour, et je comprends qu'il ne parle pas de la pause du midi entre collègues.

— C'est non ?

— Je… bredouillé-je.

— Pas de problème, je comprends, me coupe-t-il, voyant que je suis incapable de lui répondre.

Il s'éloigne de nouveau vers son bureau alors que je récupère mon téléphone, les joues encore rouges. J'en éteins l'écran et le range dans mon sac pour ne pas être tentée de jeter un second coup d'œil à la photo mettant parfaitement en valeur un homme qui commence à m'obséder bien trop pour que cela soit sain – et normal.

Surtout lorsque je suis censée détester son espèce plus que tout au monde.

Je me reconcentre sur ma tablette graphique et me mets à tracer des traits qui ne servent qu'à m'empêcher de laisser mes pensées divaguer. Ce que je suis en train de faire sera sans doute effacé plus tard. Mais pour le moment, la première urgence est de me sortir cet homme de la tête.

Il le faut.

Chapitre 11
Dylan

Mes mains sur le volant, je pénètre enfin dans l'enceinte du circuit d'Albi, spécialement réservé pour la journée de cohésion organisée par l'entreprise G-RACE. Le portail d'entrée est impressionnant. Il s'élève à plusieurs mètres du sol, si bien que de ma place, je n'en vois pas la fin à cause du bas pare-brise de ma Koenigsegg.

Je m'avance et finis par apercevoir plusieurs voitures stationnées. Je les rejoins et gare ma voiture aux côtés d'une BMW i7 grise.

Je note les bons goûts du propriétaire en ouvrant ma portière. Une femme de la quarantaine s'approche de moi, esquissant un sourire.

— Bonjour, êtes-vous Dylan Smith ? me questionne-t-elle sans quitter son sourire.

— Bonjour. Oui, c'est moi. J'imagine que vous êtes madame Leclairc ? l'interrogé-je.

— Tout à fait. Venez avec moi.

Déjà, elle tourne les talons et ne me laisse pas le temps de répondre avant de se diriger vers un groupe de personnes. Je fais quelques pas rapides pour la rejoindre et décide de faire la conversation.

— C'est une belle collection, déclaré-je alors.

— Merci. Ce sont mes voitures. Je les ai sorties du garage spécialement pour aujourd'hui. Votre voiture est d'une rareté qui attiserait presque ma jalousie, note-t-elle.

— Presque ? répété-je, étonné.

Quel collectionneur dirait une chose pareille ? Tous rêvent d'avoir une Jesko Absolut, mais nous ne sommes que très peu à avoir réussi à l'obtenir.

— Comment pourrais-je l'être alors que je suis à la tête d'une entreprise de voitures de luxe et écologiques ? Nous ne sommes pas encore très connus, mais je gage que d'ici la révélation de notre premier modèle, nous le serons. Et ce sera en grande partie grâce à vous, monsieur Smith.

Je souris devant la prestance de cette femme. Elle appartient à la classe mondaine, ses manières le montrent.

Nous arrivons au niveau du groupe que Mme Leclairc me présente comme ses employés.

— Excusez-moi, tout le monde ? demande-t-elle en élevant la voix.

Immédiatement, les discussions se tarissent et toutes les paires d'yeux se posent sur elle. Tous paraissent être obnubilés par leur patronne, et cela se comprend. Alors qu'elle me présente, je découvre son aisance à l'oral, même devant un public, et surtout son charisme dont j'ai pu avoir un aperçu il y a quelques minutes. La tête haute, elle observe chaque visage avec un air tranquille bien qu'autoritaire.

De mon côté, alors que je devrais sourire aux quelques personnes qui ont décroché le regard de leur patronne pour le poser sur moi, je cherche un visage en particulier parmi tous ceux qui sont devant moi.

Une fois que j'ai fait le tour, je suis déçu de découvrir que Megan n'est pas présente. Cependant, je garde l'espoir qu'elle n'a simplement pas pu venir aujourd'hui, soudainement atteinte d'un rhume en plein mois de mai. Je lâche un léger soupir qui n'échappe pas à Mme Leclairc.

— Quelque chose vous dérange, monsieur Smith ? s'étonne-t-elle sans jamais quitter son sourire.

Je commence ainsi à comprendre qu'il est là uniquement pour préserver son image. Et surtout, que je devrais faire attention avant de faire une connerie qui me vaudra une très mauvaise réputation si elle décide de me détruire.

— Du tout, madame. J'ai simplement respiré fort.

J'opte pour un mensonge qui va me sauver la mise, au moins pour le moment, en me promettant de ne plus faire de faux pas, et y ajoute un sourire enjôleur.

— Bien. Commençons ! lance-t-elle à l'assemblée.

Elle scanne celle-ci des yeux et pour la première fois, son masque tombe et son sourire avec.

— Où est Megan ? s'enquiert-elle.

Je relève aussitôt la tête vers elle et me tourne vers le groupe.

Elle a bien dit « Megan », ou je deviens fou ?

Tous se tournent les uns vers les autres en se dévisageant. Puis haussent les épaules à tour de rôle, comme une chorégraphie durement répétée.

— Je suis là ! intervient une voix essoufflée. Excusez-moi pour le retard, Vanessa. Un accident sur l'autoroute a ralenti le trafic.

Instantanément, plusieurs pensées s'imposent à moi. La première, cette voix. Cette voix que j'ai espéré entendre, cette femme que j'ai espéré retrouver ici. *Cette* Megan. La seconde, à qui s'adresse-t-elle ? Est-elle assez folle pour utiliser le prénom de sa patronne alors que celle-ci ne m'a pas l'air des plus agréables ?

Pourtant, alors que je fixe Megan des yeux, la voix de Mme Leclairc se fait de nouveau entendre dans mon dos.

— Aucun problème, Megan. Nous allions commencer.

C'est seulement maintenant que Megan me remarque. Celle-ci me dévisage, comme si je n'avais rien à faire ici. Discrètement, je lui souris. Et bien entendu, elle ne le fait pas en retour.

— Que diriez-vous d'une course ? demande Mme Leclairc à ses employés avec un air bien moins professionnel qu'il y a encore quelques minutes.

Un brouhaha joyeux s'élève, et je comprends que Mme Leclairc a décidé de me faire peur. Lorsqu'elle réalise que je la dévisage, elle éclate de rire.

— J'imite bien la méchante patronne ? me demande-t-elle avec un sourire éclatant.

— J'ai eu peur de vous, avoué-je en riant à mon tour.

Elle m'adresse un grand sourire puis ordonne à tous de rejoindre une voiture et de se mettre en paire. Seuls Megan et moi restons en arrière, comme si nous savions pertinemment que contrairement à tous les autres, nous n'avons pas encore vraiment fait de connaissances.

— Mathieu ! appelle-t-elle pourtant en arrivant aux abords des voitures. On se met ensemble ?

J'aperçois un homme aux muscles définis, d'environ notre âge, à la peau brillante sous les rayons du soleil. Un soupçon de jalousie m'envahit immédiatement. D'un côté, parce que Megan le regarde avec tant d'espoir, et de l'autre parce que jamais je ne pourrais atteindre un physique pareil.

— Désolé, je suis déjà avec Emma ! lui répond-il, l'air légèrement honteux.

— Génial, grogne Megan à mes côtés.

Je lâche un petit rire, et en retour, Megan me fusille du regard.

— Je crois que nous sommes les seuls à ne pas encore avoir de duo, remarqué-je en souriant.

C'est l'occasion parfaite pour apprendre à la connaître.

— Je sais, marmonne-t-elle avant de relever la tête, l'air fier.

— Toi, tu as une idée de merde.

— Tu n'as pas idée, répond-elle simplement en s'éloignant vers Mme Leclairc, qui ne participera pas à la course.

Je la rejoins en quelques pas et perçois ce qu'elle lui demande.

— … a une voiture, et j'ai déjà conduit à grande vitesse. Nous ne risquons rien !

Mme Leclairc lève les yeux vers moi et me dévisage. Megan se retourne alors et lève les yeux au ciel, me faisant bien comprendre qu'elle ne veut pas avoir affaire avec moi.

— Megan ici présente me proposait que vous preniez votre voiture tandis qu'elle prendrait ma chère i7. Qu'en dites-vous, Dylan ?

— J'en dis que je ne suis pas d'accord. Madame, êtes-vous certaine qu'elle sait conduire ?

— Dis aussi que les femmes sont faibles, gronde la concernée.

Sa patronne la regarde, sans doute étonnée que Megan ose s'adresser à un inconnu d'une telle manière.

— Au contraire. Les femmes causent bien moins d'accidents que les hommes. Mais j'ai tout de même des doutes.

— Dis surtout que tu as peur d'être battu, alors, me provoque-t-elle.

Je lâche un rire.

— Ça n'arrivera jamais, me contenté-je de répondre.

Elle hausse les sourcils, comme si elle savait qu'une femme m'avait justement battu quelques jours plus tôt.

Je plisse les paupières, et la fixe droit dans les yeux pour la jauger. Mme Leclairc, se sentant de trop, finit par lever les mains en l'air en s'éloignant pour se préparer à donner le départ.

— Très bien. Que le meilleur gagne, me moqué-je. Je ne m'embête pas à le dire au féminin puisque tu perdras.

— Que *la* meilleure gagne, répète-t-elle en changeant volontairement l'accord.

J'arbore un sourire en coin, sûr de moi, et la dépasse pour rejoindre le volant de ma voiture. J'entends ses pas juste derrière moi, accompagnés de marmonnements principalement constitués d'insultes.

Décidément, cette femme est aussi sauvage qu'une lionne, et je vais finir par croire qu'elle en est réellement une tant elle est fière.

Ma petite lionne.

Chapitre 12
Dylan

Installé dans ma voiture, j'attends le départ. J'ai prévu d'aller doucement sur cette course pour que personne ne se doute de mes activités en périphérie de la ville deux fois par semaine. J'ai déjà participé à quelques courses officielles, mais jamais à un niveau aussi haut que le sont les *run*.

Il est hors de question que je prenne le risque de les laisser découvrir ce secret bien gardé. Je me mettrais en danger moi, mais aussi tous les autres pilotes, spectateurs et organisateurs.

De toute façon, je n'ai plus de titre de champion indétrônable le soir, et ici, personne ne me connaît, ce n'est pas comme si je risquais quoi que ce soit.

Les moteurs vrombissent tour à tour en attendant que Mme Leclairc donne le départ. Je lance un regard vers la voiture encore garée à côté de la mienne, et observe Megan qui se prépare comme si elle avait fait ça toute sa vie. Peut-être qu'avec cette attitude, elle pense qu'elle pourra me battre, mais même son caractère ne pourra pas la faire gagner contre un pilote ayant dix ans d'expérience.

Des haut-parleurs se mettent à grésiller, puis la voix de Mme Leclairc résonne jusqu'à l'intérieur de ma voiture.

— OK. Vous êtes prêts ? En fait, même si vous ne l'êtes pas, je m'en fiche ! Trois… ! Deux… ! Un… ! Roulez !

J'éclate de rire en appuyant sur mon accélérateur – pas à fond cependant – et cale ma vitesse de manière qu'elle soit légèrement supérieure à celle des autres.

Je dépasse rapidement toutes les voitures et déjà, la i7 est bien loin derrière moi. Nous avons décidé de faire cette course en dix tours et il ne me faut pas très longtemps pour dépasser les retardataires et enchaîner avec mon deuxième tour. Heureusement, cette fois, je n'ai pas besoin de m'inquiéter. Après tout, personne ici n'est au niveau de la femme qui m'a battu lors de mes dernières courses.

Dernier tour.

J'ai cinquante mètres d'avance sur la i7 mais je n'accélère pas, je n'en ai pas besoin. Si elle tente de me rattraper, j'aurai suffisamment de temps pour agir afin de garder ma première place. Ainsi, je reste sur une vitesse de croisière même si elle ne m'apporte pas d'adrénaline, contrairement aux courses habituelles.

Alors que j'entame mon dernier tour, la i7 tente de me rattraper. Je grogne et accélère afin de m'assurer la première place. Il est hors de question que je refasse la même erreur.

Bientôt, je passe la ligne d'arrivée et me gare. Avec un grand sourire, je sors de ma voiture et m'appuie sur celle-ci en observant les autres faire leur dernier tour. Quelques secondes plus tard, la i7 se gare à un mètre devant ma voiture. Sans hésiter, je la rejoins et toque contre la vitre conducteur. Celle-ci s'abaisse, me dévoilant le regard vibrant de haine que m'offre Megan.

— Tu n'étais pas à grand-chose de gagner, déclaré-je. Bravo.

— J'ai gagné, puisqu'il te reste un tour à faire.

Je fronce les sourcils et recompte mes tours silencieusement. Il me faut quelques secondes pour comprendre qu'elle a raison.

Moqueuse, elle m'adresse un clin d'œil.

Je n'ai pas le temps de remonter dans ma voiture pour terminer mon tour que toutes les autres se garent autour de Megan et moi.

J'ai perdu. Je suis dernier.

La voix de Mme Leclairc résonne alors au-dessus de nos têtes.

— Le grand vainqueur est Megan ! Bravo, Megan. Tu es une très bonne pilote. On dirait que tu as fait ça toute ta vie !

Je la regarde, dépité, alors qu'elle arbore un sourire fier en sortant de la voiture.

— Je te l'avais dit. Tu n'es qu'un *loser*, Dylan Smith.

— J'ai fait une erreur de calcul, la reprends-je. Si ça n'avait pas été le cas, on sait tous les deux que j'aurais gagné.

Je suis mauvais perdant, je le sais, mais que faire contre une femme avec tant de hargne en elle ?

— Il me semble pourtant que ce n'est pas la première fois que tu perds.

Aussitôt, j'ai un mouvement de recul. Comment sait-elle ça ?

Elle se débarrasse de sa veste et soudain, tout devient clair. Des tatouages qui s'emmêlent les uns aux autres recouvrent sa peau. Elle est un chef-d'œuvre vivant. Mais ce qui me trouble le plus, c'est ce qu'elle vient de dire, en plus de ces tatouages.

— Putain, soufflé-je en la dévisageant.

Elle m'adresse un sourire en coin.

— T'es la foutue pilote qui m'a battu, y a trois jours.

— De quoi tu parles ? demande-t-elle pourtant, sourcils froncés, en arborant un air innocent.

— Tu le sais très bien. Mais soit. De toute façon, on ne doit pas en parler. J'imagine que je te vois lundi soir, alors.

Elle lève un sourcil, garde son air confus, puis s'éloigne vers ses collègues qui se sont réunis en un groupe à quelques mètres d'ici. Elle n'a rien confirmé, mais tant de coïncidences ne peuvent *pas* être des coïncidences.

Je me reprends et viens me poster à ses côtés. Elle m'ignore, comme si nous ne nous étions jamais adressé la parole, comme si j'avais imaginé tout ce qu'il s'est passé, de A à Z. Pourtant, mon esprit reste focalisé sur elle. Je suis certain de ce que j'avance. C'est trop de choses liées pour être une simple coïncidence. Ainsi, je me remémore tous les détails des deux dernières courses au cours desquelles elle m'a battu. Ceci explique aussi que je sois partagé entre deux femmes. Ou du moins, que je pensais l'être.

Mme Leclairc arrive, trois médailles et un trophée en main.

— Venez, nous allons faire la remise des prix sur le podium.

Tout le groupe se déplace d'un même mouvement pour rejoindre celui-ci, de l'autre côté des gradins.

— Emma et Mathieu, vous êtes arrivés à la troisième place, bravo !

Les collègues de Megan poussent un cri de joie et s'avancent jusqu'au podium dont ils gravissent les quelques marches en métal. Ils se placent sur la surélévation portant le numéro trois et alors qu'Emma sourit, Mathieu montre ses muscles. Comme un énième rappel que je ne serai jamais qui je rêve d'être.

Je baisse la tête, et ne la relève que lorsque Mme Leclairc appelle Megan. Je grimace. Depuis quand je perds des courses ? Et surtout, comment ai-je pu être aussi bête ? Comment, après tant d'années d'entraînement, ai-je pu faire une erreur de calcul aussi bête ?

Mme Leclairc monte alors sur le podium et décerne à chacun une médaille, ainsi qu'un trophée pour Megan. De l'autre côté du podium, Emma et Mathieu se bagarrent en riant pour savoir qui gardera la médaille.

— Vous savez, les tourtereaux, si on vous dérange, dites-le et on vous laisse ! se marre Megan.

Mathieu se retourne soudain vers elle avec un air blessé.

— Ce n'est qu'une amie, lâche-t-il plus sèchement qu'il ne l'aurait voulu, à en voir son attitude.

Megan se renfrogne et quitte le podium avant même que Mme Leclairc ait pu prendre une photo d'elle.

Sans hésiter, je la suis et malgré mes tentatives pour lancer la discussion avec elle, elle reste distante, et coupe court à chaque phrase que je lui adresse, soit en m'ignorant, soit en répondant brièvement avec le type de réplique qui n'encourage pas à approfondir le sujet. Je finis donc par abandonner, décidant que de toute façon, j'aurai l'occasion de la revoir, et de lui poser des questions auxquelles elle n'aura pas d'autres choix que de répondre.

La journée de cohésion continue sur plusieurs jeux d'équipes, et bien sûr, Megan fait à chaque fois en sorte d'être dans le camp des ennemis, histoire que je comprenne bien où est ma place dans sa vie.

Un insecte sur son chemin qu'elle souhaiterait écraser.

Et moi, bêtement, je ne peux pas m'empêcher de vouloir en savoir encore plus sur elle alors que jamais cette femme ne m'ouvrira la porte de son cœur.

L'espoir est la drogue préférée de l'homme.

Chapitre 13
Megan

Je claque la porte de l'appart dans mon dos et me débarrasse enfin de mes chaussures. Heureusement, je n'ai pas fait l'erreur de choisir des talons, mais ça n'empêche cependant pas que mes pieds crient de douleur d'être restés enfermés pendant des heures dans des baskets serrées et encore trop neuves.

C'était une longue journée, surtout quand j'ai découvert que l'influenceur dont il était question était bel et bien Dylan Smith *aka* l'homme qui cherche mon contact depuis notre rencontre et qui ne veut pas me lâcher.

Maintenant qu'il a découvert mon secret – bien que je ne le lui aie pas confirmé –, j'ai bien peur qu'il tente de nouveau d'établir le contact lors de la prochaine course.

Je me souviens de cette phrase qu'il m'a balancée.

J'imagine que je te vois lundi soir, alors.

Cette phrase qui aurait été mal comprise hors contexte.

Cette phrase qui résonne en moi depuis qu'elle a quitté ses lèvres.

Cette phrase qui m'obsède parce qu'alors même que je déteste les hommes, je me trouve à espérer que je le croiserai lors du prochain *run.*

À avoir hâte.

Pourquoi a-t-il ce pouvoir sur moi ? Pourquoi est-ce qu'une inexplicable attirance me pousse à m'approcher de lui, au risque de me brûler les ailes ?

Au risque de revivre ce que j'ai vécu.

Pourquoi suis-je assez bête pour tomber dans le piège qu'il me tend ? Pourquoi ne suis-je pas assez courageuse pour le repousser ? Pourquoi ai-je si conscience que ses filets m'attraperont, tôt ou tard ? Et pourquoi ne fais-je rien face à cette idée ?

Je devrais pourtant fuir loin de lui, c'est le plus sage. Et malgré cette force surréaliste qui me pousse dans ses bras, je ne peux pas me permettre de lui céder. Ainsi, je me promets de tout faire, de me battre jusqu'à mes dernières forces, seulement pour ne pas prendre le risque que cela recommence. Cette résolution, que je tiens avec plus d'intensité que jamais, commence lundi soir. Je fuirai aussitôt le *run* terminé. Je ne tenterai même pas le diable en sortant de la voiture. Et je ferai ça jusqu'à ce qu'il ne cherche plus mon contact, jusqu'à ce qu'il comprenne que je suis inaccessible et que jamais je ne me laisserai approcher. Tout ça pour cacher la vérité.

J'ai peur.

Trois mots qui définissent toutes mes actions et réactions, envers lui ou envers les autres. La peur m'a assaillie il y a bien longtemps, quand je n'étais encore qu'une gamine qui ne comprenait pas que ce n'était pas normal.

À la pensée de mon passé, je souffre. Mes larmes coulent le long de mes joues, avant de s'écraser à mes pieds.

Alors que je voudrais seulement aller bien, mes pires souvenirs s'imposent à moi. Les sensations me reviennent les unes après les autres.

Ses mains sur mon corps.

Ses lèvres sur les miennes.

Ses poings qui me percutent lorsque j'osais manifester mon désaccord.

La douleur.

La souffrance.

La violence.

Encore et encore.

Je m'écroule contre la porte d'entrée alors que mon corps se met à trembler.

Et malgré tout, je me promets qu'un jour, je serai heureuse.

Chapitre 14
Megan

J'imagine que je te vois lundi soir, alors.

Cette phrase a tourné en boucle dans mon cerveau ces trois derniers jours. Et nous y voilà. Le fameux lundi soir est arrivé, me faisant d'autant plus stresser.

Si seulement j'avais pu prendre une autre voiture, au moins pour cette fois, juste pour qu'il me reconnaisse moins facilement. Malheureusement, je n'ai pas la chance d'être riche et de posséder une collection de voitures toutes plus chères les unes que les autres.

Alors j'avance, à bord de ma 9ff, jusqu'au vigile qui attend discrètement à l'entrée définie pour ce soir.

— Bonjour, lui lancé-je lorsque je suis à sa hauteur. Ce soir, le temps est parfait pour une petite balade en voiture, vous ne pensez pas ?

Aussitôt a-t-il reconnu le code secret qu'il s'approche de ma fenêtre et se penche vers moi. Il empiète sur mon espace vital, mais si j'ose dire quoi que ce soit, il m'ordonnera de dégager et de ne jamais revenir.

— Vous savez ce qu'il vous reste à faire, dit-il seulement.

Pas de bonjour, pas de politesse, pas de sourire. Nous ne sommes pas là pour ça. Ainsi, je lui donne ma carte d'identité préparée à l'avance. Il tapote quelques secondes sur son téléphone avant de me dévisager puis de hocher la tête.

— Bonne balade, conclut-il en me rendant ma carte et en reprenant sa place sur la bordure du muret qui borde la route.

Je continue alors ma route pendant un kilomètre, et finis par déboucher sur la petite place délimitée par quelques barrières et qui peut accueillir bien assez de spectateurs pour que l'ambiance soit au rendez-vous, sans pour autant que les flics se pointent.

Ayant fait exprès d'arriver tout juste à l'heure pour le début de la course, je prends directement place près des autres voitures qui sont positionnées sur la ligne du départ. J'attrape mon casque sur la plage arrière, et l'enfile. Une femme s'avance au milieu de la piste, taillée dans son mini-short et son haut de bikini.

Je ne suis pas jalouse. Elle est le genre de femme sur qui les projecteurs sont constamment braqués. Et si elle a l'air de particulièrement les apprécier, je suis plutôt du genre à rester derrière les rideaux, dans l'ombre. Elle donne le départ et déjà, toutes les voitures se mettent à foncer. Des pneus crissent sur le bitume à l'approche du premier virage qui arrive bien vite.

Ce soir, j'ai décidé de ne pas utiliser de ruse. Si je gagne, ce sera à la seule force de mon moteur et de mon mental. Je n'ai pas peur de la vitesse, elle m'apporte plus d'adrénaline que n'importe quoi d'autre. Ce type d'adrénaline qui te donne des frissons qui remontent le long de ta colonne vertébrale, te rappelant que tu es en vie. Et qu'il ne suffirait que d'un instant pour y mettre fin.

Mon tableau de bord affiche 270 km/h. Je ne suis pas à fond, mais cela me suffit pour me trouver juste derrière la Koenigsegg de Dylan.

Je me refuse de penser à lui pour le moment, sans quoi je risquerais ma vie. Et même si j'apprécie l'adrénaline que cela me procure, justement parce qu'on joue avec quelque chose de si précieux que la vie, je n'en suis plus à un stade où en finir est dans mes projets.

Ainsi, mes yeux fixent la scène qui se déroule devant moi. La Jesko Absolut s'éloigne à mesure que nous nous approchons de la ligne d'arrivée. Je prends une grande goulée d'air, dégage la visière de mon casque, réajuste mes mains sur le volant. Et enfonce mon pied sur l'accélérateur. La voiture prend un élan soudain et rattrape bien vite la Koenigsegg.

— *Megan, tu penses encore gagner ?* se moque la voix de Dylan qui résonne soudain dans l'habitacle.

Cette fois, j'ai accepté que ma radio soit connectée à celles des autres pilotes.

— *On connaît enfin son nom ?* questionne un autre mec dont j'ignore l'identité et qui ne m'intéresse pas le moins du monde.

— Nah, finis-je par répondre. Je vais te laisser gagner, aujourd'hui. Je ne veux pas heurter ton ego sensible.

— *Personne ne heurte mon ego en me battant. Pas même toi.*

— Je suis la seule à t'avoir battu, chéri, me moqué-je.

— *Exactement. J'ai enfin un adversaire à mon niveau, je vais pas me plaindre !*

Je lâche un rire sec.

— Tu dis ça pour t'empêcher de pleurer, *petit chou.*

— *Putain, elle a du caractère !* s'exclame la voix d'un autre mec. *T'es célibataire, ma belle ?*

Je m'apprête à l'insulter, prête à détruire ce con qui pense qu'une femme célibataire est nécessairement une femme intéressée, mais la voix de Dylan me coupe dans mon élan.

— *OK, tu as heurté mon ego, c'est bon. Et Alex, va te faire foutre.*

Je hausse les sourcils. Il fait quoi, bordel ?

— *Oooh ! Quelqu'un a déjà marqué le territoire, on dirait !* rit celui-ci. *J'te la laisse. T'as besoin d'une lionne, moi j'vais pas tenir plus de dix secondes.*

— Je n'appartiens à personne, connard, grogné-je. Et j'espère que tu ne parles pas du temps que tu tiens au lit, parce que je suis certaine que tu surestimes tes compétences.

Plusieurs rires éclatent dans mon habitacle, et le concerné ne répond plus, vexé.

Quand je dis que les hommes ont un ego sensible.

Quelques secondes plus tard, alors que je talonne encore Dylan, nous apercevons la ligne d'arrivée. Si je suis au maximum de ma capacité, je sais que lui ne l'est pas. Ainsi, son moteur vrombit plus fort, et il atteint la ligne d'arrivée deux secondes avant moi. Une voiture plus puissante et ergonomique m'aurait suffi pour gagner. Dommage que je n'aie pas les moyens de me payer un meilleur modèle.

Je freine à côté de Dylan alors que celui-ci ouvre sa portière. Je réalise alors que j'ai déjà trahi ma promesse de ne plus lui parler. Ce n'était certes que pour cracher mon venin, mais ça non plus, je ne devais pas le faire.

Je suis si faible, bon sang !

On toque soudain à ma vitre. Je tourne la tête et vois le visage de celui-ci presque collé au verre. Je fais une moue, puis tourne la tête de l'autre côté pour l'ignorer.

Une seconde plus tard, son visage apparaît. Je lève les yeux au ciel et reporte mon regard en face de moi. De nouveau, il apparaît avec un sourire aussi craquant qu'énervant. Non, pas craquant ! Qu'est-ce qui ne tourne pas rond chez moi ? Il est seulement énervant. J'allume le contact et avance de quelques centimètres pour lui faire peur. Pourtant, il ne cille pas. Je descends alors ma vitre, juste assez pour que ma voix puisse l'atteindre.

— Dégage ! grondé-je sans retenue.

Il s'approche de ma fenêtre et continue de sourire.

— Pourquoi je ferais ça ?

— Parce que j'aimerais me casser, marmonné-je.

— J'ai pas envie que tu partes, moi, argumente-t-il avec une moue.

— Rien à foutre. Bouge de là avant que je te roule sur les pieds.

Je le fusille du regard et déplace de nouveau la voiture de quelques centimètres pour prouver que je suis capable de mettre ma menace à exécution.

— Argh ! Je savais que tu cherchais une excuse pour me virer de la course.

— J'ai pas besoin de ça pour te battre, ne te fais pas trop d'illusion.

— J'ai pourtant gagné.

Je lâche un rire jaune.

— Ouais, c'était voulu. Allez, bouge avant que je lâche mes nerfs sur toi.

— Parce que tu ne le fais pas, là ? se moque-t-il.

— Crois-moi, tu ne veux pas me voir énervée, me contenté-je de répondre.

Il finit par lever les mains en l'air en signe de reddition et par se reculer d'un grand pas pour me laisser partir. J'appuie sur l'accélérateur et retourne en ville pour reprendre mes activités normales, comme si je n'avais jamais participé à un *run* de ma vie. Parce qu'en dehors de Dylan, personne ne connaît les deux facettes de ma vie.

Il ne doit cependant pas en découvrir plus, au risque que je me perde.

Chapitre 15
Megan

Plus on s'approche de l'été, plus les touristes sont nombreux. C'est à croire qu'ils n'ont pas de boulot et passent leur vie à voyager !

Je souffle en me recroquevillant sur la seule place assise que j'ai réussi à choper dans le métro – entre deux mecs baraqués dont les coudes me rentrent dans les reins. Pitié que l'un d'eux parte bientôt, je ne vais pas supporter ce contact bien longtemps.

Mes doigts s'activent sur ma jambe avec impatience, la pinçant pour me concentrer sur autre chose que mon stress, bien que cela ne fasse pas ses preuves. Je m'oblige à respirer doucement et profondément pour ne pas craquer.

Inspirer.

Expirer.

Je recommence cette opération plusieurs fois, mais mon stress ne devient pas plus supportable. Alors, lorsque la prochaine station est annoncée, je me lève et m'éloigne à l'autre bout du wagon où je trouve une autre place à côté d'une femme ne débordant pas sur le siège libre. Je soupire de soulagement en m'y asseyant, et pose la tête contre la paroi du wagon en attendant d'arriver à la station terminus.

Lorsque j'arrive dans les locaux de G-RACE, souriante pour sauver la face, je suis saluée par l'hôtesse d'accueil.

— Bonjour, Megan !

— Bonjour, Giselle !

— Dylan Smith, l'influenceur, viens de passer, je l'ai envoyé à ton bureau, m'informe-t-elle alors que je fouille dans mon sac pour trouver mon badge.

Quand j'ai appris hier qu'il serait avec moi aujourd'hui, j'ai secrètement espéré qu'il soit subitement frappé par une maladie qui l'aurait cloué au lit. Ça aurait été si bien d'avoir une semaine supplémentaire pour me préparer psychologiquement. Mais puisque je dois garder un visage professionnel, j'adresse un grand sourire à ma collègue.

— Ah, oui, c'est vrai !

Je sors enfin mon badge, et alors que je passe le portillon, elle ajoute :

— C'est vraiment un bel homme.

Je me tourne vers elle avec un sourire de façade encore plus faux que le précédent, et hausse les épaules.

— Mouais, il est plutôt pas mal.

Elle m'adresse un sourire, puis reporte son attention sur les dossiers qui s'empilent sur son bureau.

J'appelle l'ascenseur et attends. Lorsqu'enfin, il s'ouvre, je grimace. J'entre et détourne le regard pour faire comme si je n'avais pas vu Dylan. Je sens pourtant ses yeux peser sur mon dos, et finis par me tourner vers lui.

— Arrête de me regarder, me contenté-je de dire.

— Bonjour à toi aussi, petite lionne.

Je grogne et plonge mes iris dans les siens.

— N'utilise plus jamais ce surnom, grogné-je.

— Sinon quoi, *petite lionne* ? se moque-t-il.

— Sinon je te fous mon poing dans le nez, et pour couronner le tout, je préviens Mme Leclairc qui te dégagera sans préavis !

— Bien.

Il fait une pause.

— Alors comme ça, tu dois me montrer ton métier, aujourd'hui. Ça va aller ?

Il dit ça sur un ton ironique, dans le seul but de me faire fulminer. Et ça fonctionne.

Connard.

— Parfaitement. J'aurai juste besoin d'un lavage de cerveau pour oublier cette journée de merde, marmonné-je dans ma barbe.

— Méchant, mais mérité, avoue-t-il.

— Contente-toi d'être professionnel. Après tout, le cadre s'y prête, finis-je par conclure quand les portes s'ouvrent sur le couloir qui mène à mon bureau.

Je ne lui laisse pas une seconde pour répondre et me dirige vers ma porte que j'ouvre et referme dans mon dos, comme si ce parasite n'existait pas.

Une seconde plus tard, on toque.

Je prends une inspiration, plaque un sourire poli sur mes lèvres, et me promets que ce soir je me ferai un festin en compagnie de Rim et mes animaux pour oublier. Enfin, j'ouvre.

— Bonjour, monsieur Smith. Bienvenue dans mon bureau.

Je le laisse entrer, et reprends.

— Comme vous le savez déjà sans doute, je suis l'ingénieure automobile de l'entreprise. Cela veut dire qu'à partir des demandes de la P.-D.G., je dessine les futures voitures, je décide de leur taille, leur puissance, etc. Je suis également la production de près pour m'assurer qu'ils respectent mes directives et que tout est bon. Avez-vous des questions ou puis-je commencer à travailler ?

Il prend place sur l'un des fauteuils en face de mon bureau et lève le nez vers le plafond.

— M'avez-vous écoutée ? m'inquiété-je.

— Pardon, finit-il par réagir. Pourriez-vous répéter, je n'étais pas en train de filmer ?

Je garde mon sourire poli pour lui montrer – ou peut-être pour me prouver – qu'il ne me déstabilise pas, et répète tout mon monologue, ignorant sa caméra pointée sur mon visage. Il se met alors à me poser une tonne de questions que je sais être destinées à me faire monter la moutarde au nez.

Ça fonctionne, mais je reste calme.

Professionnelle, Megan, professionnelle.

« *Quelles études avez-vous suivies pour en arriver ici ?* » Des études d'ingénieure, ducon.

« *Est-ce votre première expérience ? Je crois pouvoir dire que vous êtes jeune.* » Connard.

« *Comment avez-vous appris à dessiner ?* » Ai-je vraiment besoin de commenter cette question ?

« *Pourquoi G-RACE ?* » Parce que j'avais besoin d'un travail, tout simplement.

Je réponds à chacune de ses interrogations, aussi bêtes et inutiles les unes que les autres, avec un ton qui lui fait croire que je suis heureuse d'y répondre. Il se doute probablement que je tente seulement de garder un masque de professionnalisme, mais se garde cependant de tout commentaire. Sa tentative de me déstabiliser échoue.

Tu ne m'attraperas pas dans tes filets, démon.

Il finit par cesser de me cuisiner et me laisse travailler, choisissant de prendre quelques vidéos, photos et des notes sur le déroulement de ma journée.

* * *

Alors qu'il devait finir à quinze heures, *monsieur* a décidé de rester plus longtemps « pour mieux m'observer ». Cependant je sais qu'il voulait seulement m'emmerder, cela se voit à son visage arborant un air rusé.

Pourtant, avant de poser sa main sur la poignée de porte, il se tourne vers moi.

— Ça te dirait, un restaurant, ce soir ?

— Non, réponds-je en le dévisageant.

Il fronce les sourcils.

— Un *run* de prévu dans un club dont je ne connais pas l'existence ?

Mes yeux s'ouvrent en grand, et je m'avance vers lui pour plaquer ma main sur sa bouche.

— Ça va pas ? chuchoté-je. Et si quelqu'un t'avait entendu ?

Ses paupières clignent, puis s'arrêtent quand ses iris s'arriment aux miens. Nous restons ainsi plusieurs secondes, à nous fixer, immobiles. Ses lèvres remuent sous ma main, me ramenant à la raison. Je l'enlève comme si elle me brûlait soudain et réalise à quel point nous sommes proches. Je m'éloigne immédiatement, remettant alors une distance convenable entre nous deux.

Sécurité.

— Personne ne nous entend, ne t'en fais pas.

— Arrête de penser que tu connais mieux ces bureaux que moi.

— Ce n'est pas comme si tu bossais ici depuis des années, rétorque-t-il.

— Il n'empêche que je les connais mieux que toi. Les murs sont fins. Et puis, peu importe, ne parle pas de ça. Ni ici ni nulle part. *C'est dangereux et tu le sais.*

— Si c'est la seule façon pour que tu t'approches de moi, je le ferai plus souvent, ricane-t-il. Mais tu n'as pas répondu à ma question.

Je pousse un grognement.

— Non. Je n'ai pas envie de passer du temps avec toi.

— C'est dommage.

— Va-t'en, Dylan.

Il plisse les lèvres, mais finit par accepter d'un hochement de tête qui paraît douloureux.

— Va te faire foutre, Megan. Ce serait bien que tu comprennes que tout le monde ne te veut pas du mal.

Sur ces derniers mots, il claque la porte derrière lui. Un instant, j'hésite à le suivre, et à lui demander de me comprendre. J'en viens à me demander si et quand je le reverrai. Pourrait-il être celui qui m'aidera ? Il le pourrait, peut-être, si je lui laissais une chance de me montrer qui il est.

Mais bien vite, je me reprends. On m'a dit ça dans le passé, et c'était un mensonge. Parce que c'est la seule chose que les gens sont capables de faire.

Mentir.

Chapitre 16
Megan

Deux semaines plus tôt

La nuit est tombée sur la ville, et déjà, nous sommes plongés dans une obscurité renforçant l'excitation et l'adrénaline qui se propagent parmi les pilotes et les spectateurs. Les voitures sont prêtes au départ, les moteurs vrombissent. Tous se sont mis à crier lorsqu'enfin, elles s'élancent. Une odeur de carburant me monte au nez et je souris.

C'est l'heure d'analyser.

Plus tard, ce sera l'heure de gagner.

Mes yeux se rivent alors sur *cette* voiture en particulier. J'ignore les autres, peu intéressée par leurs profils.

Ils ne sont pas des concurrents, seulement des fourmis que je battrai sans la moindre difficulté.

J'aperçois au loin ses phares qui illuminent la route, enfouie derrière des arbres. Bientôt, il repasse. Je note sa façon de faire : vitesse constante malgré les virages, zigzag entre les autres voitures pour reprendre la première place… Il fait tout ce qu'il peut pour rester éthique et en sécurité. Mais sera-t-il capable de faire de même lorsqu'il devra se mesurer à moi ?

Je découvre alors son point faible. Il est imbu de sa personne. Il se croit indestructible.

Il a bien trop confiance en lui.

J'ai hâte de pouvoir briser ses rêves et le ramener à la réalité. *Personne ne bat l'exceptionnel Dylan Smith*, m'a-t-on dit lorsque je suis arrivée. Mais ça, c'était *avant* que je décide de me mesurer à lui.

Ce n'est qu'une question de jours avant que je lui prenne sa place pour ne jamais la lui rendre. J'aurais aimé éviter d'utiliser une ruse, cependant être vicieuse me fera gagner à coup sûr. J'ai hâte de le faire descendre de son piédestal.

La chute sera magique, Dylan Smith.

Chapitre 17
Dylan

Un an plus tard

Megan me manque.

Mais ce n'est pas justifié. Elle ne me considère pas comme un ami, c'est tout juste si je suis une connaissance pour elle. Elle ne devrait pas me manquer comme c'est le cas, parce que éprouver des sentiments pour une femme qu'on connaît à peine, c'est faire preuve d'inconscience.

Pourtant, mon cœur a été incapable de résister à la seconde où je l'ai vue me refuser une quelconque relation, à la seconde où j'ai réalisé que j'avais enfin, face à moi, quelqu'un de mon niveau.

Mais bordel, même si mon cœur est tombé pour elle, je ne pensais pas que sa présence dans ma vie me paraîtrait si nécessaire. Son visage est le premier que je vois chaque matin en me réveillant, et le dernier en m'endormant. Je ne m'explique pas pourquoi elle ni pourquoi maintenant. Je sais seulement que c'est indéniable. Qu'elle compte autant pour moi que peut compter l'oxygène. Ma souffrance est inévitable, je dois vivre avec.

Ou la revoir. Je ne sentirais plus cette douleur comprimant ma poitrine, mais surtout je pourrais l'observer de mes yeux, sans le moindre filtre, sur autre chose qu'une vieille photo sur laquelle elle se trouve en fond, trouvée par hasard sur Internet.

Pourquoi Megan incarne-t-elle parfaitement l'idée que l'impossible à obtenir est toujours le plus attirant ? Et pourquoi cela semble-t-il inévitable ? Pourquoi ne puis-je pas simplement l'atteindre, la faire craquer ?

Mon palpitant se serre à l'idée que je préfère penser à une femme qui se fiche de mon existence plutôt qu'à ma mère, enfermée dans son propre corps et reliée à des machines qui bipent toute la journée pour rappeler qu'elle respire encore. Je rêve qu'un jour elle se réveille du coma, mais j'ai encore plus peur qu'elle ne veuille pas de moi après tout ce par quoi je suis passé. Et si elle refusait de m'accepter ? Et si son réveil ne me rendait pas ma mère ? Et si je la perdais encore plus qu'avec l'accident ? Et si son réveil empirait tout ?

Il m'a été plus simple de partir un an à l'autre bout du monde pour faire grandir mes réseaux sociaux, espérant qu'elle se réveillerait alors que je serais absent, et qu'elle aurait le temps de découvrir la vérité et de l'accepter avant que je rentre. Mais si la vie se passait comme on le souhaitait, où serait l'excitation de découvrir ce qui nous arrivera demain ? Elle deviendrait alors une ligne constante sans intérêt.

Laisser du temps à Megan était ma principale motivation, parce que jamais je ne pourrai l'approcher tant qu'elle ne fera pas un point avec elle-même, décidant de ce qu'elle veut pour sa vie.

Décidant si elle veut de moi.

Au cours des douze derniers mois, j'ai découvert beaucoup de choses, notamment que je suis capable de gérer les imprévus avec du sang-froid, mais aussi que je suis fait pour parler de voitures sportives sur les réseaux sociaux. Étendre mes compétences au niveau international m'a fait apprécier encore plus mon métier et les personnes qui appartiennent au secteur automobile. Me mesurer à de grands pilotes dans des circuits sur chaque continent était terriblement rafraîchissant. C'est comme redécouvrir une passion qui était en train de devenir une routine.

Finalement, même si ma vie à Toulouse m'a manqué, que mes proches m'ont manqué, je ne regrette pas un instant d'avoir découvert le monde, un sac sur le dos et mon téléphone à la main, prêt à filmer tout ce que je pouvais pour alimenter mes réseaux sociaux.

Cependant, il est à présent l'heure de revenir aux sources et de reprendre ma place auprès des miens.

Et peut-être enfin de conquérir l'inatteignable cœur de Megan.

Chapitre 18
Megan

Mes jambes s'agitent tant je suis stressée. Cela fait dix minutes que le service de contrôle qualité aurait dû m'appeler pour me dire que tout est OK. Je suis vraiment à pas grand-chose de descendre pour rejoindre l'usine.

Alors que j'y réfléchis de plus en plus sérieusement, le téléphone sonne enfin. Je saute dessus pour le décrocher et manque au passage de me ramasser.

— Allô ?

— *Salut, c'est Benoît.*

Je retiens mon souffle. C'est *son* appel que j'ai attendu toute la journée.

— Tu as les résultats ? demandé-je alors, impatiente.

— *Oui. Désolé pour le retard, d'ailleurs. On a eu un souci.*

— Un souci ? m'écrié-je soudain, anxieuse.

Aussitôt, Benoît perçoit mon stress et me rassure.

— *Rien à voir avec les voitures, ne t'en fais pas ! Juste une machine qui a buggé.*

Je relâche mon souffle, comprenant son sous-entendu, mais demande tout de même confirmation.

— Elles sont passées ?

— *Tout est bon*, dit-il, une pointe de fierté dans la voix.

Je retiens un cri de joie, me rappelant que je suis sur mon lieu de travail, en ligne avec l'un de mes collègues. Ces voitures, c'est un an de travail. Un an aux côtés d'un grand nombre de mes collègues qui ont fait partie du processus de fabrication.

— Je peux venir les voir quand ? l'interrogé-je alors.

— *Maintenant, si tu veux.*

Je hoche la tête – quand bien même il ne peut pas me voir.

— J'arrive.

Après que mon collègue m'a saluée, je raccroche et me prépare pour foncer à l'usine. Il me faut prendre une voiture de fonction puisqu'elle se situe en dehors de la ville, à seulement dix minutes, pour être exacte.

Je toque à la porte de Vanessa, qui m'invite aussitôt à entrer.

— Bonjour, Vanessa. Benoît a appelé.

Elle se redresse aussitôt, les sourcils levés, impatiente d'avoir la réponse à ces questionnements qui planent au-dessus de nos têtes depuis le jour où elles sont parties en construction.

Je souris de toutes mes dents, et elle comprend.

— Je savais que je pouvais avoir confiance en toi ! s'écrie-t-elle, heureuse. Viens, on va les voir.

— C'est ce que je comptais faire, justement. Je venais vous demander si je pouvais prendre une voiture.

Elle lève les yeux au ciel, et avant même que ses paroles franchissent la barrière de ses lèvres, je sais ce qu'elle va me dire.

— Tu n'as pas besoin de me demander. Elles sont à disposition précisément pour ça.

Et comme à chaque fois que ce sujet est remis sur le tapis, je lui réponds la même chose.

— Je préfère demander.

Et enfin, elle m'ignore en me passant devant, comme toutes les fois précédentes. Je la suis de près jusqu'au parking souterrain de la propriété. Nous montons dans une Audi A5 noire, et je souris en caressant le cuir des sièges.

Bientôt, je vais voir mes créations. Ces voitures que j'ai imaginées de A à Z, que ce soit du point de vue technique ou du point de vue esthétique. Je suis impatiente. Si impatiente que, lorsque Vanessa démarre, je suis déjà à deux doigts de lui demander dans combien de temps nous arrivons comme un enfant de cinq ans.

* * *

Pendant ces dix minutes de route, Vanessa a finalement réussi à me divertir en mettant de la musique et en chantant à tue-tête ses chansons favorites. Elle est tellement charismatique que lorsqu'elle m'a demandé de chanter avec elle, j'ai commencé à m'égosiller bêtement en mode yaourt avec elle.

Ingénieure automobile, oui. Chanteuse, jamais.

Enfin, nous sortons de la voiture et nous dirigeons vers l'usine. Ici sont fabriquées les voitures, mais aussi le carburant qui a été mis au point par l'entreprise et qui sera bientôt en vente puisque nous avons réussi à le rendre compatible aussi bien avec les réservoirs des véhicules à essence que diesels.

Dès que nous pénétrons dans l'énorme bâtiment en tôle – bien loin de la beauté et de la propreté des bureaux –, le bruit des machines nous assaille avec violence. Benoît vient immédiatement à notre rencontre, des casques antibruit en main. Il nous les tend et dès qu'ils sont posés sur mes oreilles, je me sens plus paisible. Le bruit est encore bien présent, mais c'est maintenant supportable.

— Prêtes ? crie Benoît pour que nous l'entendions malgré le bruit environnant et le casque.

Nous hochons la tête avec joie et déjà, nous nous enfonçons au milieu de toutes ces machines. D'un côté, des bidons se remplissent de carburant G-CARE ; de l'autre, le mélange secret est produit avant de finir dans une énorme cuve.

Enfin, je les vois.

Les quatre bijoux sur lesquels nous avons bossé figurent devant mes yeux, comme des stars mises en lumière par des projecteurs. Un grand sourire se forme sur mes lèvres. Ce design, c'est moi qui le leur ai donné. Ces qualités techniques, c'est moi qui les ai pensées.

Et quand bien même Vanessa m'avait suggéré certaines directives, j'ai l'impression d'en être l'artiste. Comme un peintre met sa signature au coin de son tableau. Même si mon nom ne figurera jamais sur ces voitures ou sur leurs fiches techniques.

— Eh bien, on dirait que j'ai eu raison de réserver un château pour le mois prochain, déclare Vanessa.

Je me tourne vers elle et la dévisage.

— Attends, quoi ? l'interrogé-je, perdue.

Benoît aussi semble troublé par la déclaration de notre patronne. Ni l'un ni l'autre ne sommes au courant de ça, alors que nous faisons partie des personnes les plus proches d'elle.

— C'est évident. Benoît, tu lances la fabrication des modèles en masse. J'en veux mille de chaque. Deux cent cinquante par couleur.

Celui-ci écarquille les yeux.

— En un mois, je ne pourrai en faire que le quart.

— Non, cinq mois. Nos voitures sortiront quatre mois après la soirée de lancement.

Benoît hoche la tête, nous salue, et s'éloigne pour ordonner le début de la production de masse. Chaque seconde est précieuse.

— Vous parliez du château à préparer pour le mois prochain. Cela concerne la soirée de lancement, non ?

— Tout à fait. Il est grand, et pas loin de la ville, c'est le cadre parfait pour dévoiler à la fois nos voitures et notre carburant.

Je hausse les sourcils.

— Tu penses qu'on est capable d'organiser une telle soirée en seulement un mois ? la questionné-je.

— Ne sois pas bête, Megan. Cela fait des mois que je suis penchée dessus, il ne reste pas beaucoup de choses à faire, mais c'est le plus important.

— Alors commençons dès maintenant.

Elle ricane avant de planter ses iris dans les miens.

— Non. Annonce dans le groupe WhatsApp que tout le monde doit être au *Chez Tonton* pour quinze heures. On va discuter de la soirée là-bas, et bien sûr fêter ta réussite !

Je secoue la tête.

— Je n'ai pas tout fait seule. J'ai été aid…

— Stop. Tu en as fait la plus grande partie. Accepte-le.

J'opine de la tête, ne voulant pas me battre avec elle. Je n'aime pas m'accaparer le travail des autres, mais elle ne me laisse apparemment pas le choix.

— D'ailleurs, je vais te donner une prime et une augmentation, tu le mérites bien. Tu as travaillé comme une acharnée pendant un an, et j'ai arrêté de compter le nombre de soirées que tu as passées au bureau pour terminer dans les temps.

Il est vrai que cette dernière année, j'ai dû mettre de côté les *run* pour bosser. Sans toutes ces soirées à rester au bureau, on n'aurait jamais tenu les délais.

— Tu as déjà payé mes heures sup'.

— Et alors ? Tout bon travail mérite bon salaire. Le tien est irréprochable.

— Mais je suis déjà très bien payée, rétorqué-je.

Elle souffle et pose sa main sur mon épaule. Je me crispe à ce contact, mais ne montre rien. Jamais je ne montrerai ma faiblesse. Je dois lui laisser croire que je suis forte. Comme ça, et seulement comme ça, je pourrai y croire moi aussi.

— Arrête de refuser un meilleur salaire, Megan. Personne à part toi ne fait ça.

— Ce n'est pas juste pour les autres, finis-je par avouer.

— Je compte donner une prime à tout le monde, Megan. Accepte le salaire que tu mérites, s'il te plaît.

Je lâche un soupir, mais hoche la tête.

Au fond, je suis heureuse. C'est de l'argent que je pourrai mettre de côté pour voyager, ou en cas de problème coûteux. Ou peut-être même pour m'acheter une nouvelle voiture. Après tout, la McLaren Speedtail me fait tellement envie.

Nous reprenons la route pour retourner au bureau, et alors que Vanessa conduit, j'envoie un message sur le groupe WhatsApp dans lequel tous les employés sont présents.

Megan Egeberg – ingénieure automobile
Madame Leclairc nous invite tous à nous rendre au Chez Tonton pour 15 heures. Au programme : fêter la validation du contrôle et réunion à propos de la soirée de présentation.
13:27

Aussitôt, une tonne de messages tombe. Et au lieu de se féliciter les uns les autres, c'est moi qu'ils félicitent. Je souris, et leur réponds :

Megan Egeberg – ingénieure automobile
Merci, mais vous aussi, vous avez grandement contribué à la réussite de ce projet. Bravo à vous tous !
13:34

De nouveau, les réponses fusent.

Emma Timetin – directrice marketing communication
Arrête de dire ça. On sait tous que tu as tout géré de A à Z. C'est ton boulot, pas le nôtre. Certainement pas le mien mdr xD
13:34

Mathieu Guilloux
– assistant ingénieure automobile
Emma a raison. Sois fière de ce que tu as accompli. C'est toi qui as tout fait ;)
13:35

Je souris aux messages de mes amis. Il y a plusieurs mois, Mathieu et Emma se tournaient autour, et ont fini par tomber fous l'un de l'autre. Ces deux-là se sont bien trouvés et filent le parfait amour – au point de s'être installés ensemble au bout de seulement quatre mois.

Je suis heureuse pour eux. Même si au début j'étais mal à l'aise en voyant Mathieu essayer de se rapprocher de moi, j'ai fini par baisser ma garde quand j'ai réalisé qu'il ne voulait rien de plus que de l'amitié. Depuis, nous avons fait plusieurs soirées chez eux ou à la maison, avec Rim quand elle ne s'absentait pas mystérieusement.

Cela fait un an que je n'ai pas vu Dylan, aussi. Il n'est jamais revenu à G-RACE une fois sa mission achevée – qui nous a par ailleurs apporté plusieurs milliers d'abonnés sur les réseaux sociaux. Après que Rim a mentionné le fait qu'il était parti à l'étranger pour les affaires, je n'ai pas résisté bien longtemps avant de créer un faux compte pour suivre ses aventures au jour le jour.

Drôle de façon de détester quelqu'un, j'en ai conscience.

À présent, il est revenu à Toulouse. Dorénavant, je ne peux plus vivre comme s'il n'existait pas. Parce que, je le sais, il va réapparaître dans ma vie plus vite que je ne voudrais le croire.

Et au fond, j'ai hâte de le revoir.

Chapitre 19
Megan

Après une heure de route, nous arrivons enfin devant l'énorme portail en fer. Je suis tellement impressionnée que je ne peux pas m'empêcher d'exprimer ma surprise en lâchant un cri de stupeur.

— C'est beau, n'est-ce pas ? J'ai pris un moment pour trouver cette pépite, déclare Vanessa en souriant.

— C'est sublime, acquiescé-je.

Vanessa ouvre la vitre de sa portière et tape un code sur un boîtier à proximité. Quelques secondes plus tard, un bruit d'enclenchement me parvient, et le portail commence à s'ouvrir. Nous avançons alors, les pneus crissant sur les caillasses. Quand j'aperçois enfin l'énorme château que Vanessa a réservé, je manque de m'étouffer.

— Putain ! m'exclamé-je sans me retenir.

À mes côtés, ma patronne éclate de rire.

— J'ai fait fort, non ?

— Je n'ai pas les mots, me contenté-je de souffler.

Alors qu'elle se gare sur le parking, je continue à observer l'énorme bâtisse qui se dresse fièrement devant mes yeux.

— Pour une soirée de lancement, j'avoue que j'aurais plutôt pensé au MEETT[4], déclaré-je. Mais ça, c'est bien mieux.

— Le MEETT ne correspondait pas vraiment à l'image de la marque. Je voulais quelque chose d'authentique, de grandiose.

— C'est réussi, la complimenté-je.

Nous sortons de la voiture, et aussitôt, l'horrible chaleur de juin me rappelle que nous sommes en été, me faisant immédiatement regretter la ventilation de la voiture.

Nous nous approchons du bâtiment en pierre, un sourire béat plaqué sur nos lèvres. Il paraît faire plusieurs

4. Parc des Expositions et Centre de Conventions de Toulouse Métropole.

centaines de mètres carrés tant il est imposant. Sa façade est brute et ancienne, abîmée par endroits, mais c'est ce qui fait son charme. Du lierre grimpe ici et là, donnant un côté nature et authentique supplémentaire.

Autour, le gazon est encore parfaitement vert, signe que le propriétaire s'en occupe avec minutie – sans quoi cela aurait jauni en raison de la météo toulousaine, sèche et ensoleillée. Des dizaines d'arbres et de buissons composent le jardin, apportant la dose parfaite de verdure. Enfin, des fleurs sont plantées un peu partout pour amener de la couleur à cet endroit majoritairement composé de nuances de gris et de brun.

Vanessa sort de sa poche une clef aux allures anciennes. Elle s'approche de l'énorme porte en métal qui paraît elle aussi d'origine. Après avoir fait trois tours de clef, elle parvient enfin à déverrouiller la porte. D'un geste, ma patronne l'ouvre et je suis encore plus éblouie par l'intérieur. Quels mots utiliser pour définir un endroit d'une telle beauté ?

Le sol et les murs sont en granit rouge, et des colonnes de la même matière s'élèvent ici et là. Aussi, d'énormes fenêtres laissent pénétrer les rayons du soleil, et des lustres aux mille cristaux pendent au plafond à intervalles réguliers. Je crois avoir la bouche grande ouverte. Mais comment pourrait-il en être autrement alors que ce qui m'entoure m'impressionne ?

Vanessa claque dans ses mains, me faisant revenir à la réalité.

— C'est magnifique, je sais, déclare-t-elle. On pourrait passer la journée à observer chaque détail de cette propriété. Cependant, nous avons une soirée à organiser !

J'acquiesce.

— Je sens que ça va être fun !

Ainsi, nous nous installons sur les escaliers qui bordent l'entrée.

— Nous utiliserons la grande pièce, surtout. On laissera aussi la possibilité aux invités de monter pour observer l'extérieur depuis le balcon. Et bien sûr, cette pièce, dit-elle en désignant une petite salle, ce sera le vestiaire. Et là, à droite, les toilettes. Il faudra mettre un signe pour les désigner. Les autres salles seront soit inutilisées, soit réservées au personnel. Nous mettrons des barrières. J'en vois bien des dorées avec une corde rouge, comme dans les films.

Je me marre à sa référence.

— Je suis d'accord pour tout ça. C'est vraiment super.

Je me tais un instant.

— Mais ôtez-moi d'un doute. Pourquoi c'est moi qui vous accompagne ? Je veux dire, j'adore, c'est super, mais vous avez une assistante qui a davantage d'expérience là-dedans que moi.

Elle lève les yeux au ciel, et déjà, je sais ce qu'elle va me dire.

— Arrête de te sous-estimer.

Bingo.

— Je t'ai demandé de m'accompagner, reprend-elle, parce que tu es celle qui a dessiné les voitures. Tu es l'essence de ma marque. Je t'ai laissé quasiment carte blanche, et tu as su me délivrer des modèles originaux. Cette soirée, elle sera aussi en ton honneur. Et surtout, ces voitures, *tu* les as créées. Personne d'autre que toi ne connaît mieux ce qui correspondrait à une soirée comme celle-ci. Nous allons présenter tes créations, Megan. Il est important que tu sois une grande décisionnaire du cadre et de la soirée.

— Mais c'est vous, la boss.

— Oui. Mais tu es ce qui se rapproche le plus d'un bras droit.

Je décide de mentir, incapable de lui tenir tête plus longtemps. Ce serait de toute manière une perte de temps inutile. Elle ne cédera pas.

— Alors je comprends. Et je vous aiderai avec plaisir !

— Je n'en attendais pas moins de ta part, Megan. Allez, au boulot, on doit encore peaufiner les détails !

J'acquiesce, et peu à peu, nous avançons dans la préparation de la soirée. Vanessa avait déjà choisi un traiteur en amont, mais n'avait pas décidé du menu. Nous avons finalement convenu d'un buffet proposant de tout, y compris nourriture halal, sans gluten, végétarienne et végétalienne. Hors de question que qui que ce soit soit mis de côté.

Le DJ a également déjà été choisi, il ne reste plus qu'à lui donner le thème.

Soudain, une idée me vient.

— Et si on organisait un bal mondain ?

Vanessa tourne lentement la tête vers moi, silencieuse. Elle me dévisage presque, me déstabilisant.

Pourtant, je lui explique :

— Quoi de mieux qu'un château pour un thème mondain ? C'est l'occasion de faire revivre les bals comme au XIXe siècle !

— Tu n'as pas tort. Tu crois que ça plairait ?

— Qui n'a jamais rêvé de participer à un bal ?

Elle sourit et acquiesce.

Que ce soit en regardant des films, ou en étudiant l'histoire, nous avons tous rêvé de participer à un bal, où costumes à cravate et robes étincelantes sont de rigueur.

Même moi qui ai plutôt pour habitude de porter des vêtements simples, je rêve d'enfiler une fois dans ma vie une lourde robe aux multiples couches, de porter des escarpins, et de relever mes cheveux en une coiffure bouclée, le tout complété d'un maquillage divin.

— On pourrait même le faire masqué, ajouté-je, rêvant d'arborer un loup en dentelle noire qui recouvrirait une partie de mon visage.

— Je suis d'accord. C'est une excellente idée. Et ça correspondrait tout à fait à l'image de la marque. À l'époque, c'était un moment où tous devaient être parfaits en tout point, quitte à être faux. Ce qui vient à faire un parallèle avec la marque, qui garde une image authentique. Tout en étant parfaite et performante.

Nous discutons alors encore du sujet, comme de vraies passionnées, alors même que les cours d'histoire m'ont toujours ennuyée. Nous décidons de nouvelles choses à mettre en place, des horaires, du programme…

— Tu pourrais faire un discours, déclare Vanessa.

— Moi ? m'écrié-je un peu trop précipitamment, le corps crispé.

— Oui.

— Vous êtes la fondatrice, il serait plus logique que ce soit vous qui le fassiez.

Elle balaye ma réponse de la main.

— J'en ferai un, bien sûr, mais tu es importante pour la réussite de G-RACE. Il est fondamental que le monde voit ton visage. Il faut qu'ils te connaissent, qu'ils sachent qui est à l'origine de ces voitures. Je ne peux pas m'attribuer ton travail, Megan.

Je m'apprête à la contredire, mais elle me coupe d'un mouvement sec de la main.

— Bien, il est l'heure de rentrer. Je vais m'occuper des invitations. Trouve-toi la plus belle robe, achète-la, et je te rembourserai. Et trouve-toi un ou une partenaire, aussi.

De nouveau, mes muscles se crispent.

— Un partenaire ? Pourquoi ? Je ne peux pas faire comme Miley Cyrus et tenir ma propre main[5] ?

— Pour danser, voyons !

— Mais je peux faire comme Miley, et danser seule[6] !

Elle fait une moue.

— Je ne suis pas convaincue. Trouve-toi quelqu'un.

Je souffle comme une gamine à qui on refuse un jouet, mais finis par acquiescer.

* * *

5. Référence à la chanson *Flowers* de Miley Cyrus, dont l'une des paroles est "*I can hold my own hand*" (« je peux tenir ma propre main »).
6. L'une des paroles est "*I can take myself dancing*" (« je peux aller danser seule »).

Lorsque je rentre à l'appartement, je suis heureuse de déjà trouver Rim sur le canapé en train de regarder une série de boxe.

— Salut ! Tu as passé une bonne journée ? la questionné-je alors.

— Excellente ! Et toi ?

J'acquiesce.

— Nous sommes allées visiter le château qui accueillera la soirée de lancement avec Vanessa. Mais elle veut que je vienne accompagnée.

— Oh merde ! Tu vas y aller avec qui, toi qui ne laisses personne t'approcher ? m'interroge-t-elle en se marrant.

— En fait, j'avais pensé à toi. Tu serais disponible ?

— Euh… Je suis pas sûre, c'est quand déjà ?

Je lui indique la date exacte quand elle secoue la tête.

— Je suis désolée, mon canard, je ne peux pas, ce soir-là.

Je baisse la tête. Qui d'autre pourrais-je inviter ? Comme elle l'a si bien énoncé, je suis incapable de laisser les gens s'approcher de moi.

Un instant, le prénom de Dylan frôle mes pensées, mais c'est absolument hors de question. Je refuse de lui donner ce qu'il veut aussi facilement.

— Tu ne peux vraiment pas te libérer pour ta meilleure amie ? la supplié-je, faute de moyen.

Elle fait une grimace.

— C'est compliqué… Tu sais que j'aurais adoré être là. Pour rien au monde je n'aurais raté ta soirée de lancement, mais ça tombe mal. Je ne peux pas annuler…

— T'en fais pas, soufflé-je, je vais trouver quelqu'un.

Ou alors, je dirai à Vanessa qu'on m'a posé un lapin. Elle me haïra, mais c'est mieux que de devoir y aller avec un inconnu.

Ou pire, avec Dylan.

Chapitre 20
Dylan

Envoyer

De ▾ jeremybonitin@hyperinfluagency.org

À... dylansmith@hyperinfluagency.org

Cc...

Objet Invitation à la soirée d'ouverture G-RACE

Dylan,

Après ta vidéo en partenariat avec G-RACE, je t'annonce qu'ils ont décidé de t'inviter à leur soirée d'ouverture. Tu n'es pas dans l'obligation de la couvrir, mais je t'y encourage. Ils pourraient refaire appel à toi dans le futur.

Ci-joint, l'invitation avec toutes les informations importantes. Dis-moi si tu souhaites y aller ou non.

Bien à toi,

Jeremy

J'ouvre le fichier joint au mail et parcours les informations. La soirée aura lieu dans une semaine, dans un château à une heure de la ville. Le thème me saute aux yeux. « Bal masqué de l'époque du XIXe ». C'est original et osé, mais ça me plaît. Je n'ai jamais vraiment été intéressé par l'histoire, mais qui ne connaît pas ces fameux bals masqués organisés à la Cour ?

Déjà, je réponds à Jeremy pour lui annoncer ma présence. Je n'ai pas envie de rater ça, mais surtout, surtout, je sais que j'y verrai Megan.

En parcourant plus en détail les informations, je découvre que nous devons venir habillé en tenue mondaine, avec un masque.

Et être accompagné.

À qui vais-je bien pouvoir demander de m'accompagner ? Je n'ai pas de copine, mes potes sont trop intenables pour que l'un d'eux se pointe avec moi, et je n'ai personne d'autre. Enfin, il y a peut-être ma cousine, Amaia, que j'apprécie particulièrement surnommer « Vanillette » en raison de son amour pour la vanille.

Je cherche son contact et lui envoie un message.

Dylan
Tu fais quoi samedi soir ?

Aussitôt, trois petits points s'affichent. Cette fille n'a donc jamais cours ?

Vanillette
Hum… c'est l'anniversaire d'une amie, pourquoi ?

Dylan
Je suis invité à une soirée de lancement pour une marque. Il faut venir accompagné, j'espérais pouvoir compter sur toi, Vanillette.

Vanillette
Arrête avec ce surnom, j'ai plus 12 ans ! Désolée, je peux vraiment pas me libérer. Bonne chance.

Dylan
Tu fais chier. J'ai personne d'autre.

Vanillette
Trouve-toi des potes ou une meuf, j'suis pas ton bouche-trou.

Je lève les yeux au ciel. Cette gamine n'a aucune pitié avec moi. Sa mère saura tout à la prochaine réunion de famille.

Ainsi donc, je n'ai personne. J'ai des doutes sur le fait de pouvoir me pointer seul, mais malheureusement, les clones sont interdits par la loi, sinon j'en aurais fait un de ma cousine – en un peu moins chiante.

Si j'avais le numéro de Megan, peut-être aurais-je tenté de lui proposer d'y aller ensemble. Peut-être qu'elle a quelqu'un, et probablement qu'elle refuserait, de toute façon. Elle me déteste, après tout.

L'idée me reste cependant en tête. L'idée qu'elle soit à mes côtés pendant une soirée entière, qu'elle danse avec moi, elle dans sa grande robe scintillante, moi dans mon costume ajusté. Elle qui présenterait la marque comme si elle en était la fondatrice, moi qui sourirais en la regardant, bien trop captivé par ses lèvres pour réellement entendre ses mots. Moi qui, en fin de soirée, la ramènerais jusque chez elle, et l'embrasserais au pied de son immeuble.

Bordel, j'en rêve.

Mes sentiments pour cette fille que je connais à peine sont plus forts qu'ils ne devraient l'être, mais je me laisse croire que je veux seulement quelques instants charnels en sa compagnie.

Je secoue la tête, mettant fin à mes ruminations. De toute façon, elle me hait, ce n'est pas samedi qu'elle va soudainement être attirée par moi comme je le suis par elle. Même si, comme un fan d'une célébrité inaccessible, je me contenterais d'un simple sourire ne durant qu'une seconde. Comme un putain de drogué qui n'aurait l'argent que pour s'acheter un demi-milligramme et qui le consommerait avec plus de joie que jamais. Mais ça, c'est dans mes rêves, jamais elle ne m'adressera un sourire, et la chance de pouvoir caresser sa peau est encore plus incertaine. Elle continuera à me repousser comme elle le fait toujours, avec tout le monde, et avec moi surtout.

Je souffle et reporte mon attention sur l'écran de ma télévision, un documentaire sur la Formule 1 en route.

On se voit samedi, belle créature inatteignable.

Chapitre 21
Megan

J'ai passé des jours sur Internet, à décortiquer chaque site vendant d'énormes robes qu'on ne voit que dans les films Disney. Certaines sont à paillettes, d'autres sont en soie, d'autres encore sont en dentelle… Le choix était large, mais rien ne m'a tapé dans l'œil.

Avant que je tombe sur *cette* robe.

Elle est exactement comme je l'imaginais, et je n'ai pas hésité une seconde à la commander. J'étais tellement impatiente que j'ai même payé la livraison express. C'était cher, mais maintenant qu'elle est devant mes yeux, déballée, je ne peux m'empêcher d'arborer un grand sourire plein de joie. Cela fait déjà plusieurs jours qu'elle est arrivée, et depuis, je ne fais que l'observer avec admiration.

Aujourd'hui, enfin, je vais la porter.

La soirée va enfin avoir lieu, et même si je suis excitée à l'idée d'y être, j'ai aussi la boule au ventre. Longtemps, j'ai stressé, ne trouvant pas les mots parfaits à employer pour mon discours. Heureusement, j'ai fini par y arriver, et maintenant, il ne me reste plus qu'à me préparer. Et j'ai de la chance : j'ai une meilleure amie en or qui va m'y aider.

— Je suis quand même vraiment triste que tu ne puisses pas venir, déclaré-je.

Rim soupire.

— Tu sais que j'aurais aimé être là, mais je me rattraperai, promis.

— Ce ne sera pas pareil sans toi, argumenté-je.

Elle baisse la tête.

— Je sais. Tu prendras des photos et des vidéos pour moi ? Je ne veux quand même pas rater la réaction des gens quand ils vont découvrir ce que tu as conçu !

Je lâche un rire. Même si elle ne peut pas venir, elle me montre son soutien. Et cela fait partie des nombreuses choses qui font que je l'aime à ce point. Peu importe ce que j'entreprends, elle m'épaule, même si ça doit être de loin.

— J'espère que tu m'abandonnes pas pour regarder ta série. Je te connais, toi et ton obsession pour Netflix !

Elle se marre.

— Non, malheureusement, je dois sortir.

— Tu fais du baby-sitting ? m'étonné-je, ne voyant que cette possibilité.

Elle prend un air coupable.

— Pas exactement, non.

— Me dis pas que tu t'es trouvé un mec ! m'exclamé-je, étonnée.

Cette fois, elle éclate de rire.

— Jamais ! Le sexe c'est bien, mais pas les sentiments. Pitié non.

Elle prend un air dégoûté.

— Non, c'est un… truc. Je peux pas vraiment en parler, mais je ne peux pas annuler.

Je reste silencieuse, déçue, tandis qu'elle me coiffe. Elle a toujours aimé ça, comme un petit plaisir coupable. C'est à peu près la seule personne dont je supporte le contact physique. Comme un petit point faible. Et c'est bien pour ça que je suis maussade à l'idée d'aller à cette soirée sans elle. J'ai peur de me sentir plus seule que jamais. J'ai peur de devoir faire face à l'impossible.

J'ai peur parce que je ne pourrai pas fuir.

Tandis qu'elle s'occupe de mes cheveux, j'attrape ma trousse remplie de maquillage et commence à peindre mon visage avec tous ces produits qui me font devenir une autre personne. C'est un masque supplémentaire à porter, que je déteste, mais qui, en un sens, me protège.

Nous passons alors trois heures à parfaire mon look jusqu'à ce que je doive enfin partir.

Quand je réalise qu'il m'est impossible de conduire dans une robe aussi imposante – d'autant plus que je risque de la froisser –, j'échange celle-ci contre un débardeur et un short en tissu noir faciles à retirer. Je chausse des ballerines, puis rejoins ma voiture. À l'arrière, je pose délicatement la robe de tout son long sur la banquette, et les escarpins au sol.

Enfin, je prends la route, décidant que je me changerai discrètement entre deux portières de voitures sur le parking. Parfois, il faut faire ce qu'il faut pour paraître parfaite.

Et parfaire ce masque au grand sourire qui cache les plus grandes douleurs.

Chapitre 22
Dylan

Seul, je me suis préparé pour cette soirée. Seul, j'arrive à cette soirée.

Et alors que je gare ma voiture sur le parking rocailleux, je pousse un soupir d'admiration. Comment pourrait-il en être autrement alors que je fais face à l'un des plus beaux endroits qu'il m'ait été donné de voir dans ma vie ?

Je sors de ma voiture, mon téléphone en main, et ouvre mon appareil photo. Je filme ma Koenigsegg de près, la longe, et remonte pour laisser apparaître les autres bijoux garés ici et là sur le parking avec, en fond, l'énorme château.

Je coupe l'enregistrement, et m'approche du bâtiment vieux de plusieurs siècles. Je fais de nouveaux quelques vidéos de la façade, avant de me diriger vers la verdure encore éclatante malgré la lourde chaleur du Sud-Ouest. Je m'approche alors, et débouche sur un énorme jardin tout de fleurs et de plantes.

De nouveau, je capture cet endroit magique où pas une âme ne virevolte.

Je suis seul, uniquement entouré de ces êtres vivants trop souvent pris pour des objets de décoration qui ne ressentent rien. Si seulement les gens savaient que comme nous – sous une forme différente, certes –, elles ressentent le stress, la soif, la faim, la joie et la tristesse. Un peu comme les animaux, finalement. Eux aussi, ressentent. Et pourtant, nombre d'humains l'oublient, les mettant dans la même case que le pot posé au milieu de leur table. Un élément de décoration, un jouet, quelque chose d'utile, en quelque sorte. Mais jamais un être à part entière.

— Vous n'avez aucun droit d'être ici ! m'interpelle-t-on alors.

Je lève la tête vers la voix qui vient de mettre un terme à mes ruminations, et en dévisage son propriétaire.

— Pardon, vous êtes ? le questionné-je en fronçant les sourcils.

— Je suis l'un des agents de la sécurité. Donc je vous conseille de déguerpir d'ici maintenant avant que ce soit moi qui vous y force.

Je hausse les sourcils devant son agressivité.

— Vous savez, il y a des façons de s'adresser aux gens. Aucun panneau ne dit qu'il est interdit de venir ici. D'ailleurs, je connais Mme Leclairc, je suis certain qu'elle ne verrait aucun problème à ce que je sois ici. C'est elle qui m'a invité, après tout.

Il se marre.

— C'est ce que tous les voleurs disent ! Qu'ils connaissent le *big boss*.

Je fronce les sourcils. Ai-je vraiment l'air d'un voleur ? D'un intrus ?

— Vous n'avez qu'à lui demander. Dites-lui que je suis Dylan Smith. Elle sait que je suis l'influenceur grâce auquel elle est certaine de s'assurer un max de ventes à la sortie – et qui a attiré de nombreuses personnes ici ce soir.

Il me fixe avec un sourire en coin.

— Quel métier de tapette, finit-il par déclarer.

— Je ne vous ai pas demandé de juger mon métier, mais d'appeler votre patronne. Ou avez-vous trop peur d'être dans le tort ?

Il lâche un rire sec avant d'attraper son talkie-walkie à sa ceinture.

— Quelqu'un peut vérifier un certain *Daylin Smite* ? demande-t-il lorsque son appareil grésille.

Il l'a fait exprès, putain. Quel connard, à croire qu'il est mieux que tout le monde.

— Dylan Smith, le reprends-je tout de même.

— C'est pareil, me coupe-t-il en levant les yeux au ciel.

Je lève les yeux au ciel quand une voix éclate derrière moi.

— Dylan ! Vous êtes venu ! s'exclame Mme Leclairc.

J'ai le temps d'apercevoir le teint du vigile pâlir avant de me retourner vers sa patronne pour adresser un sourire à celle-ci.

— Que se passe-t-il, Bruno ? lui demande-t-elle justement. Vous n'auriez tout de même pas importuné M. Smith, j'espère ?

Je retiens ma moquerie.

Mme Leclairc arbore de nouveau son masque de passive-agressive qu'elle paraît employer dès qu'elle ne connaît pas quelqu'un. Et bizarrement, quand elle l'utilise sur une autre personne que moi, ça devient tout de suite plus agréable.

Je tourne la tête vers Bruno et réalise qu'il est à présent rouge comme une tomate, et qu'il semble à deux doigts de se mettre à pleurer. Tu parles d'un agent de sécurité. Il fait le beau, mais se ratatine au pied de la « *big boss* », comme il a dit plus tôt. Pris de pitié, je m'adresse enfin à Mme Leclairc, qui attend encore une réponse.

— Non, tout va bien. Nous étions simplement en train de parler de ces plantes parfaitement entretenues ! Bruno est vraiment passionné, ajouté-je.

Sa patronne reporte son attention sur lui, qui me dévisage.

— Tant mieux. Un invité d'honneur comme vous ne devrait pas être embêté ! Faites ce que vous voulez, mon ami.

Elle m'adresse un dernier sourire, puis tourne les talons pour rejoindre un groupe d'hommes qui se forme sur le parking. À leur allure, il est facile de deviner qu'ils sont de potentiels investisseurs.

— Excusez-moi, monsieur Smith, finit par déclarer Bruno.

— Laisse tomber, mon gars.

Je m'avance vers lui et tapote son épaule.

— Bonne soirée.

Il hoche la tête, me retourne rapidement la politesse, et déguerpit. Je me retrouve une nouvelle fois seul au milieu de toute cette végétation. Je souris, et prends quelques vidéos avant de m'aventurer encore plus loin. En espérant seulement que je ne me perdrai pas.

Au fond du jardin, j'aperçois un hangar transportable, dans lequel se trouvent sûrement les quatre voitures que Megan a dessinées pendant plusieurs mois d'intense travail. D'ailleurs, il est peut-être l'heure de me pointer à la soirée. Cela fait un an que je ne l'ai pas vue, un an que j'attends ce jour où je pourrai la revoir.

Enfin c'est arrivé.

Et cette fois, je compte réussir mon objectif : briser les murs qu'elle a érigés autour d'elle.

Chapitre 23
Megan

Mes escarpins s'enfoncent entre les caillasses, et je manque de me tordre une cheville un si grand nombre de fois que j'ai déjà arrêté de compter, bien que cela ne fasse que cinq minutes que je suis arrivée. Je ne laisse cependant rien percevoir et continue à avancer, la tête haute, un sourire léger aux lèvres.

Mystérieuse et belle. Voilà ce qu'ils veulent.

Je pénètre enfin dans le hall et aussitôt, une boule de nerfs se forme en moi.

— Megan, te voilà ! Où est ton ou ta partenaire ?

Immédiatement, j'affiche un air coupable. Mince, je ne pensais pas qu'elle allait si vite me tomber dessus.

— Vanessa, je vous promets que je devais venir avec quelqu'un. On devait se retrouver devant chez moi mais…

Je réfléchis une seconde à quelle salade lui sortir.

— J'ai eu beau l'appeler et lui envoyer des messages. Rien. Aucune réponse. Il avait déjà dix minutes de retard, donc j'ai pris la route seule. Vraiment désolée. Je sais que vous comptiez sur moi pour ne pas vous décevoir.

— Ce n'était pas un *date*, j'espère ? se contente-t-elle de répondre en grimaçant.

Je fronce le nez en secouant la tête.

— Non. Enfin, si. C'est ma mère qui a voulu me le mettre dans les pattes. C'est le fils de son collègue. Un vétérinaire agréé. Rien de mieux pour moi, d'après elle.

Ce mensonge a franchi la barrière de mes lèvres avec tant de facilité que je m'en veux presque. Mais après tout, cette histoire n'est qu'en partie fausse. C'est réellement arrivé, seulement c'était lors de ma première année au lycée. Ma mère m'a présenté à ce garçon, fils de son collègue, espérant au fond d'elle qu'on finirait ensemble. Puis elle s'est mise à organiser un nombre incalculable de soirées où nous serions tous les deux présents. Et de fil en aiguille, on a fini par se mettre à discuter et même à être attirés l'un par l'autre.

Jusqu'à ce que tout éclate.

Une larme menace d'apparaître au coin de mon œil, si bien que je secoue la tête, me forçant à oublier la relation que j'ai entretenue avec cet homme, fut un temps. Je reconstruis les barrières autour de mon cœur et replace mon masque souriant.

Vanessa m'observe, les sourcils froncés.

— Tout va bien, Megan ? Tu as l'air d'être partie à des lieues d'ici.

— Hum… Pardon. Je me suis perdue dans mes pensées.

Elle tapote mon épaule d'un air compatissant.

— Ah, les jeunes, toujours la tête ailleurs ! Assieds-toi sur les marches. On va te trouver quelqu'un. Une préférence ? Je ne t'assure pas de la respecter. On fera avec ce qu'on trouvera.

— On parle encore d'un partenaire, là ?

— Bien sûr ! N'aie pas des pensées si déplacées, voyons, jeune fille !

— C'est vous qui le dites, me marré-je.

Elle chasse ma réflexion d'un signe de la main et s'éloigne. Je prends place sur l'escalier, faisant bien attention à ne pas froisser ma robe, et attends.

J'observe les gens passer, tous habillés de robes et de costumes de grande classe. Certains paraissent plus à l'aise que d'autres dans leur tenue. J'imagine que les hommes d'affaires ont l'habitude de porter un costume, d'autant plus que parfaitement ajusté, celui-ci est supposé être très confortable.

Encore une inégalité entre la gent féminine et la gent masculine.

Quand on sait que les femmes de l'époque portaient des corsets qui les serraient au point de déplacer leurs côtes et de comprimer leurs poumons... Nous avons bien de la chance que cette ère appartienne désormais au passé, je me demande vraiment comment elles le supportaient. J'imagine qu'elles étaient habituées, elles n'avaient pas le choix, après tout. Tout ça pour une taille de guêpe prétendument plus esthétique que les bourrelets naturels que nous avons toutes.

Je pose ma tête sur ma main, elle-même supportée par ma cuisse, et j'attends. Je continue à observer les nombreuses tenues qui défilent les unes après les autres, et je commence à me demander si Vanessa ne m'aurait pas oubliée. J'hésite même à me glisser dans la salle de réception quand, enfin, Vanessa se tient devant moi, me barrant la vue.

Je manque de tomber à la renverse quand je découvre qui l'accompagne.

— Je sais que vous n'êtes pas les meilleurs amis, déclare ma patronne, mais il va falloir faire avec.

Mais c'est trop tard, je ne l'écoute plus. Ma concentration est focalisée sur tout autre chose.

Ou plutôt quelqu'un.

Chapitre 23

Dylan

Elle se trouve devant moi, à quelques mètres à peine. Dans sa robe rouge bordeaux en tulle pailleté, et avec des détails fleuris sur le buste et la jupe. Ses cheveux sont relevés en un vague chignon dont une tonne de boucles tombent. Ses lèvres sont colorées en rouge, et ses yeux sont couverts de son masque en dentelle assorti à sa robe. Elle est sublime. Aucun autre mot ne me vient à l'esprit. Seulement sublime. Elle est d'une beauté sans nom, dont on ne peut que rêver.

Je la fixe sans écouter un mot de ce que Mme Leclairc déblatère. Nos regards s'arriment l'un à l'autre, constituant une bulle invisible autour de nous.

Bordel, tous mes neurones sont en train de fondre !

— Dylan ? Megan ? Un peu d'attention, s'il vous plaît ! Vous vous boufferez du regard plus tard. Bon sang, ces jeunes, râle Mme Leclairc en me donnant une claque à l'arrière du crâne.

Secoué, je tourne la tête vers elle, brisant au passage la bulle dans laquelle Megan et moi étions enfermés. Je plisse les lèvres.

— Vous n'avez rien écouté, je sais, pas besoin de me le dire, grogne-t-elle en levant les yeux au ciel. Laissez tomber. Restez ensemble ce soir et ayez l'air de vous entendre – même si, finalement, la haine que vous éprouvez l'un envers l'autre a surtout l'air de cacher une terrible attirance sexuelle… Si tel est votre choix, passez la nuit ensemble, et on n'en parle plus ! En revanche, hors de question que vous gâchiez la soirée en vous regardant en chiens de faïence. Allez, zou. Megan, tu souris, Dylan, tu fais pareil et tu lui rappelles de le faire. Je compte sur vous.

Sans plus de cérémonie, elle s'éloigne pour accueillir des invités, un sourire aux lèvres, alors qu'une seconde plus tôt, elle nous faisait la morale comme si nous n'étions que des adolescents incapables de résister à leurs ardeurs.

— Hors de question que je passe la soirée avec toi, lâche enfin Megan.

Je souffle.

— Tu l'as entendue. On n'a pas le choix. On ne peut pas gâcher cette soirée, et tu le sais. Comportons-nous comme elle nous l'a demandé. On peut bien faire un effort. Juste ce soir.

— Facile à dire pour toi, depuis le début tu cherches à me mettre dans ton lit, crache-t-elle.

Je recule d'un pas, et manque de bousculer quelqu'un.

— C'est ce que tu penses, vraiment ? articulé-je difficilement.

Ai-je vraiment laissé paraître une telle intention ? Alors même qu'elle est si éloignée de la réalité ?

— Oui. C'est ce que vous voulez tous. Aucun mec n'est capable d'aimer. Vous ne pensez qu'avec votre queue.

Je hausse les sourcils et comprends. Un mec lui a fait du mal, dans le passé. C'est à moi de lui montrer qu'elle a tort. Que tous les hommes ne sont pas des salauds, et que ce n'est certainement pas mon cas.

— Je ne te connais pas, je ne sais pas ce que tu as vécu, Megan. Mais je te promets que *jamais*, je n'ai eu de telles pensées par rapport à toi. Tu es belle, sublime même, mais ce n'est pas ton physique qui m'intéresse. C'est *toi*. Ta personnalité. Et si tu penses que je mens, je ne pourrai rien faire si ce n'est te le prouver par des actes.

Elle m'observe en clignant des yeux, des larmes au coin de ceux-ci.

— Je me fous de tes preuves. On va juste jouer le jeu ce soir. Ensuite, on retournera chacun à notre petite vie.

— Très bien.

Elle s'approche de moi, accroche son bras au mien, et avance vers la salle de réception.

Laisse-moi t'approcher, Megan, tu ne le regretteras pas, je te le promets.

Megan

Bordel, dans quelle merde vous m'avez foutue, Vanessa ?

Je me retiens de souffler alors que Dylan se tient tout près de moi.

Ce qui m'énerve le plus, ce n'est pas qu'il soit si proche de moi. Non. Ce qui m'énerve c'est qu'il soit si attirant dans cette tenue. Le costume est parfaitement ajusté à son corps, épouse ses épaules carrées, son buste et ses cuisses musclées. Son loup en satin bleu marine est accordé au reste de sa tenue, et délimite parfaitement les traits de son visage, comme si lui aussi avait été fait sur mesure.

Je refuse d'être le genre de femme qui fond à la vue d'un homme sexy, pourtant Dylan est ce genre d'homme auquel on ne peut pas résister, même avec la plus grande volonté du monde. Je me mordille la lèvre inférieure, émoussant ainsi la matière que j'y ai appliquée plus tôt.

— Arrête d'être si stressée, me glisse-t-il dans l'oreille.

— Lâche-moi, grogné-je. Je n'ai pas besoin de toi.

Il ricane, mais a cependant la décence de ne rien ajouter lorsque je le mitraille du regard.

Un pas de travers et je t'égorge.

Nous suivons Vanessa et sa femme en slalomant entre les groupes de personnes et les couples à deux doigts de se sauter dessus, pour enfin trouver l'un des plus gros investisseurs de l'entreprise. Il est alors temps de remettre mon masque professionnel, en m'obligeant à ne pas être déconcentrée par l'homme qui se tient à mes côtés.

— Bonsoir, monsieur Martínez, le salue Vanessa.

Sa femme, Dylan et moi faisons de même.

J'ai beau haïr les hommes, je mentirais si je disais qu'il n'était pas terriblement charismatique et qu'il ne respirait pas le pouvoir juste à son visage dur et fermé.

— Bonsoir, Vanessa.

Pour la première fois en plus d'un an, j'observe ma patronne se faire petite. D'habitude, c'est la première à se tenir la tête haute en rappelant son importance. Pourtant, ce soir, ce n'est pas la personne la plus puissante. M. Martínez pourrait la détruire d'un claquement de doigts.

Et ça me fait peur.

Parce qu'à la moindre gaffe que je pourrais faire, il risque de lui faire payer. À son visage crispé, on comprend qu'il n'est pas du genre à laisser passer ne serait-ce qu'un détail insignifiant.

Alors je redouble de concentration.

Ne pas faire de la merde. Ne pas faire de la merde.

— Qui êtes-vous ? demande-t-il à la femme de ma boss.

— Je suis l'épouse de Vanessa, monsieur, déclare-t-elle sans se démonter.

Je ne l'avais jamais rencontrée avant, mais il est évident qu'elle et Vanessa se sont bien trouvées. Elles ont toutes les deux du caractère et savent le montrer, tout en respectant la hiérarchie professionnelle.

M. Martínez lui lance un regard de dédain, comme si elle ne valait rien, puis reporte son attention vers moi.

— Et vous, vous êtes l'ingénieure automobile, je me trompe ? m'interroge-t-il enfin.

Intérieurement, je prends une grande respiration et prie pour ne pas faire d'erreur.

— Oui, c'est moi, monsieur.

Je ne m'embête pas à lui donner mon nom. Il ne verrait ça que comme une façon de me mettre en avant, au détriment de tous les autres qui ont contribué au projet G-RACE. Pire, il penserait que je me crois assez intéressante pour qu'il ait à connaître mon prénom. Or, ce n'est pas le cas. Je ne suis qu'une poussière sur son chemin.

Ce qui l'intéresse, ce sont les chiffres de l'entreprise. Pas moi. Pas si nous sommes heureux et fiers de ce que nous avons entrepris. Pas même les voitures.

Seul ce que ça lui rapportera dans quelques mois lui importe.

Il hoche la tête, l'air plus intéressé, même s'il ne me pose pas plus de questions.

— Et vous, vous êtes Dylan Smith. Je me trompe ?

J'ouvre grand les yeux, réalisant qu'il s'adresse à présent à mon compagnon.

Pitié, ne fais pas de la merde, Dylan.

— Non, monsieur. Vous ne vous trompez pas.

OK. Bonne réponse.

— Pourquoi avez-vous choisi de rester à Toulouse ? Ce n'est pas vraiment une ville berceau pour les automobiles.

Je sens le bras de Dylan se crisper au mien, mais je m'empêche de réagir.

M. Martínez se préoccupe ni de Vanessa ni de moi, mais n'hésite pas à poser des questions à celui qui ne fait même pas partie de l'entreprise. Je suis pourtant certaine que si Dylan fait une erreur, c'est G-RACE qui en paiera le prix.

Je ferme les yeux, respire calmement, et entends la réponse de Dylan.

— Je suis né ici, monsieur. Toulouse est ma ville de cœur depuis toujours.

Réponse simple et parfaite. Dylan ne donne pas trop d'informations pour ne pas passer pour quelqu'un d'imbu de lui-même.

— Comment faites-vous pour trouver du travail ? La plupart des *supercars* ne sont pas fabriquées en France. Ne serait-il pas plus logique d'emménager aux États-Unis, en Allemagne ou en Italie ?

— Il est vrai. Mais ma famille et mes amis vivent ici. Pour rien au monde je ne les quitterais. La plupart des marques me font venir à leur siège pendant quelques jours.

— Vous avez donc vu du paysage, j'imagine ?

— Tout à fait, monsieur.

M. Martínez esquisse son premier sourire de la soirée, sous les yeux épatés de Vanessa et moi.

— Bien. J'ai d'autres personnes à voir, Vanessa. Megan, j'ai hâte de voir ce que vous avez créé. Bonne soirée.

Il connaît mon nom ? Pourquoi ne pas l'avoir employé plus tôt ? Pour me troubler ? J'acquiesce, et lui souhaite une bonne soirée.

Lorsqu'enfin, M. Martínez s'éloigne, je relâche mon souffle.

— Dylan, je te remercie d'avoir su être professionnel, déclare Vanessa. Je ne suis pas certaine qu'il aurait laissé passer un manque de respect, même venant d'une personne qui ne travaille pas chez G-RACE.

— Bien sûr, madame Leclairc. C'est tout à fait normal. Et puis un homme pareil pourrait tout autant détruire ma carrière. J'ai bien compris, lorsqu'il vous a appelée par votre prénom, que c'était quelqu'un d'important.

— C'est le plus gros investisseur de l'entreprise. S'il n'y avait qu'un homme à impressionner ce soir, ce serait lui.

— Je suis certain qu'il sera époustouflé par le travail de Megan.

Il se tourne vers moi et sourit.

— Je n'en ai aucun doute.

Pour la première fois, je n'ai pas envie de lui lancer une pique.

— Merci, me contenté-je de souffler.

— Wow, rit-il. Première fois que tu ne me grognes pas dessus !

Impressionnée, Vanessa acquiesce en riant.

— Je savais que tu ne le détestais pas, déclare-t-elle en souriant.

— Ne vous y habituez pas trop, c'est seulement pour ne pas faire de grabuge, marmonné-je, bien qu'ils aient raison.

Ils se mettent à rire, puis nous allons à la rencontre d'un nouveau groupe de personnes – des journalistes, cette fois – qui s'intéressent bien plus à nous, même si Dylan, étant un influenceur reconnu à l'international, se fait tirer les vers du nez sur sa vie privée et professionnelle.

Pourquoi le voir discuter avec des personnes si importantes réveille les papillons dans mon estomac ?

Chapitre 24
Dylan

Mme Leclairc monte sur la scène édifiée spécialement pour la soirée. Dans sa robe jaune en satin, armée de son sourire, elle rayonne. Elle lance un regard à sa femme, au premier rang, pour s'assurer de son soutien.

— Bonsoir à tous, déclare-t-elle enfin. J'espère que vous passez une très bonne soirée. Maintenant que nous avons tous bien discuté les uns avec les autres, je vous propose de passer aux choses sérieuses.

Elle fait une pause.

— Je ne vais pas vous assommer avec l'histoire de l'entreprise, c'est déjà prévu que je raconte tout ça dans une interview, si vous êtes curieux. En revanche, je vais laisser la parole à ma très chère ingénieure automobile, Megan Egeberg, sans qui cette soirée n'aurait pas été possible. Sans qui le projet fou de G-RACE n'aurait pas vu le jour. Pour l'écouter au mieux, je vous invite à prendre place à vos tables assignées.

La salle applaudit, laissant place à un capharnaüm : chaque invité cherche avec avidité sa place, mais bien vite, et avec toute la bienséance du monde, nous finissons tous par être installés. Je suis assis aux côtés de Megan, avec en face de moi, Tamara, la femme de Mme Leclairc.

— Bien. Megan, peux-tu me rejoindre ?

Celle-ci se met à trembler comme une feuille alors que sa respiration s'accélère. Par réflexe, Tamara pose sa main sur celle de Megan, qui se crispe immédiatement.

— Retirez votre main, Tamara, dis-je sèchement.

— Quoi ? bégaye celle-ci.

— Retirez votre main.

Troublée par mon ton sévère, elle finit par m'écouter. Je ne m'approche pas de Megan. Je sais qu'en un an, la situation n'a pas changé et qu'elle a toujours besoin de son espace.

— Tu vas assurer, lui soufflé-je tout bas. Je suis certain que tu as répété pendant des jours. Alors fonce. Montre-leur ce dont tu es capable.

Ses iris se plantent dans les miens. Elle m'adresse un léger sourire, avant de relever la tête et de reprendre une respiration calme.

— Merci, Dylan.

Elle se lève, et rejoint rapidement Mme Leclairc.

— Pourquoi m'avez-vous ordonné de retirer ma main ? me demande Tamara alors que toute ma concentration est dirigée sur Megan.

— Elle n'aime pas le contact physique. Vous l'avez davantage stressée que rassurée.

— Oh. Désolée.

Je secoue la tête.

— Ce n'est pas à moi qu'il faut demander pardon.

Elle ne répond pas, mais hoche la tête. Megan prend le micro dans les mains et observe Mme Leclairc nous rejoindre. Une fois que celle-ci est installée entre sa femme et moi, Megan prend une dernière inspiration.

— Bonsoir à tous. Je suis Megan Egeberg, l'ingénieure de G-RACE. Pour être honnête avec vous, je ne sais pas pourquoi je suis la seule à devoir parler à travers ce micro ce soir, mais je vais le faire avec plaisir pour toutes les autres personnes qui ont travaillé de près ou de loin pour la réussite de ce projet. Pour le moment, rien n'est encore fait. Les ventes n'ont pas débuté, et tant que ça ne sera pas le cas, nous serons incapables d'évaluer si nous allons réussir ou échouer.

Elle fait une pause, décroche le micro de son socle, et se balade sur la scène en continuant à faire son discours. Elle regarde jusqu'au fond de la salle pour donner cette impression qu'elle nous regarde tous dans les yeux en parlant.

— Cette entreprise m'a donné la chance de ma vie. Vanessa Leclairc, la P.-D.G., m'a offert ce poste, alors qu'il y avait peut-être des profils plus qualifiés. Je me suis demandé « pourquoi moi ? » et dès le premier jour, je n'ai pas pu me retenir de lui poser la question.

De nouveau, elle prend un instant pour sourire à sa boss.

— Elle m'a dit que mon aura lui inspirait quelque chose de plus authentique que les autres, et que le plus important pour elle et son entreprise, c'était justement cette authenticité. Parce que chez G-RACE, tout le monde est accepté. Vous pouvez avoir confiance ou non en vous ; vous pouvez venir d'un autre continent et ne pas parler un français parfait ; vous pouvez avoir des tatouages et des piercings ; bref, vous pouvez être vous-même. Tant que vous avez les qualifications, vous êtes les bienvenus. C'est une vertu que possède Mme Leclairc en acceptant toutes les différences dans son entreprise. Je suis heureuse qu'elle m'ait embauchée malgré mes tatouages et mon manque de confiance en moi. Ce soir, je retire mon masque, et je vous avoue que j'aurais aimé vous dire que j'ai réussi à m'accepter telle que je suis. Mais ce n'est pas encore le cas. Il me reste du chemin à faire, et c'est OK.

La salle est silencieuse, soufflée par son honnêteté.

Par son authenticité.

Et moi, je ne peux m'empêcher de la mettre de nouveau sur un piédestal. Cette femme que je croyais être incassable, vient de montrer sa plus grande faiblesse devant des dizaines de personnes. Malgré ses peurs, elle est capable de montrer qui elle est, sans filtre. Et c'est pour ça qu'elle m'attire tant.

— G-RACE m'a appris beaucoup de choses au fil de l'année qui s'est écoulée. Vous l'avez compris, elle m'a appris l'importance de l'authenticité, mais elle m'a aussi appris que l'espoir fait vivre. Alors ce soir, j'espère. J'espère que vous aimerez le résultat d'un travail de coopération entre tous les services de l'entreprise, et j'espère que vous saurez voir l'authenticité qui paraît en chacune des voitures que nous vous présentons. Je vous souhaite une belle découverte, un bon appétit et une excellente soirée. Merci.

Lorsqu'elle raccroche le micro sur son socle, elle cligne un instant des yeux, stressée à l'idée de nous avoir ennuyés. Une forte émotion éclate dans ses yeux lorsque nous nous mettons tous à applaudir en chœur. Elle rejoint la table, un grand sourire aux lèvres. Sans doute le plus grand que j'ai vu jusqu'ici.

Elle est heureuse.

Et j'ai l'impression que ça fait bien longtemps qu'elle s'interdit de l'être.

— C'était magnifique, déclare Mme Leclairc avec une pointe d'émotion dans la voix.

Tamara acquiesce silencieusement, tandis que je plante mes yeux dans ceux de Megan.

— Tu étais sublime, là-bas. Cette scène était faite pour toi.

— Merci, se contente-t-elle de répondre, encore trop secouée par les événements et les sentiments qui en ont résulté.

Je lui adresse un sourire rassurant quand nous entendons au loin des vrombissements de moteur. Tous se précipitent à l'extérieur pour admirer les pièces maîtresses de la soirée. Pourtant, mes yeux sont encore posés sur elle, et je suis incapable de détourner mon regard pour m'intéresser à ce qu'elle a créé.

Elle est tellement belle.

Megan

Son regard est lourd sur mes épaules, mais j'en fais fi. Je ne peux pas le laisser percevoir mon trouble. Je dois avoir la tête haute, l'air confiante, même si j'ai informé tout le monde de mon manque de confiance en moi, je ne dois pas le montrer.

Ainsi, je me contente de plaquer un sourire serein sur mon visage.

Presque tout le monde a maintenant rejoint l'extérieur. Ne restent plus que Dylan, moi et quelques accompagnateurs qui se fichent royalement des voitures et ne sont ici que pour profiter de la soirée et de la nourriture.

— On y va ? demandé-je à Dylan pour mettre fin à sa contemplation de mon visage.

— Quoi ? Euh… Ouais, bien sûr. Je pensais voir quelque chose, mais avec tout ce monde agglutiné les uns aux autres…

Il ne termine pas sa phrase, mais je n'en ai pas besoin. Dans son regard, j'aperçois une lueur déçue – presque triste. Une idée me vient alors. Nous n'avons pas encore annoncé que le balcon est disponible pour profiter de l'extérieur, il sera donc vide.

— Viens avec moi, déclaré-je simplement.

Sans le laisser répondre, je quitte ma chaise et rejoins les escaliers sur lesquels j'étais assise plus tôt.

— Que fait-on ici, Megan ? me questionne-t-il lorsque je m'arrête devant la corde rouge barrant le passage.

— Tu verras mieux, comme ça. Viens.

— Ça m'a tout l'air interdit, par-là, rétorque-t-il en me dévisageant.

Je lève les yeux au ciel et décroche la corde qui tombe au sol dans un fracas sourd.

— On y va ou tu veux rater le début du défilé ?

Je vérifie l'heure sur mon téléphone.

— Les voitures arrivent dans une minute.

C'est faux. Je n'ai aucune idée de l'heure exacte à laquelle elles vont arriver. Mais c'est pour bientôt.

— Très bien, souffle-t-il. Mais si on se fait choper, je mettrai tout sur ton dos.

— OK. Je suis une employée, de toute façon.

Nous gravissons les marches pour atteindre le premier étage.

— D'ailleurs, je ne sais pas pourquoi ils ont fermé. Le balcon devait être ouvert à tous.

— Sûrement un changement de dernière minute dont tu n'as pas eu connaissance ? suggère-t-il.

— Sûrement.

J'ouvre la porte-fenêtre menant au balcon et m'avance. Les cris excités me proviennent de l'étage inférieur et je souris.

— Merde, putain, la vue de ouf ! s'exclame Dylan. Merci. Je n'aurais pas pu espérer mieux pour mes vidéos.

Je fronce les sourcils.

— Tes vidéos ? Je pensais que Vanessa t'avait seulement invité pour te remercier.

— En effet. Mais pour mon plaisir personnel, j'avais envie de filmer cette soirée. Autant mettre en avant G-RACE un peu plus. Je ne pense pas qu'elle soit contre.

Je ris.

— En effet. elle rêve de réussir. Merci. C'est important pour elle. Pour moi aussi.

— C'est moi, ou tu te dérides enfin ?

J'ouvre grand les yeux. Il est vrai que depuis qu'il m'a rassurée par rapport à mon discours, j'ai baissé la garde. Et bizarrement, je n'ai pas envie de la remonter aussi haute qu'elle l'était. C'est peut-être – sans doute – une erreur, mais tant pis. Pour une fois, je veux profiter et être libre. Ensuite, lui et moi ne nous reverrons pas, et je reprendrai ma vie en gardant tous les hommes à distance. Et si je le recroise, je ferai comme si je ne le connaissais pas.

— Ouais, je crois, finis-je par répondre. Mais ne t'y habitue pas trop. Cela ne durera pas.

La première voiture arrive avec classe, coupant court à notre discussion.

C'est pas plus mal, ça nous évitera d'emprunter un chemin sinueux.

— Putain, souffle Dylan. Elle est magnifique, Megan.

— Ne m'en donne pas tout le crédit, le grondé-je.

— C'est pourtant toi qui l'as dessinée, non ? rétorque-t-il.

J'acquiesce, silencieuse.

— Alors tu mérites d'être reconnue comme son auteure, reprend-il.

Je ne peux m'empêcher de sourire. Ses iris se plantent dans les miens, et nous nous observons un instant, immobiles. Soudain, un bruit fait éclater la bulle qui s'est constituée autour de nous. Mes joues s'échauffent et je détourne le regard, gênée.

— Merci, murmuré-je, sincère.

Il prend quelques vidéos en silence, tandis que j'observe le monde en dessous qui pousse des cris d'excitation et ne tarit pas d'éloges à propos des voitures qui arrivent les unes après les autres.

Les gens s'agglutinent contre les barrières qui ont été placées là pour éviter les débordements. Pas question qu'une voiture soit abîmée à cause d'un excès de joie provenant de la foule.

— Tu voudras aller les voir de plus près, tout à l'heure ? proposé-je à Dylan. Ça te permettra de faire de belles vidéos pour montrer les détails.

Il se tourne vers moi et arbore un grand sourire de gamin heureux.

— Carrément ! Merci, Megan.

— C'est avec plaisir. Ça mettra la marque en avant, donc c'est pour le mieux. Je te fais confiance pour ne pas l'abîmer.

— Tu peux compter sur moi.

Un sourire en coin apparaît sur son visage, me faisant grogner.

— Efface ce sourire de gosse.

— Très bien, princesse.

— Je t'ai déjà dit de ne plus jamais m'appeler comme ça. La prochaine fois, tu vas le regretter.

— D'accord, couine-t-il lorsque je pointe du doigt son entrejambe. C'est bon, je rends les armes.

Pourquoi mon cœur frétille-t-il encore de ce moment de complicité ?

Chapitre 25
Megan

Devant les entrées, je me tâte encore sur ce que je vais choisir. Il y a de tout pour tous les goûts, et je suis pourtant incapable de choisir. Fruits de mer, salades en tous genres, soupes… Je soupire. Sans déc', il n'y a que moi pour ne pas réussir à choisir quoi manger, à croire que toute ma vie dépend de cette foutue entrée. Je ne suis pas Balance pour rien.

— Excusez-moi ? souffle une voix à ma droite.

Je me tourne vers celle-ci, en quête de savoir si son propriétaire s'adresse à moi. Je découvre que celui-ci me regarde en effet.

— Hum… oui ? réponds-je, hésitante.

— Vous êtes Megan Egeberg, non ? L'ingénieure qui a dessiné les voitures G-RACE ?

Je hoche la tête en plissant les lèvres, soudain stressée à l'idée qu'il critique mon travail.

— Je voulais vous dire que c'est du très bon travail. Bravo. C'est fou qu'une femme aussi jeune que vous ait accompli une telle chose seule. Je pense me procurer les quatre modèles au plus vite.

Je souris, heureuse d'entendre que ce que je fais plaît à ce point.

— Merci, monsieur… ?

— Bardouet, complète-t-il.

— Merci, monsieur Bardouet. Ça me touche que vous aimiez mes créations. Mais vous savez, je n'ai pas *tout* fait seule.

Il balaye ma réponse d'un mouvement de la main avant de poser celle-ci sur mon épaule. Immédiatement, je me crispe, mais me refuse de réagir. Je ne peux pas. Pas avec une personne si importante, encore moins ici, devant toutes ces personnes influentes.

— Ne soyez pas si modeste, mademoiselle. Vous en avez plus fait que les autres.

— Bien, monsieur. Je vais devoir vous laisser pour prendre mon repas, si vous voulez bien.

En réalité, je cherche surtout à fuir sa paume encore posée sur moi.

— Oh, bien sûr !

Il rompt enfin le contact physique.

— Ce discours a dû être éreintant. Bonne soirée, Mlle Egeberg. Je suis certain que vous êtes quelqu'un sur qui Mme Leclairc a bien fait de parier.

Je le remercie et il s'éloigne à la recherche, lui aussi, de quoi manger. Finalement, je prends le premier truc qui vient et rejoins ma table. Je m'assois et picore dans mon assiette, sans grand intérêt.

— Tout va bien ? me questionne Dylan en m'observant.

Vanessa et sa femme ne font pas attention à nous, bien trop occupées à se faire les yeux doux et à manger dans l'assiette de l'une et de l'autre.

— Je… euh… oui.

Il me dévisage en haussant les sourcils, l'air de dire « vraiment ? ».

— Ce mec t'a emmerdée ? Il t'a draguée ?

Cette fois, je fronce les sourcils et aurais sans doute même éclaté de rire si je n'étais pas si stressée.

— Pourquoi ça t'intéresse tant que ça ?

— Parce que tu es troublée et je n'aime pas te voir comme ça.

Je plante mes yeux dans les siens et m'approche de lui, plus proche que jamais je ne l'ai été dans le passé.

— Toi et moi, on ne se connaît pas. Toi et moi, ça ne sera jamais un « nous », et quand bien même il m'aurait draguée, ça ne te regarde pas.

Il secoue la tête.

— Tout ce que je fais n'a pas pour but de t'avoir dans mon lit, Megan.

Il m'adresse un sourire enjôleur qui manque de me faire fondre. Mais je ne baisserai pas ma garde. Il en faudra plus – bien plus – que ça pour que cela arrive.

— Je t'apprécie, c'est tout.

Je cligne des yeux rapidement, espérant avoir rêvé.

— Tu viens de dire *quoi* ? m'étouffé-je alors.

— Tu as parfaitement entendu. Je ne me répéterai pas. J'aimerais simplement avoir une chance de te prouver que je suis une bonne personne.

— Non.

— Qu-quoi ?

— Ça n'arrivera jamais.

Il hoche la tête, déçu, mais encaisse malgré tout.

— D'accord.

Nous restons silencieux, et mangeons. À la table, seul le bruit des couverts se fait entendre. Ayant assisté à notre échange, Vanessa et Tamara sont silencieuses, ne sachant plus où se mettre.

* * *

— Vous avez fini de manger, vous deux ? nous questionne Vanessa après avoir dégusté son tiramisu en piochant surtout dans celui de son épouse.

Leur amour est palpable, presque débordant, et je n'aurais pas été étonnée si elles avaient soudainement disparu dans les toilettes.

— Moi, oui, déclaré-je malgré les sushis encore dans mon assiette.

— Moi aussi, affirme Dylan.

— Parfait. Lançons la première danse.

Mes yeux s'agrandissent.

— De quoi vous parlez, Vanessa ?

Elle prend un air étonné.

— Quoi, je ne te l'avais pas dit ? Toi et moi ouvrons la soirée avec la première danse, chacune avec notre partenaire.

Je suis certaine qu'elle a volontairement omis de m'en parler, mais je ne peux rien dire. Même si nous sommes plutôt proches, elle reste ma patronne. Et surtout, nous sommes dans une salle remplie de personnes importantes, impossible de tout ruiner.

Cependant, il est hors de question que je danse au bras de Dylan. Encore moins après cette conversation. Ne souhaitant pas faire d'esclandre, je me contente de me pencher vers Vanessa.

— Vous ne m'avez rien dit. Je ne suis pas prête pour faire ça. Ouvrez la danse avec Tamara. De toute façon, vous êtes la P.-D.G., pas moi. Je suis une simple employée. Ce n'est pas juste que je sois davantage mise en avant que mes collègues.

Ma patronne souffle, et pour la première fois depuis longtemps, elle adopte son caractère passif-agressif avec moi.

— Megan, ce n'est pas une option. Pense à l'image de la marque. Tous ces gens te considèrent comme quelqu'un d'aussi important que moi. Et j'en fais partie. Tu es plus importante que tes collègues, que tu le veuilles ou non. Maintenant, lève-toi, prends ce mec en otage le temps d'une danse, et va sur cette piste. Me suis-je bien fait comprendre ?

— Oui, madame.

Il aurait été indécent d'utiliser son prénom après cet échange qui me rappelle que ce n'est pas à moi de prendre les décisions.

Ma patronne se lève et se dirige vers le DJ avant de lui chuchoter quelque chose à l'oreille. Il acquiesce et une seconde plus tard, annonce la première danse. Tamara rejoint alors sa femme, tandis que Dylan et moi nous plaçons à un mètre d'elles.

Bordel de merde, je vais danser avec l'homme qui me tourmente.

Chapitre 26
Megan

Je fais face à Dylan et mordille ma lèvre inférieure. Nous ne nous touchons pas, nous ne faisons pas un seul mouvement. Pourtant, nous n'avons pas le choix.

— Tout va bien ? me chuchote mon partenaire.

— Je… Euh…

— Calme-toi, OK ? Je ne sais pas ce que tu as vécu, Megan, mais je ne ferai rien sans ton consentement.

Nos iris s'arriment. Le courant passe entre nous, et son regard me rassure.

— OK ?

— OK, acquiescé-je en hochant la tête.

— Alors est-ce que je peux faire un pas vers toi ?

— Oui, soufflé-je si doucement que je pense un instant qu'il ne m'a pas entendue.

Enfin, il s'approche de moi. Mon cœur se met à pulser dans ma poitrine à tel point que je crois qu'il va soudain exploser. Mais je reste stoïque, comme s'il n'avait rien fait. Je me répète sa phrase en boucle pour me rappeler qu'il ne me veut pas de mal. Au fond, je sais qu'il se doute de ce que j'ai vécu. Insister sur mon consentement comme il le fait n'est pas anodin, c'est une manière de me faire comprendre que, contrairement à mon bourreau, il ne me fera rien. Il n'ira pas plus loin sans mon accord.

Il est à présent à quelques centimètres de moi seulement. Le temps paraît infini, comme si les secondes s'étaient transformées en minutes. Et pour la première fois, je n'ai pas peur. Pour la première fois, je me sens en sécurité.

— Est-ce que je peux mettre ma main dans ton dos ? chuchote-t-il à quelques centimètres de ma bouche.

Je maltraite ma lèvre inférieure, stressée.

— Arrête ça. Souris. Rappelle-toi, on est sous les projecteurs.

Je hoche la tête en prenant une inspiration. Puis j'arbore un sourire faux.

— Je peux mettre ma main dans ton dos ? répète-t-il.

— Oui, murmuré-je. Vas-y.

Il me sourit à son tour, gardant cependant un regard grave posé sur moi. Sa main effleure mon épiderme et immédiatement, une décharge électrique me parcourt. Ses doigts râpeux caressent ma peau, et tout se bouscule dans ma tête. J'oublie tout autour de nous. J'oublie tout ce qui est réel et tout ce qui ne l'est pas. J'oublie mes peurs et j'accepte ce qu'il m'offre. Un moment loin du monde, loin de mon passé, seulement en tête-à-tête.

Lui et moi.

— Je peux prendre ta main dans la mienne ? me demande-t-il.

J'opine du chef et lève la tête. Nos doigts s'emmêlent, s'entrecroisent, et je réalise soudain. Je ne ressens plus de haine pour lui. Au contraire, il ne me laisse pas indifférente. Et je n'ai pas peur, pas ce soir.

Demain, je ferai de nouveau face à ma peur. Mais pas ce soir. Ce soir, je me libère de mon passé. Ce soir, je suis libre. Ce soir, je suis heureuse. Parce que c'est ce que je mérite, après des années de souffrance.

Depuis le jour où je l'ai aperçu, mon cœur a chuté en réalisant avoir été touché.

Enfin, un accord de piano retentit dans la salle. Déjà, il m'invite dans une danse lente mais entraînante.

Nos mouvements sont fluides, et bien qu'il fasse attention à ne pas empiéter sur mon espace personnel, son contact reste difficile à supporter. Mais comme il l'a si bien dit, nous sommes sous les projecteurs, je dois faire semblant d'aimer ça.

Pour la première fois, son odeur parvient à mes narines, et pour la première fois je m'accorde le droit de le savourer.

J'aimerais apprécier cette danse, j'aimerais apprécier ce contact physique. Mais c'est trop tôt, je ne suis pas encore prête.

— Ça va toujours ?

— C'est dur, avoué-je.

— C'est bientôt fini, me rassure-t-il en plissant le nez. Pense à l'image de la marque. Et rappelle-toi que je suis là. Je sais que tu me hais, mais je ne te ferai aucun mal. *Je te le promets.*

Je baisse la tête, mais doucement, la main de Dylan quitte la mienne pour relever mon visage.

— L'image, chuchote-t-il en plantant son regard dans le mien. Sauve la face. Fais semblant. Encore quelques instants. OK ?

— *OK*, soufflé-je avant de faire une pause. Je ne te déteste pas, tu sais.

Un sourire franc vient se dessiner sur ses belles lèvres.

— Je sais. Je me demandais seulement quand tu allais cesser de te mentir.

— Ne t'habitue pas. Ce n'est que pour une soirée. La distance reprendra ensuite.

— Si tu le souhaites, Megan. C'est toi qui décides. Je ne te forcerai à rien.

Encore, tout se bouscule dans ma tête. Toutes mes incertitudes s'effacent peu à peu alors qu'elles devraient rester ancrées en moi pour me rappeler le passé. Si elles disparaissent, comment continuer à le repousser, alors qu'il se comporte d'une manière si parfaite ?

Non, non, non.

Je ne peux pas.

La mélodie se finit au même moment, me faisant reculer d'un pas loin de Dylan. Son visage se crispe. C'était trop tôt. Pourtant, je ne peux plus retourner en arrière. Alors je fais ce que je sais faire de mieux.

Je fuis.

Loin de lui, loin de tout, loin du monde et de tous ces yeux qui me détaillent depuis qu'ils ont compris qui j'étais. Les larmes dévalent mes joues, et je suis incapable de les retenir. Je suis incapable de faire quoi que ce soit, sauf courir jusqu'à trouver un coin isolé dans le jardin. Je laisse mes émotions reprendre place dans mon cœur détruit par la douleur. J'ai soudainement l'impression qu'il se recroqueville sur lui-même.

Est-ce qu'un jour seulement je serai capable de m'en sortir ? Est-ce qu'un jour seulement je pourrai être heureuse ? Ce mot qui, avant, me semblait être une évidence, me paraît aujourd'hui comme un idéal inatteignable. Mais je ne peux m'en prendre qu'à moi-même. J'ai fait les mauvais choix, je me suis mise en danger seule. Je n'avais qu'à faire plus attention.

Seule au milieu de la nature, je me lâche comme je ne l'ai sans doute jamais fait. Je donnerais tout pour une vie normale. Absolument tout. Mais jamais ce ne sera pareil, parce que rien n'est réparable. Penser que c'est le cas serait être naïve, or cela fait bien longtemps que je ne le suis plus. À présent, mon seul espoir, c'est de tourner la page. La déchirer, même. Voire changer de livre. Tout recommencer à zéro.

Peut-être que le destin a mis Dylan sur ma route pour qu'il m'y aide. Mais pour le moment, je n'ai pas la force d'y croire.

Le repousser est bien plus facile que de me battre.

Chapitre 27
Dylan

— Excusez-moi, déclaré-je rapidement à Mme Leclairc. Elle est sans doute malade.

Elle ne l'est pas, j'en suis certain. À la fin de notre danse, la panique a soudain embué ses yeux.

J'emprunte alors le même chemin qu'elle, espérant la retrouver facilement. Cependant, je n'ai que le temps de la voir s'échapper dans le jardin avant de la perdre de vue. Si je dois retourner toute la propriété pour la localiser, je le ferai.

Heureusement, je n'ai pas besoin de le faire, car le bruit de ses pleurs proviennent jusqu'à moi. Je tends l'oreille pour la dénicher. Au bout d'à peine quelques secondes, je la vois assise contre un arbre, sanglotante. Doucement, je m'approche.

— Salut, chuchoté-je.

Elle relève la tête, et mon cœur se serre quand j'aperçois les larmes qui coulent le long de ses joues. Elle se contente de m'observer à travers ses larmes, sans prononcer un mot.

— Tout va bien ? demandé-je.

De nouveau, elle ne répond pas, alors je m'avance de quelques pas vers elle. Elle tente alors soudain de se terrer contre l'arbre, espérant sans doute passer à travers.

— Ne t'approche pas ! renifle-t-elle de sa voix enrouée par les pleurs.

Je lève les mains en signe de reddition, et fais deux pas en arrière.

— Pardon. Désolé, ton état m'inquiète.

Un rire jaune lui échappe.

— *Inquiet* ? Mais tu es qui, au juste ? On n'est pas potes, Dylan !

Je baisse la tête.

— Seulement parce que tu me repousses. On aurait pu l'être, si tu me donnais une chance.

À ce moment, je ne sais pas réellement de quoi je parle. Fais-je référence à une potentielle amitié, *ou à plus* ?

Elle secoue la tête et se met soudain à trembler plus fort alors que ses yeux s'écarquillent. La situation devient incontrôlable et même mes paroles ne lui font plus aucun effet. La panique la submerge avec tant d'intensité qu'elle paraît totalement déconnectée de la réalité. Je devrais agir face à sa crise d'angoisse, mais je n'ai rien à portée de main pour ça et m'approcher d'elle ne fera qu'empirer son état. Pourtant, je ne peux pas la laisser comme ça. Je suis bien placé pour affirmer qu'il n'y a rien de plus douloureux qu'une crise d'angoisse qu'on ne sait pas contrôler. Alors je fais un pas après l'autre vers elle, doucement. Elle semble ne pas me remarquer, cependant je continue à progresser tranquillement. Le temps s'étire et me paraît infini. Bientôt, j'arrive à son niveau. Je garde mon rythme calme pour m'asseoir à ses côtés, en veillant à garder une distance suffisante entre nous.

— Prends une grande inspiration, et bloque-la, lui conseillé-je d'une voix douce.

Malgré mes paroles, elle ne fait rien. Alors je me répète, à intervalles réguliers, jusqu'à réaliser qu'elle ne m'entend pas. Avec lenteur, j'approche ma main de la sienne. Après un temps qui semble sans fin, mes doigts se nouent aux siens.

Pitié, ne prends pas peur.

Comme plus tôt, lorsque nous avons dansé, une décharge électrique remonte le long de ma colonne vertébrale. Cette connexion invisible entre nous devient plus forte à mesure que le temps avance, et j'espère qu'un jour, j'aurai le droit de l'exploiter.

Le souffle de Megan se bloque à mon contact, mais ses doigts restent accrochés aux miens.

— Respire un grand coup, puis bloque ta respiration, répété-je.

Cette fois, elle reçoit l'information. Cette fois, elle tente de le faire. Elle doit s'y reprendre à plusieurs fois pour réussir, mais finit par bloquer sa respiration.

— Recommence, chuchoté-je, ma main toujours agrippée à la sienne.

Elle suit mes indications, et bientôt, ses pleurs deviennent moins importants, sa respiration plus tranquille, et ses yeux moins terrorisés.

— Ça va mieux ? murmuré-je en observant nos doigts.

Son regard se pose sur mon visage. Et j'ai l'impression d'entrevoir de l'espoir briller dans ses iris.

— Je… Je crois, balbutie-t-elle avec une moue.

Je lui adresse un sourire sincère dans l'espoir de la réconforter.

— Comment tu as fait ça ? demande-t-elle sans jamais lâcher ma main.

C'est la seconde fois que l'on se touche, mais c'est surtout la première où ce n'est pas à contrecœur. Je ne suis pas certain qu'elle en soit réellement consciente, mais je profite de l'instant comme des miettes que l'on offre à un animal affamé.

— Tu veux dire calmer ta crise ?

— Oui, acquiesce-t-elle. D'habitude, j'ai besoin d'entendre de l'eau s'écouler ou d'écouter de la musique. Or, tu n'as employé ni l'un ni l'autre.

— Tu ne m'entendais pas. J'ai dû prendre ta main.

Je jette un regard à celle-ci, encore scellée à la mienne.

— On peut se lâcher, si tu veux. Mais ça a été suffisant pour que tu ressortes de ta bulle et que tu m'entendes te conseiller de respirer doucement.

Ses yeux sont posés sur nos doigts entrelacés. Elle se mord la lèvre, mais ne fuit pas.

— Est-ce que… Est-ce qu'on peut rester comme ça encore un peu ? J'ai l'impression que tu m'apaises. Mais ne te fais pas de film, c'est la seule et unique fois, me raille-t-elle.

Je me marre face à son humour, alors même qu'elle vient de vivre l'une des pires sensations existantes.

— Tu ne m'as pas dit comment tu sais stopper une crise, déclare-t-elle.

J'ai un léger mouvement de recul, étonné. Je n'avais pas compris qu'elle voulait savoir ça, et surtout, je ne suis pas certain d'être prêt à en parler. Cependant, je n'obtiendrai jamais sa confiance si je n'ose pas mettre un pied dans le vide.

Si on doit tomber, tombons à deux.

— Je fais des crises d'angoisse régulièrement. Je suis atteint de stress post-traumatique.

Ses sourcils se haussent, sa bouche s'ouvre en grand.

— Je suis désolée, murmure-t-elle. Il s'est passé quoi ? Si tu es d'accord pour m'en parler, bien sûr.

Grande respiration.

Second pied dans le vide.

— J'ai eu un grave accident il y a quelque temps, pendant un *run*. Ma mère était dans la voiture. Elle est encore dans le coma.

Une larme roule sur ma joue. D'un geste de la main, je la fais disparaître.

— Je suis sincèrement désolée.

— Tu n'y es pour rien. Le seul fautif dans cette histoire, c'est moi. Je suis un meurtrier.

Megan secoue la tête.

— Non, tu ne l'es pas. D'une, c'était un accident. De deux, elle n'est pas morte, elle est dans le coma.

— Et depuis, elle n'a pas bougé d'un cil, elle est comme sans vie, couchée sur son lit d'hôpital toute la journée. Elle souffre peut-être même. Ce n'est pas mieux que la mort. Et puis, sans mon argent, ils n'auraient pas essayé de la sauver. Sans moyens financiers, ils l'auraient laissé crever. Et je ne sais même pas si elle se réveillera un jour !

Elle pince ses lèvres, les larmes bordant ses beaux yeux vert émeraude. Soudain, je réalise à quel point nous sommes proches l'un de l'autre et que jamais je n'ai eu l'occasion d'observer de si près chaque détail de sa peau. Comment peut-elle être si parfaite ?

— Si un jour je suis réparée, je te choisirai, déclare-t-elle alors.

Je hausse les sourcils, certain d'avoir rêvé. Elle ne me laisse pas le temps de répliquer que déjà, ses doigts quittent les miens.

Puis, elle se lève et arbore de nouveau son sourire de façade. Enfin, elle se dirige vers le château et rejoint la fête tandis que je reste figé là, ébahi par la bombe qu'elle vient de lâcher.

Il ne me reste qu'à savoir comment faire en sorte que cela arrive.

Megan

Encore secouée par la discussion que je viens d'avoir avec Dylan, je pénètre au cœur de la fête. Les gens dansent au rythme de la musique ayant, pour la plupart, abandonné leur masque sur une table ou une chaise. La musique est entraînante, bien à l'opposé de mes pensées divagantes.

Je me mords la lèvre inférieure. J'ai envie de partir, mais je ne peux pas. L'image de la marque a assez souffert de ma fuite, quand bien même beaucoup semblent déjà l'avoir oubliée. Ce n'est pas le cas de Vanessa qui, déjà, se dirige vers moi, le visage fermé.

— Le problème est réglé ? me demande-t-elle sèchement.

En un an, ma boss ne m'a jamais parlé comme ça, comme si je n'étais qu'une poussière sur son chemin. Pourtant, je la comprends. Aurais-je aimé qu'une personne gâche tout mon travail seulement parce qu'elle n'est pas capable de contenir ses émotions ?

— Oui, j'avais envie de vomir. Excusez-moi. Sincèrement.

— Sois plus discrète la prochaine fois, tes actions se répercutent sur ma marque.

Plus *notre* marque, comme elle aime si souvent le dire, mais *sa* marque.

— Ça n'arrivera plus, affirmé-je en baissant la tête.

— J'espère, répond-elle avant de s'éloigner pour de nouveau profiter de sa soirée.

Je m'assois sur la première chaise qui se présente à moi, et souffle.

— Vous allez bien, mademoiselle ? me demande l'homme assis en face de moi.

Je suis si fatiguée qu'en m'asseyant, je ne l'avais pas vu. Ne voulant pas parler, je le regrette amèrement. Malheureusement pour moi, je suis bloquée avec lui jusqu'à ce qu'il parte.

— Oui, monsieur. Seulement fatiguée.

Il hoche la tête, compréhensif.

— Pourquoi ne rentrez-vous pas chez vous, dans ce cas ?

— Obligations professionnelles, soufflé-je.

— N'êtes-vous pas heureuse d'avoir été mise en avant ce soir ? Les voitures sont sublimes, d'ailleurs.

Je le remercie en souriant.

— Megan ? Tu fais quoi ? me demande soudain Dylan, arrivant de nulle part.

Je fronce les sourcils et tente de lui faire passer un message silencieux.

Je parle avec un homme important là, dégage !

— Viens, on va danser, me propose-t-il innocemment.

Je jette un regard à l'homme en face de moi qui sourit.

— Allez-y, profitez donc de cette soirée avec votre petit ami !

— Merci, monsieur. Je vous souhaite une bonne soirée ! dis-je en me levant pour suivre Dylan.

Dylan répète mes mots, et l'homme en costard nous les retourne.

— Bordel, Dylan, c'était un mec important ! m'exclamé-je une fois que nous sommes à l'autre bout de la salle. Et si ça me porte préjudice ?

— Il avait l'air sympa. Je suis sûr qu'il était sincère.

J'ignore sa réponse en la balayant d'un mouvement de la main.

— Et si tu crois que je vais danser avec toi, c'est non.

— C'était seulement pour te sortir de là. Je sais que tu n'avais aucune envie de parler avec lui. Je suis pas assez con pour te proposer de danser avec moi alors qu'en faisant ça tout à l'heure, tu as fait une crise d'angoisse.

Je baisse la tête, soudain honteuse. Au lieu d'être sympa avec lui, au moins le temps d'une soirée, je le repousse encore et encore. Alors que lui n'a pas hésité un instant à m'aider et à se confier. Aurais-je fait la même chose, à sa place ?

Non, tu n'aurais rien fait, me susurre ma voix interne.

— Excuse-moi, je suis sur les nerfs.

— Je sais, dit-il en me souriant. Tu veux aller t'asseoir à une table, vide cette fois ?

— Pourquoi pas, acquiescé-je.

Rapidement, nous en trouvons une libre et nous y installons.

— Je vais me chercher un verre, déclaré-je.

— OK.

Je me lève, évitant les personnes qui ont atteint un taux d'alcoolémie suffisant pour oublier que ne pas bousculer les autres fait partie des bonnes manières à avoir en société, et ce même en soirée.

Enfin, j'arrive au bar et demande un verre de whisky. Je n'aime pas vraiment boire, encore moins des alcools forts, mais ce soir, j'en ai besoin. Dès qu'il m'est servi, je l'avale cul sec et pousse un râle de dégoût.

— Un autre, s'il vous plaît.

Tandis que l'employé s'affaire à me servir ma boisson, je repense à Dylan et à ce soir, à ces heures passées à ses côtés. C'est un homme bon, qui ne me veut pas de mal, et pourtant, je suis incapable de lâcher du lest. Quand bien même je le souhaite, mes peurs me reviennent constamment en pleine face.

J'en ai marre qu'elles me hantent, je rêve qu'elles disparaissent pour de bon. Mais quoi que je fasse, rien ne semble fonctionner. Pas même le temps, pas même un homme aussi parfait que Dylan. Rien ne fonctionne et rien ne fonctionnera jamais.

Alors pour effacer ce sentiment constant, je bois verre sur verre sans m'arrêter.

Chapitre 28
Dylan

Cela fait dix bonnes minutes que Megan a disparu, et si jusque-là je suis parti du principe qu'il y a du monde au bar, je commence à me dire que quelque chose ne tourne pas rond et qu'elle ne compte pas revenir. Je me lève alors et me dirige vers le coin spécial boisson. J'y aperçois immédiatement Megan, enchaînant les shooters de whisky.

Je secoue la tête.

Sérieusement ?

En quelques pas, je la rejoins.

— Ça va ? la questionné-je en souriant.

Ce n'est pas à moi de faire la police, mais là tout de suite, elle noie son stress dans cette merde, et j'ai appris à mes dépens que c'est la pire idée qu'il puisse exister. Je refuse que cela lui arrive à elle aussi.

— Oui, ça va, acquiesce-t-elle d'une voix pâteuse.

— Tu as assez bu, non ?

Elle fait une moue et secoue la tête en hélant le barman pour lui demander une recharge.

Je me penche vers lui et lui intime de faire de même.

— Vous pouvez lui servir de l'eau ? lui chuchoté-je discrètement.

L'homme acquiesce en souriant.

— Je vous la confie, monsieur, déclaré-je en me redressant.

— Elle est entre de bonnes mains, affirme le barman.

Je le remercie d'un regard et m'éloigne, à la recherche de Mme Leclairc. Je vais devoir lui sortir un mensonge sur son employée parce que je ne suis pas sûr qu'elle serait ravie de savoir que Megan s'est alcoolisée devant des gens aussi importants. J'espère seulement qu'elle ne va pas tomber sur elle au bar.

— Excusez-moi, avez-vous aperçu Mme Leclairc ? demandé-je à une femme qui passe par là.

— Oui, juste là-bas ! s'exclame-t-elle en pointant le fond de la pièce.

Elle me détaille des pieds à la tête, mais je ne lui laisse pas le temps de formuler sa pensée et retrouve la patronne de Megan.

— Madame Leclairc ?

— Oui, Dylan ?

— Megan est malade, je vais la ramener.

J'opine du chef.

— Oh !

Elle fait une moue, mais garde un air sérieux, apparemment pas prête à pardonner Megan.

— Comment va-t-elle ? Elle n'allait déjà pas bien pendant la danse, de ce que j'ai vu.

— Seulement une petite indigestion. Je ne voudrais pas qu'elle refasse la tapisserie des toilettes !

Elle reste de marbre face à ma blague qui avait pour but de la détendre, et je sais déjà que Megan va me tuer lorsqu'elle va apprendre ce que j'ai sorti à sa patronne.

Tant pis, elle s'est mise dans la merde toute seule.

— Je peux laisser sa voiture ici ? J'enverrai quelqu'un la chercher en début de matinée.

— Oui. Il y a du rangement à faire demain de toute façon. Heureusement que Megan n'y est pas conviée.

Je hoche la tête, la remercie avant de lui souhaiter une bonne fin de soirée. Enfin, je retrouve Megan, toujours affalée sur le comptoir provisoirement installé.

— Il m'a fait boire de l'eau, ce salaud, déclare-t-elle en plissant le nez. Je veux de l'alcool, moi !

J'éclate de rire. Sa moue devient plus prononcée encore.

— Te moque pas ! grogne-t-elle en se renfrognant.

Un sourire naît sur mon visage.

— Tu n'as pas envie de vomir, par hasard ?

Elle secoue la tête.

— Non, je suis en pleine forme !

— OK. Alors viens, on rentre.

Je m'approche d'elle pour doucement attraper sa main.

— Pas déjà ! marmonne-t-elle en se débattant.

— Promis, il y a de l'alcool à la maison. Tu pourras boire autant que tu veux. Mais viens, on rentre. La musique est naze. Tu préfères pas t'éclater sur la piste de danse avec du Beyoncé à fond ?

Soudain, un grand sourire étire ses lèvres.

Gagné !

— T'as raison. *With a taste of your lips, I'm on a ride ; You're toxic, I'm slipping under ; With a taste of a poison paradise ; I'm addicted to you ; Don't you know that you're toxic ? ; And I love what you do ; Don't you know that you're toxic ?*

J'éclate de rire.

— Ça, c'est du Britney Spears, Megan.

— C'est pareil, marmonne-t-elle en continuant à chanter *Toxic* en yaourt.

— Deux icônes, je te l'accorde. Mais pas de la même époque. Même si Britney est intemporelle.

Elle balaye ma phrase d'un geste de la main et se déhanche au rythme de ses paroles.

— Allez, viens, princesse toxique, me moqué-je en prenant sa main.

Elle ne cherche pas à se débattre et me suit. Lorsque nous sommes enfin dehors, seules les paroles qu'elle chantonne cassent le silence de la nuit. Je la fais s'asseoir sur mon siège passager en priant pour qu'elle ne ruine pas ma Koenigsegg.

— Surtout, si t'as envie de vomir, tu me le dis. Sinon tu devras nettoyer ma voiture de fond en comble !

Elle marmonne quelque chose, mais déjà, ses paupières papillonnent jusqu'à se clore définitivement, un sourire béat sur les lèvres.

Quand ai-je atteint le point où je préfère la voir souiller ma voiture plutôt que de souffrir ?

Chapitre 29
Megan

Mon crâne cogne avec puissance. J'étends mon corps dans le lit.

Merde, je suis où ? C'est pas mes draps, ça !

Je fronce les sourcils et me relève rapidement, faisant augmenter la douleur. Je suis dans un lit deux fois plus grand que celui dans lequel j'ai l'habitude de dormir. Je suis dans une pièce trois fois plus grande et vide que celle dans laquelle j'ai l'habitude de dormir. Merde, me dites pas que j'ai fait une connerie hier soir ! Je ne me souviens de rien. Rien à part… les nombreux verres que j'ai enfilés au bar. Après ça, c'est le *black-out*.

Je jette un œil à ma tenue. Un simple t-shirt, trois fois trop grand pour mon corps, et qui sent l'homme.

Non, non, non.

Je souffle et me glisse hors du lit. Mes pieds touchent le carrelage froid, me faisant frissonner. Mon stress monte en flèche lorsque je réalise n'avoir aucune idée de ce que j'ai pu faire hier ni avec qui. OK, tout va bien, Megan. Tu n'es pas replongée dans ton passé. Peut-être que c'est seulement le t-shirt du mari de Vanessa qui m'a ramenée chez elle en fin de soirée !

Je me remémore alors qu'elle est mariée à une femme, ce qui signifie que cette hypothèse est impossible.

Ne me dites pas que…

Je fronce le nez et finis par quitter la pièce à pas de loup. Je dois découvrir chez qui je suis avant d'être repérée. Merci Monsieur-Le-Riche d'avoir un sol et un escalier en pierre. Un simple escalier en bois aurait grincé dès qu'il aurait reçu mon poids, et j'aurais été entendue, tandis qu'ainsi, je peux descendre peu à peu les marches sans que personne ne me remarque.

Un bruit de vaisselle venant de la gauche attire mon attention. Soudain, une voix me parvient.

— Allô ? Oui. Merci, Camille, c'est parfait. Prends ta journée, je veux être tranquille aujourd'hui. Oui, elle va bien. Salut.

Dylan.

Dites-moi que je n'ai rien fait avec lui, bon sang ! Je ne me le pardonnerais pas.

Je prends une grande inspiration et descends quelques marches supplémentaires. À présent, je le vois, debout au milieu de sa cuisine, portant un t-shirt qui moule le moindre de ses muscles.

Merde, depuis quand je mate ses muscles ?

Dylan

— Oh, salut ! Tu as bien dormi ? demandé-je à Megan lorsque mes yeux se posent sur elle.

Elle acquiesce en silence, mais ne peut s'empêcher de faire une grimace.

— Tu as mal au crâne ? l'interrogé-je.

— Oui.

J'ai demandé à mon agent de ménage de ne pas ouvrir les volets aujourd'hui. Ainsi, je n'ai entrouvert que ceux dont j'avais besoin pour garder la maison plongée dans le noir afin que la lumière soit moins agressive et que Megan puisse survivre à sa gueule de bois.

— Tiens, je t'ai préparé des médicaments.

— Oh. Merci, dit-elle en s'approchant du plan de travail tandis que je sors un verre que je remplis d'eau fraîche.

Elle avale rapidement ses comprimés, puis m'observe.

— C'est toi qui m'a changée, hier soir ? m'interroge-t-elle en désignant le t-shirt qui lui recouvre à peine les cuisses.

Je secoue la tête.

— Non, une de mes employées, ne t'en fais pas. Je ne t'ai pas non plus vue nue, et je lui ai demandé de veiller à te toucher le moins possible.

Elle reste stoïque un instant, étonnée de mon agissement. Comme si ce n'était pas normal.

— Merci, souffle-t-elle, rassurée.

Le silence s'installe un instant, mais très vite, elle le brise :

— Tu parlais de moi au téléphone ?

— Ouais. J'ai demandé à mes employés d'aller chercher ta voiture au château. Elle est devant la maison, maintenant.

Elle me jette un regard avant de se tourner vers une fenêtre encore occultée par le volet.

— Ça veut dire que je peux partir ?

— Ouais. Mais j'ai naïvement espéré que tu resterais pour prendre un petit déjeuner avec moi.

Elle prend un air gêné et se mord la lèvre inférieure.

Je rêve de la mordre à sa place, bordel…

Je refrène mes pulsions. C'est trop tôt. Je veux prendre mon temps avec elle. Ne pas tout gâcher, pas avec elle.

— Tu comptais faire quoi à manger ? demande-t-elle avec un sourire timide.

Elle reste. C'est une petite victoire, mais c'est un pas en avant. Même s'il est minime.

— Tout ce que tu veux. Les placards sont pleins.

— J'aime bien manger salé, le matin. Du genre *English Breakfast.*

Je souris et me dirige vers mon réfrigérateur pour sortir les œufs, le bacon et une tomate. D'un placard, je sors du pain de mie et une boîte de haricots blancs en sauce tomate. D'un autre, j'extirpe deux pommes de terre. Enfin, dans mon congélateur, je prends un sachet de saucisse fumé.

— Tu aimes tout ça ? demandé-je après avoir tout étalé en face d'elle.

— Oui. C'est parfait. Merci.

J'acquiesce et me mets aux fourneaux. J'épluche les patates puis les râpe avant d'en faire des galettes que je viens frire sur la poêle avec la tomate coupée en rondelles. Dans une autre poêle, je grille les saucisses et le bacon. Dans une dernière, je cuis trois œufs au plat. Enfin, dans une casserole, je réchauffe les haricots.

En quinze minutes, tout est prêt et dressé dans deux assiettes séparées.

— Et voilà, déclaré-je en posant l'une d'elles devant les yeux affamés de Megan.

— Putain… Ça a l'air délicieux ! Je ne regrette pas d'être restée. Merci.

— Ça me fait plaisir de m'occuper de toi.

Elle sourit et prend une première bouchée.

— Tu veux quelque chose à boire ?

— Quoi de mieux qu'un thé pour compléter tout ça ? rit-elle.

— C'est vrai. Allez, c'est parti pour du thé !

Elle sourit et continue à dévorer son assiette tandis que j'allume la bouilloire. Assis sur l'un des tabourets, je savoure à mon tour le petit déjeuner que j'ai préparé.

— Ça fait longtemps que j'ai pas mangé un plat comme ça, déclare-t-elle entre deux bouchées.

— Moi aussi, avoué-je.

— Tu n'as pas de chef cuisinier ?

Je secoue la tête.

— Non. C'est ma mère qui me faisait à manger… avant. Maintenant je me fais des trucs rapides avec ce qu'il y a dans le frigo, ou des trucs tout faits. Mais ça ne sera jamais à la hauteur de ce qu'elle préparait.

Elle baisse la tête, puis la relève.

— Ne parle pas d'elle au passé. Elle va s'en sortir.

— Ses chances sont minimes, tu sais. *Vraiment* minimes.

— Un miracle arrive plus souvent qu'on ne le croit.

J'acquiesce en silence et attrape deux tasses que je remplis d'eau après y avoir placé un sachet de thé.

Plus personne ne parle. Seul le bruit des couverts vient rompre le calme ambiant. Nous nous faisons face, et si aucun mot ne sort de nos bouches, nos yeux, eux, communiquent des messages.

Je lui demande de me faire confiance.

Elle me demande de l'aider.

Je lui réponds que je vais tout faire pour.

Elle me répond qu'elle va essayer.

Et nous nous sourions, enfermés dans cette bulle paisible qui se crée naturellement lorsque nous sommes ensemble.

Chapitre 30
Megan

Lorsque je pose mes couverts au milieu de mon assiette – signe que j'ai terminé de manger – je me lève et apporte celle-ci jusqu'au lave-vaisselle.

— Merci, c'était très bon.

— Ça sonne comme un « je vais y aller », ça, déclare Dylan en rangeant nos couverts dans la machine.

— Je ne vais pas abuser de ton temps. Tu m'as logée, nourrie et t'es occupé de récupérer ma voiture. C'est déjà trop, je ne vais pas en profiter.

Il lève les yeux au ciel.

— Tu devrais prendre une douche, dit-il. Ça te fera du bien.

Je fais une moue.

— J'ai une sale gueule à ce point ?

— Non, Megan. Tu es toujours belle.

Il fait une pause, me laissant prendre conscience de ses mots.

— Mais même avec des médicaments et un petit déjeuner copieux, tu dois te sentir encore pâteuse.

— C'est vrai, acquiescé-je. Mais je ne veux pas abuser de ta gentillesse.

— Tu n'abuses pas si je te propose, viens.

Il se dirige vers un long couloir puis pénètre dans une pièce. J'entre à sa suite et découvre un énorme dressing rempli de vêtements en tout genre.

— Sers-toi. La salle de bains est juste à côté.

Je le dévisage.

— Mais ce sont tes vêtements !

— Ouais, peu importe. Tu peux les garder.

— Dylan, t'as pas pensé au fait qu'on ne fait pas la même taille ?

— Ça n'a pas l'air d'être un problème, note-t-il en détaillant ma tenue.

Soudain, je me sens nue sous son regard. Je ne porte finalement que son t-shirt à l'odeur divine, ma culotte et mon soutien-gorge.

— Je ne vais pas rentrer chez moi les jambes nues !

— Tu peux toujours reprendre ta robe pleine de vomi, rit-il.

— *J'ai vomi dessus* ?

Il opine du chef, puis se met à rire lorsque je pousse un râle désespéré.

— T'en fais pas, je vais l'envoyer au pressing. Elle sera comme neuve.

— Donc je ne pouvais pas la remettre, en fait.

— Absolument pas, se moque-t-il. Tu n'as rien dans ta voiture ?

Oh, c'est vrai, ma voiture !

— Si. Tu as raison. J'ai la tenue que j'ai portée jusqu'au château parce que ce n'était pas possible avec tous ces froufrous.

Il éclate de rire, ce qui, pour la première fois, me fait sourire. Jusqu'ici, j'avais plutôt tendance à détester ce son.

Qu'est-ce qui a changé ?

— Je… Tu pourrais aller les chercher ? lui demandé-je. Je ne veux pas sortir dans la rue comme ça.

Son rire redouble. Perplexe, je le dévisage.

— Quoi ? finis-je par le questionner.

— Ta voiture n'est pas dans la rue, Megan. Elle est dans la cour. Personne ne te verra, crois-moi.

— Et tes employés ?

— Ils ne sont pas là.

— OK.

Il sourit, puis quitte le dressing, m'informant qu'il va, lui aussi, aller prendre sa douche dans une autre salle de bains. J'en profite pour explorer un peu les environs. À côté du dressing se trouve en effet la salle de bains contenant une énorme douche à l'italienne d'un côté, et une grande baignoire avec fonction jacuzzi de l'autre. Au milieu, une double vasque couronnée d'un grand miroir éclairé.

Je rêve d'être riche, putain !

Je continue et découvre une pièce remplie de bibliothèques pleines à craquer de livres. Au milieu se trouve un pouf de luxe parfait pour s'affaler dedans. Je ne savais pas que Dylan était du genre lecteur, à ses heures perdues. C'est bien une passion que nous ne partagerons jamais. Les lectures forcées du lycée ont eu ma peau il y a des années.

La pièce du fond est un grand bureau contenant des dizaines de classeurs de toutes les couleurs. C'est sans doute ici qu'il gère toute sa paperasse. De l'autre côté du couloir se trouvent encore trois portes. Derrière la première se trouvent des escaliers en béton qui mènent à un étage inférieur. Hésitante, je descends. Et s'il était l'un de ces fous qui enferment des femmes dans leur sous-sol ?

Non. Je regarde trop de films d'horreur.

Je fais alors face à plusieurs portes. Cette fois, chaque pièce est nommée : buanderie, range-tout… Je hausse les épaules. Il n'y a rien de très intéressant, aussi je remonte rapidement pour rejoindre l'extérieur afin de récupérer mes vêtements.

La cour est immense, si bien que je n'en aperçois pas le bout. La verdure s'étend à perte de vue avec, ici et là, des hamacs. De nombreux arbres, fleurs et plantes en tout genre viennent l'habiller, complétant la terrasse en marbre sur laquelle est disposé un salon de jardin décoré de manière minimaliste. Au coin de la terrasse se trouve une piscine creusée qui me fait baver d'envie. De l'autre côté, j'aperçois l'entrée du garage où se cache probablement sa collection astronomique de voitures.

Je rêve d'aller les voir mais, à la place, je me fais violence et rejoins la mienne, attrapant les vêtements que je portais la veille. Rapidement, je retourne à la salle de bains, me glisse dans la baignoire et active les bulles.

L'effet détend mes muscles, et je manque de m'endormir lorsqu'on toque à la porte.

— Megan, ça va ?

Je me redresse en sursaut.

— Oui ! dis-je précipitamment.

Je réalise que j'utilise son jacuzzi sans même lui avoir demandé l'autorisation, alors qu'il y a quinze minutes, je n'osais même pas prendre une douche pour ne pas le déranger.

— Tout va bien ? Tu fais quoi ? me demande sa voix marquée par une pointe d'inquiétude.

Merde. Je ne peux pas mentir.

— Euh… je profite de ta baignoire. J'ai pas ça chez moi. J'espère que ça ne t'embête pas ! Pardon, j'aurais dû te demander.

Il ne répond pas. Merde, il m'en veut ?

— Dylan ?

— Ouais. Excuse-moi. J'ai… j'ai reçu un message, ça m'a déconcentré. Prends ton temps !

Je souris et me détends, puis me laisse glisser doucement jusqu'à ce que ma tête cogne contre le coussin imperméable.

* * *

Au bout d'une demi-heure, les bulles s'arrêtent, et mes doigts sont complètement fripés. J'attrape la serviette que j'ai sortie plus tôt d'un placard et m'extirpe enfin de la baignoire. Après m'être rapidement séchée, j'enfile mes vêtements. Dans la panière à linge sale, je mets ma serviette, puis j'étends le tapis. J'avise le t-shirt de Dylan encore posé sur le siège en paille.

Je devrais lui aussi le mettre au sale. Pourtant, je l'attrape, y enfonce mon nez comme une droguée, dans l'espoir d'y sentir son odeur. Je souris, rassasiée, puis le place sous mon débardeur en l'enroulant autour de mon corps. Je m'observe dans le miroir et hoche la tête.

On y voit que du feu.

J'hésite un instant à le retirer, mais il ne remarquera même pas sa disparition, et moi, je crois que je deviens doucement accro à son odeur. Je disais le haïr il y a encore quelque temps, mais hier, j'ai enfin décidé d'arrêter de me mentir.

Et ça commence maintenant : j'ai envie de voler ce t-shirt, et je vais le faire.

Je sors finalement de la salle de bains, et rejoins le salon dans lequel Dylan regarde une série, affalé dans son canapé. Lorsqu'il me voit arriver, il se redresse en souriant.

— Et tu disais ne pas en avoir besoin, hein ? raille-t-il.

— Je disais ne pas vouloir te déranger, nuance, réponds-je sur le même ton.

Un sourire en coin se forme sur ses lèvres.

— Bon… je vais y aller, déclaré-je finalement. Merci pour tout.

Il hoche la tête.

— Ouais… Je voulais te filer mon numéro, d'ailleurs. Au cas où ! ajoute-t-il en voyant mon visage changer du tout au tout.

— Je ne suis pas sûre que ce soit une bonne idée.

J'ai peur de ne pas être capable de me contrôler.

— On ne sait jamais. S'il te plaît ?

Je souffle. C'est vraiment une mauvaise idée, mais je ne peux m'empêcher de le vouloir, au fond. *Juste au cas où.* Je fais un bref mouvement positif de la tête, ce qui le fait immédiatement sourire à pleines dents. Il attrape alors un bloc de Post-it posé sur la table et y griffonne quelques chiffres avant de me le tendre.

— Je ne m'en servirai probablement jamais, déclaré-je en me dirigeant vers la porte.

— Tant pis. Mais si jamais tu en as besoin, je serai là.

J'ouvre la porte.

— Merci, Dylan, sincèrement.

Je fais un premier pas dehors.

— Tout le plaisir est pour moi, princesse.

Il me suit de près, gardant cependant une certaine distance.

— Je t'ai déjà dit de ne pas m'appeler comme ça, grogné-je en arrivant à ma voiture.

— Je ne suis pas désolé.

— Va te faire foutre, Dylan.

Il m'offre un sourire enjôleur, puis me souhaite une bonne journée. Une fois à mon volant, je réalise que je commence à apprécier ce foutu surnom.

Princesse.

Je fais un signe à Dylan, puis quitte sa propriété pour rejoindre le centre-ville. J'active rapidement Google Maps pour m'y aider, quand je vois les messages et appels de Rim d'hier soir et de ce matin.

Rim
T'es où ? Il est tard.
Tu devrais être rentrée, non ?

Rim
Il est 3 h du mat, Megan. Je suis inquiète.
Réponds-moi.

Rim
S'il t'est arrivé un truc, je te tue.

Rim
Et si t'es déjà morte, je te retrouve et je te tue une deuxième fois.

Rim
T'es une amie en carton.

Rim
Non, sérieux réponds.
Dis juste que tu vas bien.

Rim
OMG. Je viens de comprendre !!!!!
T'es avec un mec ?????

Rim
Je veux TOUT savoir.

Aujourd'hui
(40) appels manqués de Rim

Rim
J'espère que tu vas bientôt rentrer, grognasse.

Rim
Tu me manques, mon canard.

Rim
Rentreeeeee.

Rim
Réponds au moins.
Juste pour que je puisse dormir.

Rim
Tu fais chier.

Rim
Je t'envoie plein de crottes dans ta tête.

Rim
T'es une mauvaise amie, sérieux.

Rim
Répondssssssssss.

Rim
Bon j'abandonne. T'as intérêt d'avoir une TRÈS bonne excuse (mourir, ça compte pas).

J'éclate de rire face à tous ses mots, même si certains sont empreints d'inquiétude. Contrairement à moi, Rim est vivante, comme les fleurs sous le soleil. C'est sans doute grâce à elle que j'ai gardé la tête au-dessus de l'eau. Je n'hésite plus et l'appelle en démarrant. Dès la première sonnerie, elle répond.

— *Putain, Megan, enfin !*

— Désolée. Mon téléphone est resté dans ma voiture. Et ma voiture est restée au château toute la nuit.

— *T'as dormi où ?* s'étonne-t-elle immédiatement.

— Chez un ami.

— *Ooooooh ! Raconte-moi tout.*

— Y a rien à raconter. J'étais complètement bourrée.

Elle souffle, puis nous continuons notre discussion – elle essayant encore et encore de me tirer les vers du nez, n'obtenant cependant rien de ma part.

Parfois, j'oublie pourquoi je l'aime à ce point.

Chapitre 31
Dylan

Après m'être assuré que Megan est partie, je passe derrière elle pour ranger. Je n'ai pas envie d'imposer plus de travail à mon agent de ménage parce que j'ai accueilli quelqu'un. Ainsi, je me dirige d'abord vers la salle de bains qu'elle a utilisée et nettoie la baignoire et le miroir encore embué. Puis j'ouvre le bac de linge sale et le récupère, m'attendant à trouver une serviette et le t-shirt que je lui ai prêté. Sauf qu'il n'y a que la serviette. Qu'en a-t-elle fait ?

Je tourne sur moi-même à la recherche d'un tissu gris qui traîne, sans le dénicher. Pour être certain, je vérifie dans la salle de vie, mais ne mets pas la main dessus non plus. Je fronce les sourcils et monte jusqu'à la chambre qu'elle a occupée le temps de quelques heures. Peut-être n'était-elle pas sûre du lieu où le mettre et a-t-elle préféré le déposer dans sa chambre, là où on allait forcément le voir.

Or, lorsque j'entre dans la chambre, la seule chose inhabituelle est le lit aux draps encore froissés de sa nuit. L'aurait-elle *emporté* ? C'est possible, mais pourquoi aurait-elle fait cela ? Je dois me rendre à l'évidence. C'est la seule explication. Et cette idée me fait terriblement sourire.

Megan a pris mon t-shirt parce qu'il a mon odeur.

Putain. Est-ce qu'elle ressent quelque chose pour moi, finalement ? Est-ce qu'elle aussi, elle les ressent, ces papillons qui s'envolent dans son ventre lorsqu'elle m'aperçoit ? Je dois le découvrir. Faites qu'elle me recontacte !

Je regrette soudain de ne pas lui avoir demandé son numéro afin de pouvoir lui envoyer un message moi-même si elle ne saute pas le pas. Sauf qu'à présent, je n'ai pas d'autre choix que d'attendre qu'elle vienne vers moi. En attendant, j'ai besoin d'en parler avec la personne qui compte le plus pour moi.

* * *

— Salut, maman, dis-je en pénétrant dans sa chambre dénuée de joie.

Autour de moi, tout est blanc, et la seule chose qui fait tache, ce sont les nombreuses machines auxquelles ma mère est accrochée. Chaque jour, j'espère qu'elle ne souffre pas trop. Et à chaque fois que je viens, j'espère qu'elle entend mes mots.

Je prends place sur la chaise posée près de son lit, puis attrape sa main en soupirant.

— Comment tu vas, aujourd'hui ? lui demandé-je, comme si elle allait répondre. Moi… j'espère encore que tu vas te réveiller pour découvrir ce que ton fils est devenu. Putain, je sais même pas si t'es au courant, parce que je sais pas si tu m'entends. Les médecins ont beau me dire que c'est souvent le cas, et si tu étais une exception, hein ? Je sais même pas si tu sais qui je suis aujourd'hui. Est-ce que tu me vois encore comme la personne que j'étais avant ?

Déjà, mes larmes me montent aux yeux.

— Merde, j'aimerais juste que tu m'entendes. Pourquoi est-ce qu'il a fallu que je provoque cet accident, hein ? Tu me manques, maman.

Je fais une pause avant de chuchoter :

— Reviens. S'il te plaît.

Je renifle, puis décide que pour elle comme pour moi, il serait préférable que j'aborde un autre sujet.

— Tu te souviens de Megan ? Je t'ai déjà parlé d'elle. Cette nuit, elle a dormi à la maison.

Je lâche un petit rire.

— Non, pas comme tu le crois. J'aurais aimé, moi aussi. Mais je dois être patient. Elle n'est pas prête à être avec quelqu'un. Je suis prêt à l'attendre, tu sais. Enfin bon, elle a dormi à la maison parce qu'hier c'était la soirée d'inauguration de son entreprise, et elle a un peu trop bu. Donc je l'ai ramenée et elle a dormi dans une des chambres d'amis.

Je laisse ma mère s'imprégner de mes paroles, comme si elle allait finir par me répondre.

— Mais je te promets que c'est une fille géniale. Tu l'adorerais, conclus-je en souriant.

L'image de Megan s'impose à moi, et je la vois à mes côtés, tenir ma main tandis que je lui présenterais ma mère.

Peut-être qu'un jour, ça arrivera.

Je continue à parler à ma mère, lui racontant tout et rien à propos de moi. Je lui donne aussi des nouvelles de John, Julian et Thomas. Si elle était réveillée, elle aurait sans doute éclaté de rire en entendant ce qu'ils ont récemment fait pour amuser la galerie. À savoir se promener en ville à poil. Heureusement qu'il était tard et qu'il n'y avait pas de policiers, sinon ils étaient bons pour la garde à vue – encore. Ils ont de la chance, mon avocat leur sauve toujours le cul et fait en sorte qu'ils n'aient pas de casier. J'espère qu'un jour, ils se calmeront et sauront se poser pour rencontrer leur âme sœur. Et j'espère qu'un jour, nous serons huit autour de la table à laquelle nous nous retrouvons pour le moment à quatre.

Et j'espère que Megan sera à mes côtés à ce moment-là. Je souris à cette idée. Je rêve de ce jour, et j'espère qu'il arrivera vite. Si ma mère pouvait être des nôtres, ce serait encore mieux. Et si ce n'est pas le cas, alors nous viendrons à huit dans sa chambre pour fêter son anniversaire.

Encore et encore, jusqu'à ce qu'elle se réveille.

Chapitre 32
Megan

Je suis assise sur le sol de la salle de bains, mon corps secoué par des spasmes. Je suis en train de vomir, me forçant à évacuer tout ce que j'ai mangé au cours des dernières heures.

J'ai honte de moi-même, mais je n'arrive pas à m'arrêter.

Je sais que je suis en train de détruire mon corps, mais je suis obsédée par mon poids et mon apparence, et je me sens coupable chaque fois que je mange quelque chose. Je me punis en me faisant vomir, comme si cela pouvait effacer mes erreurs. Chaque bouchée est comme un danger, un risque de grossir encore plus. C'est irrationnel, j'en ai conscience, mais je ne peux pas m'en empêcher. Mes pensées sont envahies par cette obsession de maigreur, et je suis incapable de penser à autre chose.

Je me regarde dans le miroir, et je déteste ce que je vois. Mon corps est trop gros, mes cuisses sont trop larges, mes hanches sont trop imposantes. Je suis dégoûtante, immonde. Je suis incapable de me voir autrement que comme un amas de graisse.

Leurs mots me reviennent en pleine face et me détruisent encore plus.

— Megan, bon sang, il faut que tu fasses un régime ! Tu t'es vue ? Combien de tailles de pantalon as-tu pris depuis la dernière fois ?

J'attrape un gâteau et le dévore.

— Arrête de bouffer comme ça, t'es bien assez grosse. Tu m'embarrasses. Et après, tu t'étonnes que je ne veuille plus que tu viennes avec moi ?

J'ouvre un paquet de chips et les fourre dans ma bouche jusqu'à ce que cela ne rentre plus.

— Reprends-toi avant que ce soit trop tard. S'il te voyait manger tout le contenu du frigo comme tu l'as fait hier soir, ça fait bien longtemps qu'il t'aurait quittée.

J'explose le bocal de cornichons sur le sol et les jette un par un dans ma bouche, les mains ensanglantées par les débris de verre.

— Tu me dégoûtes. On dirait une vache enceinte !

Mes larmes coulent pendant que je m'observe et me hais d'avoir été prise sur le fait, d'avoir pris tant de poids. Si seulement ils savaient à quel point c'est difficile de m'arrêter une fois que j'ai commencé. Si seulement ils savaient à quel point j'ai apprécié qu'enfin on me regardait sans dégoût parce qu'enfin, je me suis décidée à arrêter la nourriture.

Je me redresse soudain, le cœur battant à mille à l'heure, les larmes roulant le long de mes joues. Je tremble de tout mon corps, incapable de me remettre du cauchemar dont je viens de sortir.

Arrête de me hanter, pitié.

Comme à chaque fois que je décide enfin de reprendre ma vie et d'oublier mon passé, il me revient en pleine face, comme pour me rappeler que jamais je ne passerai à autre chose. Pourtant, je refuse de le laisser prendre possession de moi. Mon corps et mon esprit sont les miens, pas les siens. Je n'accepterai plus qu'ils lui appartiennent encore. Alors je tâtonne autour de moi en espérant que mes doigts vont effleurer ce foutu morceau de papier.

Bingo.

Je l'approche de mon visage et trouve mon téléphone sur ma table de chevet. Les doigts tremblants, je dois m'y reprendre à plusieurs fois pour composer le numéro qui figure sur le Post-it jaune. En même temps, j'essaie de calmer ma respiration – en vain. C'est bien plus difficile à faire lorsque Dylan n'est pas là pour me donner les directives. Enfin, je réussis à taper le dernier chiffre et à appuyer sur le bouton d'appel.

La première sonnerie résonne, creuse et infiniment lente.

La deuxième fait de même.

La troisième… est coupée au milieu par une voix endormie.

— *Allô ?*

— Dylan ? soufflé-je de ma voix enrouée par les larmes.

— *Megan ? Ça va ? Pourquoi tu pleures ?* m'interroge-t-il, soudainement paniqué.

Je renifle en lâchant un cri de douleur.

— *Megan ? Réponds-moi !* s'inquiète-t-il.

— Je… J'ai besoin de toi. Pitié, murmuré-je, troublée.

— *Donne-moi ton adresse. J'arrive ! Tout va bien se passer, Megan, OK ? Je suis là.*

— Mmmh… gémis-je en éclatant de nouveau en pleurs.

Des images de mon passé s'imposent de nouveau sous mes paupières fermées.

— *Envoie-moi ton adresse par message, laisse-moi venir, s'il te plaît !*

— D'accord, chuchoté-je en frissonnant.

J'éloigne mon téléphone en enclenchant le haut-parleur, et tape mon adresse avec difficulté. Mon téléphone reprend sa place contre mon oreille tandis que je me balance d'avant en arrière.

— C'est bon.

— *J'ai reçu ! Tu ne raccroches pas, d'accord ? Je viens.*

— Fais attention, dis-je entre deux larmes.

— *Ne t'inquiète pas pour moi. Concentre-toi sur ton souffle. Comme hier. OK ?*

J'entends un moteur démarrer, puis des pneus crisser.

— Ou-oui, bafouillé-je.

— *Alors inspire.*

Je fais ce qu'il dit jusqu'à ce qu'il m'ordonne d'expirer.

— Ça fonctionne pas ! m'énervé-je lorsque je recommence une deuxième fois.

— *Megan, écoute ma voix. J'arrive dans deux minutes. Inspire.*

Il fait une pause.

— *Expire.*

Mes larmes redoublent lorsqu'une sensation désagréable remonte le long de ma colonne vertébrale. Je ne le supporte plus. Je ne supporte plus cette enveloppe corporelle qui m'a été volée.

Pitié, libérez-moi.

— *Megan, stop. Je suis devant ton immeuble. C'est quoi le code ?*

— Zéro, sept, cinq, quatre, un, neuf, articulé-je difficilement. Deuxième étage, troisième porte à gauche.

Une porte claque, puis ses pas résonnent dans la cage d'escalier et me parviennent depuis ma chambre.

— La porte est ouverte, soufflé-je en essayant de me calmer. Je suis dans la chambre du fond.

— Me voilà, dit-il, sa voix venant à la fois de mon téléphone et du pas de ma porte.

Il raccroche en se forçant à m'adresser un sourire rassurant.

C'est ce sourire que je veux voir à chaque fois que ça ne va pas.

Dylan

— Hey, chuchoté-je en arrivant près d'elle.

Elle est roulée en boule et se balance d'avant en arrière, les yeux rougis par les larmes.

— Dylan… murmure-t-elle d'une voix tremblante.

— Inspire, lui conseillé-je une nouvelle fois.

Elle suit mon indication, accompagnée par ma respiration calme malgré mon palpitant qui menace de quitter ma poitrine.

— Expire.

— Dylan… renifle-t-elle. Viens.

Je fronce les sourcils.

— Je suis déjà là, princesse.

— Non. Viens, insiste-t-elle.

Est-elle en train de me demander de m'approcher d'elle ? *De la toucher ?*

— Tu veux dire… près de toi ?

— J'ai besoin de tes bras, marmonne-t-elle en cachant son visage dans les siens.

Je hausse les sourcils. Elle qui déteste le contact… a besoin de mes bras ?

Cela doit être grave, et je me promets d'essayer d'en savoir plus un jour, sans jamais la forcer cependant. Sans hésiter plus longtemps, je m'approche d'elle et m'assois sur le lit, à seulement quelques centimètres d'elle.

— Tu es sûre ? lui demandé-je.

Elle ne répond pas et se jette soudain dans mes bras. Immédiatement, j'enveloppe son corps de ceux-ci.

Son odeur parvient jusqu'à mes narines et m'enivre. Je caresse doucement son crâne en la berçant.

— Tout va bien, Megan. Je suis là. Je suis là, répété-je.

Peu à peu, ses sanglots deviennent plus doux et ses tremblements cessent. Au bout de ce qui me paraît être une éternité, je m'éloigne légèrement d'elle, sans mettre fin à notre contact physique.

— Tu veux m'en parler ? la questionné-je d'une voix douce.

Elle secoue la tête avec force.

— D'accord, princesse. Alors je vais me contenter de rester là, avec toi, OK ?

Elle hoche la tête.

— Merci, Dylan.

— Je serai toujours là tant que tu en auras besoin, d'accord ? Pour parler, ou juste pour te tenir compagnie. Tout ce que tu veux, je te l'offre. Tu comprends ?

Elle acquiesce.

— Tu veux dormir ?

— Oui, répond-elle.

— Tu veux que je reste ?

— Oui, répète-t-elle.

Elle se décale alors pour me laisser une place, puis se glisse dans ses draps. Je me débarrasse de mes chaussures et de mon manteau.

— Je peux retirer mon jean ? lui demandé-je.

— Mmmh, marmonne-t-elle en m'observant.

Je m'en déleste rapidement, puis la rejoins en maintenant de nouveau une distance entre nous. Sans hésiter, elle s'approche de moi et pose sa tête sur mon épaule. Naturellement, j'étends mon bras sous son crâne.

— Bonne nuit, Megan.

— Bonne nuit, Dylan.

Quelques secondes plus tard, son corps s'affaisse contre moi. Sa respiration apaisée ne tarde pas à me bercer, et bientôt, je rejoins moi aussi le pays des rêves.

Pitié que j'aie le droit de sentir son corps contre le mien jusqu'à ma mort.

Chapitre 33
Megan

Mes yeux papillonnent pour s'habituer à la lumière ambiante. Les rayons du soleil filtrent à travers le rideau, éclairant assez la pièce pour discerner tout ce qu'il y a autour de moi. Je voudrais m'étirer de tout mon long, mais un poids contre moi m'en empêche. Je me tourne et fais face à Dylan encore endormi.

Ce matin, nos corps se retrouvent complètement enroulés l'un avec l'autre, comme si notre position de la veille n'était pas suffisante et qu'ils s'étaient attirés tels des aimants. Je devrais avoir peur, me sentir mal, faire une crise d'angoisse. Pourtant, mon cœur ne se met pas à battre plus vite et aucune sensation de malaise ne s'impose à moi. C'est presque comme si je me sentais apaisée.

Heureuse.

À présent réveillée, je réalise que cela fait bien longtemps que je n'ai pas dormi tant d'heures d'affilée sans faire de cauchemar. J'observe les traits détendus de Dylan qui arbore un petit sourire naturel.

Je le trouve beau.

Et je ne peux m'empêcher de le trouver gentil, alors même que je m'étais promis de ne pas abattre les murs qui m'entouraient. Aujourd'hui, ils ont été remplacés par de simples rideaux qui virevoltent à la moindre respiration de Dylan.

Je souris en le détaillant encore tandis que son corps s'étend. Peu après, ses yeux s'ouvrent et se posent immédiatement dans les miens. Sans bouger, nous nous fixons quelques secondes avant que je détourne le regard, refusant d'accepter l'électricité qui crépite entre nous.

— Salut, finit-il par souffler lorsque je me redresse pour rompre notre contact physique.

Enfin, mon corps ne repose plus sur son bras.

— Salut, répond-je.

— Tu as bien dormi ? me questionne-t-il.

— Mmmh. Et toi ?

— Comme un bébé.

J'esquisse un sourire.

Alors lui aussi, il s'est senti apaisé par ma présence ? Je ne suis donc vraiment pas folle ?

— Tu vas mieux ce matin ?

— Oui. Beaucoup mieux. Merci d'être resté.

— Tu n'avais pas besoin de me supplier, c'était avec plaisir.

— Je sais. Tu attends ça depuis si longtemps.

Il se met à rire.

— C'est vrai. Mais j'aurais voulu que ce soit dans d'autres circonstances.

Je hausse les épaules.

— Si la vie se passait comme on le voulait, à quoi cela servirait de vivre ?

— Tu as raison, acquiesce Dylan.

Mon ventre gargouille alors.

— Je crois que Madame a faim, déclare-t-il en se redressant. Tu as de quoi nous nourrir ?

Je fais une grimace.

— Tu vas te moquer, avec ton grand brunch.

— Mais non. Tant que c'est fait avec amour, ça me va.

— Si des céréales et du lait, ça compte, alors d'accord.

Dylan éclate de rire.

— Va pour des céréales et du lait !

Il tape dans ses mains en quittant le lit. Immédiatement, mon regard se pose sur ses fesses bombées dans son caleçon.

Merde, comment j'ai fait pour ne pas remarquer avant à quel point il est sexy ?

— Attention, tu baves, dit-il en riant.

Je lève les yeux vers son visage tourné vers moi et prends un air gêné.

— T'inquiète, c'est rien. C'est vrai que j'ai un sacré cul. Je peux pas te blâmer de le mater.

Il arbore un sourire dragueur, si bien que j'attrape un coussin et le lui lance dans le visage. Il se marre en le ramassant pour le reposer sur le lit.

— Va te faire foutre, Dylan. Je constatais juste que tu portes encore des Freegun alors que tu es un adulte *et* que tu es riche.

— C'est plus confortable que toutes les autres marques, même les plus chères, j'y peux rien.

Je lève les yeux au ciel avant de me glisser hors des draps et d'enfiler mes chaussons.

Nous rejoignons la cuisine – qui n'est clairement pas aussi grande que la sienne – et pendant qu'il s'assoit et observe autour de lui, j'attrape des bols et la boîte de céréales dans un placard. Je sors également le lait du frigo et deux cuillères d'un tiroir. Je m'installe à côté de Dylan et nous sers chacun du lait, puis des céréales. Il prend soudain un air outré.

— Tu mets le lait avant les céréales ?

— *Tu mets les céréales avant le lait* ? m'indigné-je alors en réponse.

Nous nous regardons, les yeux écarquillés, surpris par l'autre.

— On met les céréales avant pour savoir de quelle quantité de lait on a besoin, signale-t-il.

— Mais c'est meilleur avec le lait d'abord pour éviter d'avoir des céréales complètement molles !

— Ouais, mais elles sont mal mélangées !

— On s'en fout de ça, tant que le goût est meilleur !

— Ça a le même goût !

— Menteur !

— De toute façon, tu as tort, déclare-t-il. Y a eu un vote et c'est le lait après les céréales.

— Source ? lui demandé-je, incertaine de ce qu'il avance.

Il sort alors son téléphone de sa poche et tapote dessus quelques secondes. Finalement, il me le tend. Le tweet de Les Produits Laitiers annonce la fin du vote et le résultat[7].

— D'accord, mais qui te dit que les personnes qui ont voté le lait après les céréales n'ont pas kidnappé ceux qui pensent l'inverse pour les empêcher de voter ?

Il se tait et m'observe, bouche bée.

— Mouais. J'ai des doutes, quand même, finis-je par rire.

— Pas moi. C'est sûr que ce vote est fiable.

Nous mangeons enfin notre petit déjeuner, régulièrement agrémenté de grimaces sur le visage de Dylan.

Je veux que tous mes réveils soient si agréables.

* * *

— Ça te dirait une petite sortie aujourd'hui ? me questionne Dylan une fois que nous finissons de petit-déjeuner.

Je lui jette un regard. Il est vrai que je commence à apprécier sa compagnie plus que je ne le devrais. Mais je n'ai plus peur. Il m'a prouvé bien des fois que je pouvais avoir confiance. Alors pourquoi ne pas lui donner une vraie chance ? Pourquoi ne pas *me* donner une chance ?

---

7. Tweet datant du 2 juin 2018, par @LesProLaitiers.

Être heureuse, j'en ai rêvé longtemps, sans être pour autant capable d'y parvenir. Mineure, je n'avais pas la main sur ma propre vie ; majeure, on m'a détruite et depuis, j'ai continué à vivre dans la souffrance, fuyant au lieu d'essayer de guérir.

— D'accord, acquiescé-je finalement. On va où ?

— Tu verras. Je te promets que ça va te plaire. Tu me fais confiance ?

Et pour la première fois depuis longtemps, je réponds positivement à cette question.

— Oui, soufflé-je. Je te fais confiance.

Un sourire de gamin se dessine sur ses lèvres.

— Si je m'attendais à un « oui » ! s'exclame-t-il.

Je secoue la tête.

— Arrête ou je retire ce que j'ai dit.

— Tu retires le fait de me faire confiance ou de venir avec moi ce soir ?

— Les deux.

Il fait une moue et attrape les bols à présent vides. Son sourire béat revient, évidemment.

— Tu as une idée de ce qu'on va faire ? l'interrogé-je.

Il opine du chef.

— J'ai l'idée parfaite. Et tu vas adorer.

— Vraiment ? Qu'est-ce qui te fait dire ça ? Tu ne me connais pas tant que ça.

Il affiche un sourire en coin.

— Certes. Mais j'ai un don pour te comprendre.

C'est vrai. Sans qu'on en ait jamais vraiment parlé, il a toujours su respecter une certaine distance physique avec moi, quand les autres n'y ont jamais fait attention. Pour autant, est-ce suffisant pour organiser quelque chose qui me plaira ? J'ai quelques doutes, mais je lui ai donné ma confiance.

— OK. On verra.

— Si ça te plaît, j'aurai le droit à un second *date* ?

Je hausse les sourcils et ouvre grand les yeux.

— Parce que c'est un *date* ? m'étonné-je.

— Tu croyais que c'était quoi ? Tu te mens à toi-même si tu n'as pas compris que tu me plais.

— On ne se connaît pas, rétorqué-je.

— Je te connais assez pour que tu me plaises. En découvrir plus de toi ne peut que renforcer cette idée.

Je secoue la tête en la baissant.

— Non, chuchoté-je. Tu serais dégoûté, si tu savais la vérité.

— Rien venant de toi ne pourrait me dégoûter.

— Ça, si, marmonné-je en me détournant.

Je me dirige vers ma chambre et attrape des vêtements au hasard avant de foncer dans ma salle de bains. Dylan, derrière moi, tente de suivre la cadence.

— Si quelque chose doit me dégoûter, c'est à moi de le décider en le découvrant. Pas à toi. Mais laisse-moi apprendre à te connaître. S'il te plaît.

Mon cœur rate un battement.

Cet homme me conduira à ma perte.

— Viens me chercher dans trois heures, déclaré-je avant de fermer la porte de la salle de bains. Ne sois pas en retard.

— Je serai en avance, répond-il.

La joie est perceptible dans sa voix, ce qui me fait sourire. La porte d'entrée claque quelques secondes plus tard et enfin, je me déshabille avant de me glisser sous le jet d'eau encore froide.

Mon cœur bat plus vite à l'idée de le revoir d'ici quelques heures et de découvrir ce qu'il va me préparer.

Chapitre 34
Dylan

Trois heures plus tard, je suis de retour devant l'immeuble de Megan. Je me gare en warning, et lui envoie un message.

Dylan
Je suis devant.

Megan
J'arrive.

En effet, quelques secondes plus tard, la voilà qui claque la porte du bâtiment derrière elle. Elle s'est changée, et s'est préparée, plus qu'à son habitude, même si c'est presque imperceptible. Sauf que j'aime faire attention aux détails. Surtout quand cela concerne Megan.

Elle a bouclé ses cheveux, et porte un rouge à lèvres nude assorti aux fards qui ornent ses paupières. Un trait d'eye-liner et des faux cils viennent intensifier son regard. Enfin, elle porte une robe d'été au motif de roses rouges, et ses fidèles Converse assorties à sa tenue.

Elle ouvre la portière côté passager et prend place à mes côtés.

— Tu es sublime, la complimenté-je.

— Tu ne t'es pas changé, remarque-t-elle.

Je lâche un rire.

— C'était ça ou préparer notre soirée. J'ai dû faire un choix. Et puis, je suis beau naturellement. Je n'ai pas besoin de me changer pour te plaire.

Elle hausse les sourcils.

— Ça va, les chevilles ?

— Absolument. Et toi ?

— Toujours.

Nous nous sourions sans rien ajouter de plus, et je démarre.

— On va où, au fait ? me demande-t-elle en observant la route qui défile alors que nous quittons le centre-ville.

— Tu verras quand on sera arrivé. Tu vis en centre, je ne suis pas sûr que tu connaisses cet endroit, de toute façon.

— En arrivant à Toulouse, j'ai pris le temps de connaître tous les coins de la ville.

Je souris en lui lançant un regard.

— Tu n'es pas née ici, alors ? Voilà que j'en sais un peu plus sur toi. Aurais-tu l'amabilité de me dire d'où tu viens ?

Elle pouffe en secouant la tête.

— La Rochelle.

— L'océan ! Tu aimais ?

Elle hoche la tête.

— Pourquoi tu es venue ici, alors ?

— Pour trop de choses que tu apprendras peut-être un jour, si je te le permets.

Je fais une moue.

— Je ne peux même pas glaner *une* mini-info ?

Elle réfléchit une seconde, puis reprend la parole :

— Pour les études. En partie.

— D'accord.

Elle allume la radio, signe qu'elle ne souhaite plus en parler pour le moment. Alors je me tais et conduis jusqu'à notre destination.

Une vingtaine de minutes plus tard, nous arrivons enfin.

— Pech David ? s'étonne Megan. Tu sais que ce n'est pas le meilleur coin de Toulouse ?

— Ouais, ça craint un peu, surtout pour les voitures si tu laisses des trucs traîner à l'intérieur, mais t'en fais pas. Personne ne touchera à la mienne.

Elle éclate de rire.

— T'es un mafieux ou quoi ?

— Non. Mais ils n'oseraient pas s'attaquer à moi.

— Pourquoi ça ?

— Parce que ce sont mes premiers fans pendant les *run*. Même si maintenant, je pense qu'ils te mettent sur un piédestal, ris-je. *La* femme qui a battu *le* Dylan Smith.

— Que veux-tu ? Je suis une star ! s'exclame-t-elle en faisant des mimiques avant d'éclater de rire. Plus sérieusement, t'es certain qu'ils te connaissent ?

— Non. Mais s'ils ne me connaissent pas, ils me connaîtront. J'ai des traceurs et des micros partout dans mes voitures. Un rien, et ils sont en taule.

— Tout comme toi, argumente-t-elle.

— Et toi, ajouté-je.

Elle hoche la tête sur le côté en souriant.

— Allez, on y va. Aide-moi à prendre tous les trucs qu'il y a derrière.

Elle acquiesce avant de descendre de la voiture et d'ouvrir la porte de derrière. Elle me jette un regard à travers l'habitacle en analysant tout l'attirail que nous avons à prendre.

— C'est un pique-nique ou un déménagement ? s'étonne-t-elle avant de rire.

Je me marre à mon tour et attrape plusieurs trucs. Chargés, nous arrivons jusqu'à l'entrée du parc.

— Bonsoir, les tourtereaux ! nous accueille un agent de police. Vous avez quoi, là-dedans ?

Ni Megan ni moi ne relevons le surnom avec lequel il s'adresse à nous.

— Bonsoir. Beaucoup de nourriture, monsieur, déclaré-je en souriant.

— Je peux voir ?

J'acquiesce et dépose tous les sacs que je porte devant moi avant de les ouvrir tandis que Megan fait de même.

— Bien. Merci et bonne soirée.

Nous récupérons nos sacs et rejoignons le bord de la colline, à seulement deux mètres du bord, là où des barrières trônent pour éviter les accidents lorsque certains boivent un peu trop.

— Alors, comment on fait ça ? me questionne Megan.

— On prend la couverture qui est… dans ce sac ! dis-je en joignant l'action à la parole.

J'étends celle-ci sur le sol avant de m'y asseoir, rejoint par Megan.

— Tiens, des coussins pour plus de confort, dis-je en lui en tendant trois.

Je sors ensuite toute la nourriture sous les yeux ébahis de Megan.

— Tu as préparé tout ça en *trois heures* ?

Je prends un air coupable.

— Disons plutôt que j'ai fait appel à mes employés qui se trouvent être de très bons cuisiniers. Pour ma défense, je n'avais pas le temps de tout faire.

Megan secoue la tête.

— Tu n'as pas besoin de te justifier. Je comprends. Merci. Tout a l'air bon. Je risque de prendre plusieurs kilos.

— On n'est pas obligé de tout manger, ne te force pas. Ça ne finira de toute façon pas à la poubelle.

— C'est juste que… enfin… je ne suis déjà pas fine.

Je prends un air outré.

— C'est faux. Tu es parfaite. Quelques kilos en plus ne te rendraient ni plus belle ni plus moche.

— Merci, souffle-t-elle. Même si tu dis sans doute ça pour me faire plaisir.

— Je ne dis pas des choses pour faire plaisir aux gens, Megan. Je dis ce que je pense. L'une des valeurs que ma mère m'a apprises, c'est de ne *jamais* mentir. Sauf si cela peut m'éviter d'être dans la merde.

— Genre nos sorties du lundi soir.

— Exactement. Si on me demande si je suis au courant de quelque chose, ce sera non, évidemment.

Elle sourit en acquiesçant. Nous nous servons chacun une assiette garnie d'entrées. Je sors alors la bouteille de champagne et deux coupes du dernier sac. Je les remplis et lui en tends une.

— Tu veux me rendre ivre ? me taquine-t-elle.

— Ivre de moi ? Ouais, réponds-je avec un sourire dragueur.

Elle lâche un rire nerveux mêlé de surprise.

— Quel *lover*, celui-là ! se moque-t-elle en levant les yeux au ciel.

— Pour toi, toujours, rétorqué-je, fier.

Nous nous mettons alors à discuter de tout et de rien, en faisant attention à ne jamais aborder de sujets sensibles. Ce soir, nous profitons, comme si nous n'avions ni passé ni futur. Seulement le présent. Ce soir, seuls nous deux existons.

Ainsi, le soleil se couche sous nos yeux et, au bout de quelques heures, il nous ramène à la réalité. Le temps passe. Les cachotteries deviennent plus lourdes, comme un réel obstacle à notre relation.

Un jour, nous oserons révéler à l'autre notre passé.

Peut-être.

Chapitre 35
Megan

Il est plus de minuit lorsqu'enfin, nous décidons de rentrer. Nous remontons dans la voiture – qui n'a pas été abîmée, soit par chance, soit parce qu'en effet, tout le monde connaît Dylan – et celui-ci démarre rapidement.

— Alors, tu as aimé ?

Je souris.

— Finalement, tu me connais mieux que je ne le pensais.

Ça devrait me faire peur, pourtant, seule la joie me parcourt.

De la musique résonne doucement dans l'habitacle, rompant le silence qui contraste fortement avec les précédentes minutes, lorsque nous nous faisions dévorer par les moustiques tigres en riant. Au bout de quelques minutes à peine, Dylan reprend la parole :

— J'ai mérité un deuxième *date* ? me demande-t-il, une pointe de stress dans la voix.

Je souris devant sa nervosité évidente.

— Oui. Définitivement. C'était super.

— Yes ! s'écrie-t-il en levant le poing en l'air, me faisant sursauter.

Je me recroqueville contre ma portière, les larmes aux yeux. Et mon passé vient ruiner le moment magique que nous sommes en train de vivre.

Je me tasse contre le mur, les larmes coulant à flots le long de mes joues ensanglantées.

— Tu crois que j'ai pitié de toi, en te voyant comme ça ?

Il se met à rire, ou plutôt à se moquer de ma faiblesse.

Il s'approche alors de moi, me faisant trembler de plus belle.

— T'as pris du poids, non ? Encore. Tu devrais vraiment arrêter de manger. Fais-toi vomir, comme toutes ces sales connes qui se plaignent sur les réseaux sociaux.

Son haleine me parvient au nez et me fait froncer les sourcils. Ses paroles, elles, s'insinuent dans mon crâne, et résonnent.

Fais-toi vomir.

Fais-toi vomir…

Fais-toi… vomir…

Fais… toi… vomir…

Mes larmes coulent quand je me souviens que je n'ai rien avalé de la journée, parce qu'il me répète cela tous les jours. Et que lorsque mon corps crie famine, je mange.

Et je me fais vomir.

Encore et encore.

— Tu m'as compris ? demande-t-il en s'approchant encore.

Je hoche la tête en étouffant mes sanglots.

— J'ai rien entendu ! rugit-il en me plaquant contre le mur, serrant ma gorge de sa main.

Je sais que demain, j'aurai des marques. Et que je les cacherai pour que personne ne les remarque. Je sais que demain, lorsque j'irai en cours, je plaquerai un faux sourire sur mes lèvres, et je rirai aux blagues de ceux qui m'entourent. Et je ferai ça encore les jours suivants, comme une mauvaise habitude dont on ne peut pas se séparer.

Dylan

— Megan ? m'inquiété-je.

Elle est en pleurs, et observe le vide devant elle, loin de la réalité. Transportée dans son passé. Je ne veux pas tirer de conclusion hâtive, mais sa réaction me donne des pistes quant à ce qu'elle a pu vivre. Cela expliquerait en grande partie ses réactions lorsque quelqu'un la touche sans son accord explicite.

Et dire que j'ose me plaindre de ma situation.

Inquiet, je me gare dès que je le peux et coupe le moteur. Je me tourne vers elle en silence, les sourcils froncés, tandis que ses larmes continuent de glisser le long de ses joues.

— Megan ? répété-je, en espérant que cette fois-ci, elle m'entende.

Elle secoue la tête sans répondre. Je prends une respiration et m'approche d'elle doucement. *Très* doucement. Son visage est crispé de douleur, me brisant le cœur. J'approche encore jusqu'à ce que ma tête soit à quelques centimètres à peine de la sienne. C'est un risque que je prends. Pour elle, surtout.

Pitié qu'elle ne réagisse pas mal.

Pitié qu'elle ne prenne pas peur.

Pitié que je ne lui fasse pas plus de mal.

Les secondes passent avec une lenteur infinie, et enfin, je pose mon front contre le haut de son crâne. Les plaintes de Megan s'arrêtent alors. Je sens sous ma peau ses sourcils se hausser, et je brise notre contact physique pour ne pas trop lui en imposer. Elle m'observe. Je plante mes yeux dans les siens et tente un sourire – sans doute raté.

— Megan ? réitéré-je une troisième fois pour m'assurer qu'elle est de nouveau dans le présent.

Doucement, elle hoche la tête.

— Tu te souviens de l'autre soir au château ?

Nouvel acquiescement.

— Inspire, lui recommandé-je avant de ne rien dire pendant quelques secondes. Expire.

Sa respiration est tremblante, mais nous avançons positivement. Peu à peu, sa crise d'angoisse disparaît et son cœur s'apaise. Rien qu'un peu.

— C'est bon ? la questionné-je avec un sourire qui se veut rassurant.

— Oui, souffle-t-elle difficilement.

— Tu veux en parler ?

Elle secoue alors vivement la tête.

— OK. Je serai là si un jour, tu veux vider ton sac. D'accord ?

— D'accord, chuchote-t-elle faiblement.

Un silence religieux s'installe dans l'habitacle, et aucun de nous n'ose le briser. Nous nous dévisageons, et enfin, Megan fait un geste que je n'aurais jamais cru possible un jour. Elle se jette dans mes bras. Son corps tente de trouver le mien, mais sa ceinture l'en empêche. D'une main, elle se détache et se rapproche de moi. Comme des cœurs à l'unisson, nos corps se trouvent. Une embrassade rêvée.

Elle se serre contre moi, ses mains se rejoignant dans mon dos. Elle me tient d'une telle façon qu'on dirait qu'elle ne veut plus jamais que j'aille loin d'elle. Doucement, pour ne pas la brusquer, je passe à mon tour mes bras autour d'elle, sans serrer autant cependant, pour lui rappeler que jamais je ne serai une prison pour elle. Que je veux être sa liberté.

Que je *suis* sa liberté, si elle l'accepte.

Je profite de l'instant qu'elle m'offre pour sentir son odeur.

— Tu sens la violette, noté-je en enfouissant mon nez plus profondément dans ses cheveux.

— Je vis à côté d'un magasin spécialisé dans la violette, tu penses vraiment que je n'y achète pas mon shampoing ?

— Et le gel douche ? murmuré-je en prenant une nouvelle inspiration, tel un drogué.

— Cannelle.

Je grogne de bonheur. Elle sent tellement bon que je pourrais passer des heures dans cette position.

— On devrait y aller, chuchote Megan au bout de plusieurs secondes.

Triste, je dégage mes bras pour la laisser reprendre sa place au fond de son siège. Une fois qu'elle est attachée, j'allume le moteur et reprends la route. Le silence n'a pas le temps de s'installer que Megan prend la parole.

— Merci, Dylan.

— Pour quoi ? la questionné-je en lui jetant un rapide coup d'œil.

— Pour tout. Pour être toi. Pour être si compréhensif. Pour ne pas essayer d'en savoir plus que je ne veux en dire.

Je souris, touché par ses mots.

— Ne me remercie pas d'avoir du respect envers toi, Megan. Je ne sais pas ce que tu as vécu, et je ne vais pas essayer de le deviner. Mais mon comportement n'a rien d'exceptionnel. C'est le minimum dans toute relation.

— Mmmh, acquiesce-t-elle, peu convaincue.

Je te prouverai que tu mérites le respect, princesse.

Chapitre 36
Megan

Dylan se gare devant mon immeuble.

— Merci pour ce soir. C'était super.

Ça fait longtemps que je n'ai pas été si heureuse, ai-je envie d'ajouter, sans pour autant le faire.

Par peur, en partie, mais surtout par habitude de ne pas avoir ce droit.

Dylan m'adresse un sourire sincère.

— Tu termines le boulot à quelle heure demain ? me demande-t-il alors.

— Vers dix-sept heures. Pourquoi ?

— Je viendrai te chercher.

Je ne réponds pas de suite, étonnée. Il veut me revoir demain ? Qu'allons-nous faire ?

— Si tu le veux bien, évidemment, se sent-il obligé d'ajouter.

— Non, me pressé-je de répondre. Enfin… ça me plairait beaucoup.

— OK, acquiesce-t-il en arborant son sourire craquant.

Je l'embrasserais, là, maintenant, si j'avais assez confiance en moi pour le faire. Mais je n'en fais rien.

— Envoie-moi un message quand tu es rentré, dis-je en me détachant et en ouvrant ma portière.

— Toi aussi.

— Mon immeuble est juste là, argumenté-je.

— J'avoue.

Il se tait un instant, pensif.

— Envoie-moi un message au moment de t'endormir, alors.

— Pourquoi ?

— Pour que je sache que tu vas te mettre à rêver de moi.

Je ne peux pas retenir le rire qui m'échappe.

— J'aime quand tu souris, ajoute-t-il.

— J'aime que tu prennes soin de moi, réponds-je avant de claquer la portière.

Je contourne la voiture pour rejoindre la porte, quand sa vitre se baisse.

— J'aime que tu m'aies accepté dans ta vie.

Je souris, pour de vrai. Parce que j'aime l'idée de l'avoir fait. Parce que je sens mon cœur battre à l'unisson avec le sien.

Il sait reconnaître chez moi les signes de mes traumatismes quand personne d'autre n'en est capable. Il comprend comment respecter à la fois mon espace physique et mon espace mental. Il sait accepter mes douleurs et mes peurs. Il sait m'attendre et aller à mon rythme. Il sait gérer mes crises, alors que pendant mes années de fac, on me dévisageait ou m'ignorait.

Il est parfait. Plus qu'aucun autre homme sur cette planète.

— Bonne nuit, Megan.

— Bonne nuit, Dylan.

Il remonte sa vitre alors que j'entre dans l'immeuble. À mon passage, la lumière s'allume. Je monte les deux étages d'escaliers, et pénètre dans mon appartement.

Je n'ai même pas le temps de refermer la porte qu'un poids se jette sur moi.

— Mon canard ! s'exclame ma meilleure amie en me serrant dans ses bras.

Je me crispe immédiatement à son contact, ce qu'elle ne remarque évidemment pas.

— Salut, soufflé-je, la gorge nouée.

Je ne peux pas lui en vouloir. J'étais tactile avant, surtout avec elle. Et puis *il* est arrivé et a tout détruit. Mon cœur, mon corps, et mon âme.

Meurtris.

Je n'ai jamais eu la force de lui dire quoi que ce soit. Comme tout le monde, elle le mettait sur un piédestal. Je ne pouvais pas lui faire ça. Alors j'ai préféré faire croire que *j'*avais fait une erreur. J'ai préféré détruire *mon* image auprès de mes proches plutôt que d'avouer ce que j'avais vécu.

— Tu étais avec ce mec, non ? me questionne-t-elle en me relâchant.

L'air entre de nouveau dans mes poumons, même si je reste en état d'alerte face à la proximité de Rim.

— Oui, avoué-je dans un souffle.

— Enfin ! s'exclame-t-elle en tapant dans ses mains, me faisant sursauter. J'ai cru que tu n'oublierais jamais Léo.

— Ça fait trois ans que j'ai tourné la page, Rim.

Elle lève les yeux au ciel. Elle ne me croit pas. Évidemment. Parce que j'ai longtemps été incapable d'aller en boîte, préférant passer mes soirées à pleurer.

Pendant deux ans.

Deux ans à faire passer ma douleur pour une simple peine de cœur. Parce que j'étais trop faible pour parler. Parce que je le suis toujours.

— Bon, alors, parle-moi de lui ! C'est qui ? Je le connais ?

— Euh… vaguement.

— C'est qui ? répète-t-elle en faisant une moue digne d'un enfant de cinq ans à qui on a refusé une sucrerie.

Je souffle et prends une inspiration. Tempête Rim arrive.

— Dylan.

Comme prévu, celle-ci pousse un grand cri de joie et de choc.

— Genre, *le* Dylan ? Le pote de mon pote ? Le mec super beau, charismatique et tout le tralala ? Oh putain ! Dis-moi que tu le tiens par les couilles ! Vous avez fait quoi ? Vous êtes passés sous la couette ? Alors ? Dis-moi !

Son flux de questions incessant m'inonde, mais je garde la tête en dehors de l'eau.

En pensant à lui.

— Si tu arrêtais de parler, je pourrais peut-être répondre, Rim.

Elle m'adresse un sourire contrit, complètement dénué de sincérité.

— Donc, reprends-je, oui, *ce* Dylan. On s'est vus quelques fois avec le boulot et il m'a proposé un *date*. J'ai accepté.

— Et du coup ? s'impatiente-t-elle. Développe ! Je veux en savoir plus !

Je ne peux m'empêcher de sourire. Cette fille est tellement naturelle et attachante. Je hais qu'elle me touche, mais je l'aime ineffablement, et sa folie est bien l'une des choses qui m'a directement attirée, ce jour-là, à la rentrée de sixième.

Back to the old days[8], comme on dit.

— Rien pour l'instant. Je l'apprécie beaucoup. On se revoit demain.

— Avoue que tu as un *crush* sur lui ! s'amuse-t-elle devant ma tentative d'indifférence.

— Non, me précipité-je de rétorquer.

Bien trop rapidement pour que ma réponse soit crédible.

8. Retour aux jours anciens.

— Oh. Putain. Tu. *Crush*. Sur. Lui. Pour de vrai !

Je secoue la tête de droite à gauche, mitigée.

— Allez, avoue-le ! s'écrie-t-elle.

— OK, OK, capitulé-je. Un *petit crush*, j'avoue.

— Petit, petit… Aussi petit que ton mensonge, si tu veux que je te dise ce que j'en pense !

Je lève les yeux au ciel en riant. Elle me soutire encore une tonne de réponses et finit par se mettre à bâiller si souvent que ses phrases sont hachées et en deviennent incompréhensibles.

— Je crois que c'est l'heure de dormir, déclaré-je en me levant. Viens.

Elle me suit, sa bouteille de bière encore dans la main – que je récupère avant de la reposer sur la table –, et la ramène jusqu'à sa chambre. Elle s'affale dans son lit, et je n'ai pas le temps de quitter sa chambre que déjà, elle se met à ronfler.

Gracieux.

Je range rapidement le bordel accumulé sur la table basse et file dans ma chambre. Après m'être changée, je me glisse sous mes draps et attrape mon téléphone. Une notification s'affiche.

Dylan
Je suis rentré. Dans mon lit.

Dylan
Je pense à toi, aussi.

Dylan
Tu m'as oublié, hein ?

Dylan
Bonne nuit, Megan. Rêve de moi.

Le message ne date que d'il y a dix minutes, si bien que j'espère qu'il verra mon message ce soir.

Megan
Rim m'a tenu la jambe, désolée.
Je suis dans mon lit.

Megan
Bonne nuit, Dylan. Crève.

Une seconde plus tard, une réponse me parvient.

Dylan
Je refuse de mourir avant
que tu portes mon nom de famille.

Megan
C'est ringard.

Dylan
J'aurais dit romantique.

Megan
Je ne veux pas me marier.

Dylan
Alors que nos enfants portent mon nom.

Megan
J'ai fait une ligature
des trompes à mes 18 ans.
Je ne tomberai jamais enceinte.

Si seulement ce n'était que ça. Si seulement cela avait été un choix de ma part.

Dylan
Être parents, ce n'est pas *faire* un enfant. C'est s'en occuper. Des milliers d'orphelins n'attendent que d'avoir une famille aimante. J'adorerais adopter. Mais pas d'enfants, ça me va aussi. J'accepterai tout ce que tu me donneras.

Je souris devant son message. Moi aussi, je pense ça. On ne devient pas parent parce qu'un haricot pousse dans le ventre de la femme. On devient parent parce qu'on éduque et accompagne ce haricot jusqu'à ce qu'il soit indépendant.

Cette ligature, je ne l'ai pas voulue. Je devais décider entre plusieurs choses pourtant. La potentialité d'une grossesse, d'un avortement, et ça. C'était la meilleure décision, même si c'était aussi la plus radicale. Je sais qu'il existe une opération pour redevenir féconde, mais celle-ci est plus lourde que la première et avec des résultats très variables. Ainsi, les médecins l'annoncent comme une opération définitive et peu pratiquent la réversion.

Quand je l'ai fait, j'ai espéré pouvoir vivre cette procédure et retrouver mes facultés à créer la vie. Et puis j'ai réalisé que je n'ai pas besoin d'enfanter pour devenir mère. J'ai compris que je pouvais même sauver des vies en adoptant. Alors non, je ne la ferai pas. Parce qu'il me reste cette solution, bien meilleure en tout point.

Megan
Tu te projettes à ce point ?
Après un seul rendez-vous ?

Dylan
Concluant, avoue-le.

Megan
Certes. Mais ne crois pas
avoir déjà gagné la guerre.
Ce n'est qu'une bataille
parmi tant d'autres.

Dylan
Je t'attendrai, Megan.
Autant qu'il le faut. Bon rêve de toi,
notre enfant et moi.

Je secoue la tête en riant. Jamais il ne s'arrêtera, et quelque part, ça me plaît.

Megan
Mouais... Contente-toi de ne pas ronfler, ce sera déjà pas mal.

Dylan
On ne vous a jamais dit de vous adresser aux princesses avec respect ? Je ne ronfle pas, je chantonne.

Megan
Tu m'as pas convaincue, mais soit. Bonne nuit, princesse.

Dylan
C'est toi, ma princesse.

Avec un sourire béat, je secoue la tête, et envoie un dernier message auquel Dylan répond immédiatement.

Megan
Je partage mon titre avec toi.

Dylan
YES !

Je *like* sa réponse, puis pose mon appareil sur ma table de chevet, et m'endors, un sourire sincère plaqué sur mes lèvres.

Je suis heureuse.

Chapitre 37
Dylan

Assis sur le banc de musculation, j'observe autour de moi les autres hommes qui se démènent aux machines. Jamais je ne pourrai être comme eux. Ils sont forts naturellement, leurs gènes sont bien meilleurs que les miens. Je suis jaloux. Terriblement jaloux. Je hais le fait de ne pas avoir eu la même chance qu'eux. Pourquoi la vie est-elle si injuste ? Pourquoi a-t-il fallu que je naisse ainsi ? Et pourquoi n'ai-je pas le droit d'être en confiance avec mon corps et de l'aimer tel qu'il est ?

Parce que jamais il ne sera capable de totalement me représenter.

J'aimerais vivre dans une autre époque. Une plus avancée dans les sciences, pour qu'enfin, il y ait une solution. Pour le moment, c'est impossible et je dois vivre avec cela. Je devrais m'estimer heureux. Les générations précédentes n'avaient pas la chance que j'ai. Mais j'aimerais plus. Il est difficile de s'accepter soi-même quand on voit les autres être bien plus musclés.

Finalement, je me fiche que ces mecs soient capables de lever bien plus que moi. Je suis simplement jaloux d'eux. De qui ils sont, des gènes auxquels ils ont eu le droit quand, moi, on me les a refusés. Alors je les regarde, et j'espère que j'aurais la chance de mourir en ayant connu une nouvelle amélioration de la science.

— Ça va, mec ? me questionne John en tapant sur mon épaule.

— Ouais, t'inquiète. J'étais juste en train de penser à un truc.

Il hoche la tête en haussant les sourcils puis retourne à son exercice. À mon tour, je me remets correctement sur la machine et commence à travailler mon dos. Je constate rapidement que le poids que j'ai pour habitude d'utiliser me paraît aujourd'hui trop léger, alors je le modifie. Cette fois, il m'est plus difficile de faire le mouvement et mes muscles s'échauffent. Je grimace mais ne m'arrête pas. Je n'ai qu'une motivation : ressembler à ces gars, au fond de la salle, qui portent la charge maximale et ressemblent à des *bodybuilders* professionnels. Leurs muscles saillants de sueur, leurs veines qui ressortent tant elles sont gorgées de sang, leurs abdos qui transparaissent sous leur débardeur… Tout d'eux me donne envie de fuir en pleurant jusque dans les vestiaires.

— Besoin d'aide ? me propose alors Julian.

Je secoue la tête.

— Nan, t'inquiète, je gère. Un vrai gaillard doit se débrouiller tout seul !

Il se marre, mais adopte tout de même une mine inquiète.

— Tu sais, demander de l'aide ne fait pas de toi un homme plus faible. Il vaut mieux s'assurer que de finir à l'hôpital, tu crois pas ?

— T'as raison, acquiescé-je en le laissant me parer quand je passe à la barre.

J'ai bien assez fait de séjours à l'hôpital pour le savoir.

— Ne te rends pas malade, Dylan, ajoute-t-il en restant près de moi tandis que je fais un développé couché.

— T'en fais pas. J'suis pas fragile.

Il secoue la tête.

— J'ai pas dit ça. Je sais que tu vas mieux maintenant, mais arrête de regarder les autres mecs. T'as vécu des choses plus difficiles que la plupart d'entre eux. Ils font les chauds avec leur physique, mais t'es bien plus fort qu'eux.

Je ne réponds pas. Il ne comprend rien. Je ne veux pas être plus fort qu'eux. *Je veux leur ressembler.* Alors je continue. Je soulève, je transpire, je m'entraîne, je fais une pause, et je recommence. Encore et encore, jusqu'à n'en plus pouvoir. Je ferai ça jusqu'à atteindre *ce* physique de rêve.

Celui qui fera de moi quelqu'un que je peux trouver beau en me regardant dans le miroir.

Chapitre 38
Megan

Dylan
Je suis devant.

Il est tout juste dix-sept heures, je n'ai pas eu le temps de ranger mes affaires après ma réunion avec le chef de production et Mme Leclairc que déjà, Dylan est là.

Megan
J'arrive dans cinq minutes.

Il me répond d'un émoji pouce en l'air, puis je range mon téléphone dans la poche de mon pantalon et récupère le bordel que j'ai éparpillé sur mon bureau au fil des heures. J'ai besoin de commencer chaque matin sur un bureau propre et rangé, quand bien même à la fin de la journée, de nombreux Post-it sont collés partout. Comme on dit, un environnement sain pour un esprit sain.

Je descends les étages avec une rapidité déroutante, les marches disparaissant les unes après les autres derrière moi.

C'est presque comme si j'avais envie de retrouver Dylan au plus vite.

Et peut-être que finalement, c'est le cas. Suis-je en train de guérir ?

Je souris à cette idée. C'est possible, et cela me rend heureuse. J'ai perdu espoir pendant des années, pensant que j'étais un cas désespéré, pensant que c'était trop tard pour moi. Puis Dylan est arrivé comme un boulet de canon dans ma vie et a fait trembler les murs que j'ai érigés avant de les abattre.

Je résiste encore, parce qu'une infime partie de moi a peur, mais je sais que ce n'est qu'une question de temps avant que Dylan sache tout de moi et de mon passé.

— Au revoir, Megan ! me salue l'une de mes collègues lorsque je la croise.

— À demain ! lui dis-je en souriant.

Je suis rarement aussi sociable, mais quand je pense que dans quelques secondes à peine je vais retrouver Dylan, mon humeur est à son apogée.

Je mets les pieds dehors et, déjà, la chaleur écrasante que produisent le soleil et la pollution vient s'insinuer partout en moi, me faisant dégouliner de sueur. J'aperçois la voiture de Dylan et la rejoins avant de m'y engouffrer. Je lâche un râle de bonheur lorsque l'air frais de la ventilation m'enveloppe, chassant la chaleur qui me brûlait la peau une seconde plus tôt.

— Je meurs de chaud, déclaré-je en fronçant le nez.

— À ce point ? Je t'avoue ne pas avoir prévu quelque chose qui implique une clim.

Je fais une moue exagérée avant de rire devant son expression dégoûtée.

— Vends-moi ton programme, et je me préparerai psychologiquement à affronter les coups de soleil.

— OK… La Daurade, Un Bubble Tea, et des anecdotes drôles.

Je hausse les sourcils.

— Je ne te voyais pas du genre à kiffer les Bubble Tea, bizarrement.

— Ah ouais ? Tu me voyais plutôt du genre comment ?

— À aimer la réglisse, le café, et le citron.

— Tu as tout faux, sauf mon addiction au café, je l'avoue.

J'éclate de rire en avisant sa moue coupable.

— Bon, alors, ce programme te va ou on fait autre chose ?

— Ça me va parfaitement.

Il hoche la tête et démarre pour rejoindre le centre-ville où il se gare dans le même parking sous-terrain que celui que j'utilise pour ma voiture. Nous sortons et immédiatement, je suis assaillie par la chaleur étouffante.

Vivement que l'automne arrive.

Je rêve que la navette du centre-ville passe et qu'on puisse la prendre plutôt que de marcher pendant dix minutes jusqu'au magasin de Bubble Tea, mais dommage pour moi, elle n'est prévue que dans quinze minutes.

— Ça va aller ? se moque Dylan.

— T'es chaleurophobe ou quoi ? grogné-je à voix basse.

— *Quoi* ?

Je lève les yeux au ciel.

— Tu sais… Il existe des produits hydrophobes, qui repoussent l'eau. Bah toi, c'est pareil, mais avec la chaleur.

— Non, j'ai chaud. Mais on m'a appris à ne pas montrer mes faiblesses.

Je hoche la tête tandis que nous avançons vers le magasin de Bubble Tea. La bouche pâteuse, je suis heureuse d'enfin y arriver.

— Bonjour, nous accueille un homme derrière le comptoir. Que puis-je faire pour vous ?

— Bonjour, commence Dylan. Nous aimerions vous prendre deux Bubble Tea.

— Très bien. Quels goûts ?

Dylan paraît déstabilisé par la question et regarde autour de lui.

Son visage laisse deviner qu'il vient de découvrir que la composition d'un Bubble Tea est aussi complexe que celle d'un café, tant il y a de propositions.

— Finalement, on dirait que tu ne t'y connais pas tant que ça, en Bubble Tea, me moqué-je.

— J'avoue avoir simplement vu un gobelet vide chez toi… Je n'en ai jamais bu.

Je ris, accompagnée de l'hôte de caisse.

— C'est le bon moment pour goûter, alors, déclaré-je.

J'observe le menu pour décider de ce que je vais prendre – même si je finis toujours par reprendre la même chose. Je m'apprête à commander mon éternel passion-mangue, quand j'aperçois une édition limitée.

À la violette.

Personne n'aime ça autant que moi. *Personne.* De la nourriture aux produits de beauté, tout ce que je peux acheter à la violette, je l'achète. Alors un *Bubble Tea à la violette* ? Il ne fallait pas m'en dire plus pour me faire craquer !

— Je vais vous prendre un Bubble Tea version fruit à la violette avec des bulles à la violette également. Ne lésinez pas sur le sirop.

Le serveur se marre.

— J'ai tort si j'affirme que vous aimez la violette, madame ?

Je pouffe sous les yeux de Dylan qui me dévisage.

— Vous avez raison. Vous devriez l'ajouter définitivement à la carte. Je ferais une crise de foie pour vos Bubble Tea à la violette.

— Je ferai passer le mot, acquiesce-t-il avec un sourire en coin tout en détaillant mon corps.

Je deviens soudain mal à l'aise, et Dylan le remarque.

— J'ai tort si j'affirme qu'il flirte avec toi ? grogne-t-il en se penchant vers mon oreille.

— Je me disais pareil, chuchoté-je. Commande, qu'on en finisse.

Il opine du chef et demande un Bubble Tea au goût de café.

— Sérieux ? m'étonné-je. Tu n'essaies même pas de sortir de ta zone de confort.

— Parce qu'en commandant de la violette tu en sors, toi ?

— Ce Bubble Tea est en *édition limitée*. Qui sait quand il disparaîtra ? contré-je.

— OK. Tu as gagné. Tu me conseilles quoi ?

— Le Bubble Tea à la violette, déclaré-je sans l'once d'une hésitation.

— Tu ne l'a même pas encore goûté, argumente-t-il.

— C'est de la *violette*, dis-je en appuyant sur le dernier mot. Ça ne peut qu'être divin.

Il lève les yeux au ciel et finit par commander la même chose que moi.

La propagande violette est en marche.

Nous finissons par récupérer notre commande, et saluons à contrecœur le serveur qui, avant de me draguer, était plutôt sympa.

— Putain, je lui aurais bien cassé la gueule, à celui-là, déclare Dylan.

Je souris tandis que nous quittons le magasin.

— Pourquoi ? Tu as peur de la concurrence ? le titillé-je.

— Non. Mais il te drague. De quel droit ?

— C'est pourtant ce que tu fais, toi aussi, non ?

— C'est différent.

— Je pense surtout que tu es jaloux.

— Plutôt possessif, rétorque-t-il.

— Je ne t'appartiens pas, Dylan.

Au fond, ses paroles me mettent du baume au cœur. Je ne devrais pas aimer qu'un homme fasse de moi sa possession, ce n'est pas très féministe de ma part. Pourtant, c'est plus fort que moi, je me sens aimée. Mais le doute plane tout de même. Léo aussi était comme ça, très tôt dans notre relation. Et si… et si ça recommençait ? Une vague de frayeur me parcourt.

Non, non, non.

— Tu as raison. Pardon. C'était con. T'es libre de tes choix. Je n'aime pas la concurrence. Je ne veux pas que tu ailles voir ailleurs.

— Je n'irai pas ailleurs, Dylan. Je te l'ai dit. Si un jour je suis réparée, je te choisirai.

— Alors laisse-moi te réparer, dit-il sur un ton triste. Ou au moins t'aider.

— C'est déjà ce que tu fais. Sans même t'en rendre compte.

Il relève la tête vers moi, ses yeux brillant soudain d'espoir. Je n'aime pas les discussions qui m'engagent dans un chemin sinueux destiné à faire parler mon cœur. Mais avec Dylan, tout est toujours différent.

Mon ressenti.

Ma peur.

Mes sentiments.

Mon espoir.

Dès le début, il a fait trembler mes murs, jusqu'à les abattre peu à peu. Personne n'a réussi à faire ça en cinq ans. Pas même Rim. Je repense à ma meilleure amie. À tout ce que nous avons vécu avant que je tombe. Même si elle ne dit rien, elle a forcément remarqué à quel point je me suis éloignée d'elle, quand bien même elle met ça sur le compte de ma rupture avec Léo. J'espère qu'un jour j'aurai la force de tout lui dire et que nous retrouverons notre connexion d'avant.

Sans même le réaliser, nous arrivons à La Daurade. L'étendue d'herbe est peuplée de monde, mais par chance, un couple déserte au même moment un petit espace sous un arbre, parfaitement à l'ombre. Nous nous y installons et je prends enfin une gorgée de mon liquide sacré.

— Bordel, ils ont intérêt à le mettre sur la carte régulière, grogné-je en poussant un râle de bonheur.

Dylan prend à son tour une rasade et plisse le nez.

— C'est sucré, ton truc.

— Toujours quelque chose à redire ! lui reproché-je sur un ton d'humour.

— Bien sûr. Mon palais est fin, il n'aime que les choses qui lui sont adaptées.

— Genre le caviar ? En tant que riche, tu dois adorer ça.

— Faux. Le caviar n'est consommé par les riches que pour son prix. Peu aiment vraiment ça. Pour ma part, je préfère prendre une boîte de caviar vide qui date d'il y a dix ans que je remplis d'œufs de lump. C'est bien meilleur.

Il agrémente sa phrase d'une mimique bourgeoise, ce qui me fait éclater de rire.

— Tu n'en loupes pas une ! ris-je. Alors, Monsieur-Le-Bourgeois, que dirais-tu de me servir une anecdote d'une soirée mondaine que tu as pu vivre ? Je suis certaine que tu en as une tonne en stock.

Il se marre.

— Je n'ai pas fait beaucoup de rencontres mondaines, ma mère n'aimait pas trop ça. Mais j'en ai bien quelques-unes en tête.

Le fait qu'il parle de sa mère au passé me brise le cœur. Elle n'est pas morte, mais est dans un tel état que c'est comme si sa vie s'était arrêtée. Et dans un sens, c'est le cas. Elle passe ses journées plongée dans sa tête, allongée sur un lit d'hôpital et nourrie par des sondes. Quelle triste vie.

Inconsciemment, je mets ma main sur la sienne.

— Elle va s'en sortir. Si tu as hérité d'elle, ça ne peut être qu'une battante.

— C'en est une, avoue-t-il en souriant tristement.

— Alors, cette anecdote ? demandé-je pour changer de sujet après quelques secondes de silence.

— Ouais… Je devais avoir quinze ou seize ans. C'était l'une des premières soirées à laquelle ma mère m'a emmené. Ma mère m'avait prévenu qu'il y aurait une personne importante et qu'il ne fallait pas faire le moindre faux pas. Tu t'y attends, j'ai fait un faux pas. Et pas un petit.

Je l'observe, prête à éclater de rire. Je sens que ça ne va pas tarder.

— Ma mère devait faire un discours, je me souviens qu'elle était très belle. Quand est venu le moment qu'elle le fasse, tout le monde était prêt à l'écouter. Elle a commencé à parler, et j'ai reçu un message, avec la sonnerie à fond, bien sûr.

— *C'est ça*, ta « grosse » bourde ? lui demandé-je, déçue. Je m'attendais à un peu plus, quand même.

Il rit.

— Ce n'est que le début. Ma sonnerie, c'était les *Totally Spies*.

Sans pouvoir m'en empêcher, j'éclate de rire.

— Les *Totally Spies*, vraiment ?

— Pour ma défense, c'était un gage.

— Oui, bien sûr, c'est évident, me moqué-je avec un sourire entendu aux lèvres.

— Bon, arrête de me juger et de me couper, sinon je ne te raconte pas, me menace-t-il. Le meilleur moment arrive, en plus.

Je lève les yeux au ciel et lui demande de continuer d'un signe de main.

— Je me suis excusé, et j'ai voulu l'éteindre. Sauf que, je ne sais comment, mon porno de la veille s'est ouvert. Et bien sûr, le son était *encore* à fond. J'ai enfin réussi à tout couper et honteux, j'ai voulu disparaître de la pièce. Donc je suis parti. Sauf que jamais deux sans trois, j'ai marché sur la robe d'une femme qui a fini cuisses nues. Bref, ma mère était à pas grand-chose de me mettre à la rue après la soirée. Et je la comprends.

Je l'ai laissé terminer son histoire en me retenant de rire. Maintenant qu'il semble avoir terminé, mon rire explose. Il est tonitruant et je ne peux plus m'arrêter.

Dylan fait la tête quelques secondes avant de me rejoindre dans mon fou rire.

— Jamais je ne t'emmène à une soirée importante.

— Parce que tu te projettes dans l'avenir avec moi ?

Je secoue la tête en levant les yeux au ciel.

— Ne sois pas trop imbu de toi-même.

Nous rions puis c'est à mon tour de lui raconter une anecdote. Nous continuons ainsi jusqu'à ce que le soleil soit largement couché et que les gens aient déserté La Daurade pour rejoindre la place Saint-Pierre.

Ça fait bien longtemps que je n'ai pas autant ri, et ça m'a fait un grand bien.

Plus le temps avance, plus Dylan et moi devenons proches. Surtout, ma confiance en lui augmente et ma peur, elle, diminue considérablement pour presque disparaître.

Serais-je en train de tomber amoureuse de Dylan ?

Chapitre 39
Megan

Les battements de mon cœur résonnent dans mes oreilles. Le moteur vrombit sous mes pieds et mes mains sont solidement accrochées au volant. Mon stress se mêle à mon adrénaline. Lors des virages, mes roues crissent contre le macadam. Mon cœur palpite à une telle vitesse qu'il pourrait s'échapper de ma poitrine. Ma voiture fonce à plus de 300 km/h.

J'aimerais faire ça toute ma vie, bon sang !

Je ne suis plus loin de la ligne d'arrivée, cependant je sais déjà qui a gagné.

Dylan.

J'ai cessé d'utiliser la ruse pour le battre. J'en ai le droit, mais ce n'est plus aussi drôle qu'au début.

Je serai deuxième, mais au fond, sans ruse, je n'ai pas le même niveau que lui. Je ne m'entraîne que depuis mes seize ans. Si moi aussi j'avais commencé à tout juste dix ans, j'imagine que j'aurais été aussi bonne que lui. Manque de chance, j'avais des parents qui ne m'ont laissée sortir qu'à partir de mes quinze ans, et c'était rare. Je n'ai découvert cet univers que lors d'une sortie avec un ami que je m'étais fait au lycée. Il avait redoublé et avait dix-neuf ans quand moi j'en avais trois de moins. J'avais simulé une maladie pour ne pas aller à la soirée organisée par des amis de mes parents. J'aurais encore dû me confronter avec des jeunes de mon âge qui ne pensent qu'études et performances.

Très peu pour moi.

J'ai attendu trente minutes pour être certaine que mes parents aient eu le temps de partir, d'arriver, et de revenir s'ils avaient oublié quelque chose. Ensuite, j'ai quitté mon pyjama pour mon éternel legging et un débardeur, tous les deux noirs. Et puis je suis simplement sortie par ma fenêtre. J'avais la chance d'être au rez-de-chaussée, ce qui me permettait de partir sans jamais me faire prendre. Parce que bien sûr, il y avait des caméras qui couvraient tout l'avant de la maison. Aucune à l'arrière parce qu'à part les fenêtres, il était impossible de se glisser dans notre maison. Or, celles-ci étaient équipées de capteurs. Il m'était simple de désactiver l'alarme le temps de ma soirée sans que personne ne le remarque.

Au début, on s'est simplement retrouvé au *fast-food* du coin pour manger un burger et des frites, puis il m'a demandé si je voulais vivre quelque chose de plus exceptionnel, quelque chose qui me marquerait pour toujours. J'ai accepté, et quelques minutes plus tard, nous sommes partis pour un village à vingt minutes de là. Il m'a annoncé qu'il était pilote de courses urbaines, et s'est placé sur la ligne de départ choisie pour la soirée. Il m'a intimé de m'accrocher, ce que j'ai fait, et quelques secondes après, a démarré.

Je me souviendrai toute ma vie de cette sensation que j'ai ressentie à cette occasion. C'était la première fois que je me sentais libre. J'ai tant aimé cette soirée que j'en ai perdu la notion du temps et suis rentrée des heures après mes parents qui, bien entendu, m'attendaient sur mon lit, furieux.

J'ai été privée de sorties, d'écrans et de tous divertissements possibles. Ce furent les deux mois les plus durs de ma vie. Je venais de goûter à la liberté, et déjà, on m'avait coupé les ailes. Mes seules sorties se limitaient au lycée – heureusement pour moi, tous mes amis y allaient, et mes parents n'ont trouvé aucun moyen de me tenir éloignée d'eux là-bas – et aux soirées où ils allaient. Mon temps libre ne me servait plus qu'à étudier et à lire des classiques de la littérature.

Barbant.

Mais quand enfin, j'ai récupéré mon téléphone et retrouvé mon droit de sortie – qui se limitait cependant à une heure par semaine, avec la géolocalisation activée, et jamais lorsqu'ils se déplaçaient –, mon ami et moi nous donnions rendez-vous pour qu'il m'apprenne à conduire. Un an plus tard, alors que je commençais les cours de conduite en auto-école, je faisais des courses aux côtés de ce même ami. Peu à peu, je suis devenue meilleure, puis j'ai obtenu mon permis haut la main. Et j'ai déménagé à Toulouse, où j'ai dû trouver une nouvelle organisation, qui me paraissait inexistante.

Pendant des mois, je n'ai pas pu faire de *run*, et il y a quelque temps, j'ai demandé à Darren, que j'avais perdu de vue rapidement à mes dix-huit ans, s'il n'avait pas des contacts sur Toulouse pour que je continue cette activité. Il m'a répondu qu'ici, les gens protégeaient l'organisation depuis que la police avait débarqué, menaçant de mettre des dizaines de personnes en taule. C'est ainsi que j'ai pu m'inscrire à mon premier *run* à Toulouse, cinq ans après m'être installée ici. Tout comme ma première course, je ne pourrai jamais oublier la joie que j'ai éprouvée lorsque j'ai enfin pu enfoncer mon pied sur l'accélérateur au maximum.

Je passe la ligne d'arrivée quelques secondes après Dylan et sors de ma voiture.

— Félicitations ! m'exclamé-je en m'approchant de lui.

— Tu vois, je suis le meilleur, répond-il en souriant.

J'éclate de rire.

— C'est vrai. Mais je m'en fiche, je suis deuxième.

— On ne dit pas que le deuxième est le plus grand perdant ?

Je hausse les épaules.

— Peut-être, mais je me fiche de gagner, en réalité.

— Ce qu'on ressent, c'est le plus important, n'est-ce pas ?

J'acquiesce alors que les derniers pilotes se garent autour de nos voitures respectives. Je glisse ma main dans celle de Dylan, qui paraît étonné un instant avant de me sourire. Au loin, j'aperçois les parieurs récupérer leurs gains.

Je me souviens que lors de mon arrivée, personne ne me connaissait, et pourtant, la plupart avaient parié sur moi. C'est fou comme le bouche-à-oreille fonctionne ! Il m'a simplement fallu glisser un mot à quelqu'un parmi la foule pour que tous se ruent au stand de pari et prennent mon parti.

— Depuis quand vous sortez ensemble, vous deux ? nous demande l'organisateur en arrivant vers nous lorsqu'il avise nos mains liées.

— Je… euh… bafouille Dylan avant de se reprendre. On n'est pas ensemble.

L'organisateur fait une moue, l'air de ne pas y croire un seul instant, tandis que moi, je me brise. Non, nous ne sommes pas ensemble. Rien ne pourrait rendre cela ambigu entre nous. Nous n'avons pas couché ensemble, ne nous sommes jamais embrassés. Pourtant, l'entendre de la bouche de Dylan rend cette réalité plus *réelle*.

Cette situation me rappelle qu'il le désire, et que même si j'ai abaissé mes barrières, que même si je l'apprécie, que même si son contact m'est agréable, je n'ai pas sauté le pas des sentiments.

Toujours pas.

Mais je le lui ai dit.

Si un jour je suis réparée, je le choisirai.

Chapitre 40
Dylan

Après le départ de l'organisateur, nous nous sommes mis d'accord avec les différents pilotes pour se retrouver en centre-ville, au *Chez Tonton.* J'ai suivi de près la 9ff de Megan, au volant de ma Koenigsegg. Derrière moi se trouvent plusieurs voitures que je reconnais de la course.

Megan entre dans son parking habituel, dans lequel je pénètre à mon tour, rapidement suivi par les autres pilotes. Une fois que nous sommes tous garés, nous sortons par les escaliers et rejoignons rapidement la rue. Aussitôt, la musique provenant de la place Saint-Pierre nous parvient. Je reconnais immédiatement la musique de YUNGBLUD, mon artiste favori, qui a réussi, en à peine quelques années, à se construire une grande communauté dont il reste proche malgré tout, qui prône l'acceptation de tous sans se soucier des différences et mieux, qui les met en avant et les aime.

Le *Black Heart Club*.

Je l'ai connu à ses débuts, et l'ai vu plus d'une dizaine de fois en concert. J'ai pris des photos avec lui et ai pu lui confier ce que j'ai vécu et en quoi il m'a aidé. Il y a deux ans, je me suis tatoué les deux cœurs noirs symboliques sur mes majeurs.

Nous avançons alors jusqu'au *Chez Tonton* et nous installons à une table vide.

— Bonjour, nous accueille rapidement un serveur. Je vous apporte quoi ?

— Cent bières, déclaré-je aussitôt.

— Vous voulez le *show*, on dirait !

J'acquiesce d'un hochement de tête et d'un sourire en coin.

— Ça arrive dans cinq minutes.

En effet, quelques minutes plus tard, toutes les personnes présentes s'écartent pour laisser passer le serveur qui porte plusieurs plateaux les uns sur les autres, tous remplis de gobelets de bière. Il marche en veillant à ne pas trébucher. Nombreux sont ceux qui ont sorti leur téléphone pour filmer ce moment. C'est sans doute cette attraction qui les a rendus célèbres, avec toutes ces vidéos sur les réseaux sociaux.

Il avance, quand soudain, il perd l'équilibre et toutes les bières se déversent sur le sol. La foule qui s'est formée autour de lui est en délire, l'acclamant en riant, tandis qu'il grimace. Je me lève et l'aide à se remettre debout. Ses genoux sont trempés et en sang.

— Ça va, mec ?

— T'inquiète, rit-il. Ça fait partie du *show* de tout faire tomber.

— Tu saignes, quand même, noté-je en pointant du doigt ses jambes.

Il acquiesce en riant et ramasse les plateaux vides et les gobelets qui ont roulé dans tous les sens. Après les avoir tous empilés – non sans mon aide –, il retourne à l'intérieur et revient de nouveau avec ses plateaux empilés au bout de plusieurs minutes.

Cette fois, tout se passe sans encombre et tous l'applaudissent.

Il disparaît rapidement ensuite pour continuer à servir les verres ici et là, tandis que nous distribuons des bières à tous ceux qui nous entourent. J'ai payé, mais jamais, à dix, nous ne boirons tout ça. En tant que pilotes – même si notre activité est illégale –, nous connaissons les risques qui viennent avec l'alcool et savons en rester éloignés pour notre sécurité.

Certaines personnes se font une place sur nos bancs, d'autres restent debout, mais beaucoup participent à nos conversations. La musique est forte, pas assez pour que l'on ne s'entende plus, mais suffisante pour que l'on puisse danser en se calquant sur son rythme. Les rires fusent, et du coin de l'œil, je pense à observer régulièrement Megan, assise à mes côtés, qui arbore un sourire qui ne s'efface pas. Elle rayonne, et je suis sincèrement heureux de la voir comme ça. Elle se tourne vers moi et plante ses yeux dans les miens.

— J'ai envie de rentrer, décrète-t-elle.

— D'accord, souris-je.

Nous nous levons, saluons tout le monde, et quittons la place Saint-Pierre pour rejoindre son appartement. Je la suis, comme si c'était naturel d'aller chez elle en fin de soirée. Quand bien même elle ne m'a pas demandé explicitement de venir avec elle, je sais que c'est ce qu'elle souhaite.

Surtout lorsqu'elle attrape ma main et noue nos doigts les uns avec les autres.

Lorsque nous entrons dans l'appartement de Megan, une tempête s'abat sur nous. Des miaulements, des aboiements, et des cris. Je me penche vers elle et chuchote :

— Tu m'emmènes où, là ?

— T'inquiète, on s'habitue vite, rit-elle.

Je fais une moue, mais avance en prêtant attention à n'écraser personne.

— Bonjour ! s'exclame une voix excitée.

Je me retourne et découvre Rim, si mes souvenirs sont bons.

— Salut, réponds-je avec un air légèrement plus posé.

— Tu es Dylan, non ? On s'est déjà vus, tu te rappelles ?

Comment pourrais-je avoir oublié ? C'est le jour où mes yeux se sont posés sur Megan pour la première fois. Ce soir-là est inoubliable. Il a fait voler toutes mes certitudes pour me projeter dans l'inconnu. Avec une inconnue, plus si inconnue que ça. À me souvenir de tout ce qu'il s'est passé depuis cette soirée, j'en oublie de répondre à Rim, qui prend mon silence pour une réponse négative.

— C'était il y a à peu près un an.

— Je me souviens, déclaré-je. Parfaitement même.

Elle hoche la tête, un sourire au coin de sa bouche, l'air de dire qu'elle comprend ce que je veux dire par là.

— J'allais me mater un film, ça vous dit ? propose-t-elle alors.

— Laisse-moi deviner, répond Megan, *Titanic* ?

Un grand sourire naît sur le visage de Rim.

— Évidemment, se marre la femme que je ne peux m'empêcher de regarder. Dylan, tu es OK avec ça ?

— Bien sûr. C'est l'un de mes films préférés.

Il y a des choses qui ne changent jamais.

— C'est étonnant, affirme Rim.

— Pourquoi ? l'interrogé-je.

— Parce que la plupart des hommes n'aiment pas les trucs romantiques.

Mon cœur se compresse sur lui-même, mais je sauve la face.

— Si tu veux mon avis, je pense qu'ils ont tort. Rien de mieux que le romantisme.

Je lance un regard à Megan et souris. Celle-ci ne se rend compte de rien, contrairement à son amie qui paraît fondre de bonheur pour la femme qui nous lie.

Rim finit par se diriger dans le petit salon où elle s'installe. Megan et moi la rejoignons et déjà, le film est lancé. De nombreux snacks sont disposés sur la table. Chips, bonbons, et même des tartines de guacamole et de fromage frais. Deux des trois chats que j'ai vus plus tôt nous rejoignent tandis que Rose raconte ce qu'il lui est arrivé au journaliste. L'un des chats prend place sur les genoux de Megan, l'autre sur le dossier, juste derrière ma tête. Les chiens, eux, sont couchés à nos pieds. Je reste crispé plusieurs minutes – assez pour que

Jack soit déjà en train de courir pour monter dans le Titanic – de peur de gêner le chat installé derrière moi. En le remarquant, Megan rit et m'invite à me détendre, me promettant que ce chat adore servir de coussin pour la tête. Ainsi, je l'écoute et laisse mon crâne aller vers l'arrière jusqu'à se poser sur les doux poils de l'animal. Celui-ci se détend immédiatement à mon contact et se met à ronfler au bout d'à peine cinq minutes.

— Tu m'avais pas précisé qu'il se mettait à ronfler, remarqué-je à Megan en chuchotant.

— Ah ? Oups, se marre-t-elle.

— Eh, les amoureux ! Y'a un film en cours, taisez-vous !

Megan lève les yeux au ciel en riant mais se réinstalle au fond du canapé et reporte son regard vers la télévision.

Lorsque Jack dessine Rose comme l'une de ses Françaises, je sens la main de Megan se glisser dans la mienne et sa tête se poser doucement sur mon épaule. Je tourne légèrement la tête vers elle pour l'observer. Celle-ci a déjà le regard posé sur mon visage et sourit. Pendant un instant, je pense à l'embrasser. Puis je me souviens que Rim est à côté de moi, et qu'il est bien trop tôt pour cela. Je ne le ferai pas tant que je ne le lui aurai pas avoué.

Alors je fais de nouveau face à l'écran et observe la précision des coups de crayon de Jack.

Au bout d'une heure et demie de film, Megan s'est affaissée sur moi, et pour cause : elle s'est endormie. Je souris intensément en observant son visage apaisé.

— Elle dort ? me demande Rim.

— Oui. Mais on peut terminer le film.

— Je suis fatiguée. Et je t'avoue ne pas avoir très envie de pleurer avant de dormir. Je le finirai demain.

— D'accord. Tu m'aides ?

Elle acquiesce et se lève pour se placer devant Megan. Doucement, je lâche sa main et passe un bras derrière elle puis le second sous ses genoux.

— Finalement, chuchoté-je, j'ai seulement besoin que tu m'ouvres la porte de sa chambre.

Rim acquiesce silencieusement et je la suis dans le petit couloir adjacent. Elle ouvre une porte et me laisse pénétrer dans l'antre de Megan. Elle tire alors sur le drap pour me laisser déposer Megan sur le matelas avant de la recouvrir. Je prends quelques secondes pour regarder autour de moi, la pièce étant seulement éclairée par la lumière de la télévision. Je jette un dernier regard vers Megan avant de sortir de sa chambre.

— Je vais y aller, déclaré-je alors à Rim, qui se met à bâiller.

— OK, acquiesce-t-elle.

Je me dirige vers l'entrée pour enfiler mes chaussures lorsqu'elle m'interpelle :

— Attends. Merci de prendre soin d'elle comme tu le fais. Elle paraît si heureuse depuis que c'est sérieux entre vous.

— Ce n'est pas… commencé-je, menteur.

— Tu ne peux pas nier ce que vous vivez, même si vous n'y avez pas posé de mots. Elle brille comme elle ne l'a jamais fait. Et je la connais depuis le collège, donc ce n'est pas rien.

Ses mots me font alors réaliser que jamais, au cours de ma vie, je n'ai été si heureux.

Je suis amoureux.

Je ne peux plus faire semblant. Je ne peux plus nier. Je ne veux plus croire que ce n'est que de l'amitié. Et je veux le prouver à Megan.

— Dis… Une idée vient de me venir. Et si je l'emmenais en Espagne pendant une semaine ? Loin de son train-train habituel. Tu penses qu'elle apprécierait ?

— Elle a son travail… souffle-t-elle.

— J'ai un contact avec sa patronne, ce ne sera pas un problème.

— Alors oui, elle adorerait. Elle aime beaucoup l'Espagne, mais ne se donne jamais le temps d'y aller. C'est une excellente idée, Dylan. Tu prouves encore à quel point tu es capable de la rendre heureuse. Je ne prendrai même pas la peine de te menacer de te couper les couilles si tu lui faisais du mal, parce que je suis persuadée que ça n'arrivera jamais.

Je lâche un petit rire.

— Jamais, confirmé-je en souriant.

Elle sourit à son tour alors que j'enfile mes baskets.

— Tu peux me filer ton numéro ? lui demandé-je. Comme ça, dès que tout est organisé et que j'ai la date, tu prépares une valise pour Megan pour qu'elle n'ait plus qu'à monter dans la voiture à la sortie du boulot.

— Bien sûr !

Une fois nos numéros échangés, je la salue et quitte l'appartement, déjà motivé à organiser une semaine qui marquera Megan à vie.

Et qui, j'espère, marquera le début d'un « nous ».

Chapitre 41
Megan

Je souffle après cette journée infernale au boulot. Nous avons enfin décidé du thème de la prochaine collection après de nombreux débats. J'ai tellement hâte de rentrer chez moi et de pouvoir enfin me reposer après cette semaine interminable, d'autant plus que nous avons une nouvelle fois atteint des pics de chaleur.

Lorsque je mets les pieds dehors, je suis surprise de voir la Koenigsegg de Dylan garée juste devant l'entrée.

Dylan sort de sa voiture et se dirige vers moi, un grand sourire aux lèvres.

— Que fais-tu ici ? le questionné-je en souriant à mon tour.

— Surprise ! déclare-t-il en prenant mon sac de la main. Je t'emmène quelque part.

— Oh, soufflé-je. Où ça ?

— Tu verras, répond-il en faisant jouer ses sourcils.

Intriguée, je le suis jusqu'à la voiture et m'installe à l'intérieur, accueillie par la climatisation. Déjà, il démarre et vite, je comprends que quelque chose cloche.

— Tu ne vas pas vers le centre-ville, là.

— Non, en effet.

Au même moment, il emprunte une entrée d'autoroute.

C'est quoi ces conneries ?

— Dylan, on va où ? Pourquoi on quitte la ville ?

— Tu me fais confiance ?

— Habituellement, oui, mais là je suis inquiète.

Il souffle et me lance un regard bienveillant.

— Je voulais garder la surprise un maximum, mais tu ne me laisses pas le choix. Promis, je ne te kidnappe pas.

Il se marre alors que je reste stoïque.

Je n'aime pas les surprises, surtout depuis Léo.

— On part une semaine en *road trip* en Espagne et au Portugal. On a tout organisé avec Rim. Tu peux lui demander, si tu veux.

Je fronce les sourcils.

— Mais Dylan, mon travail ! m'exclamé-je alors.

— Ne t'en fais pas. Mme Leclairc est au courant, je lui ai tout expliqué, elle t'a accordé ta semaine.

Ça explique pourquoi elle voulait impérativement que l'on boucle le dossier aujourd'hui.

Il est fou. Complètement fou. Quel genre de personne emmène quelqu'un dans un autre pays sans lui demander son avis au préalable ?

— Mais je n'ai pas d'affaires ! Ni de quoi passer la frontière.

Dylan secoue la tête.

— J'ai tout organisé avec Rim. Tu as une valise pleine à craquer dans le coffre avec tes papiers et de quoi t'occuper pendant la route. On s'arrête à la prochaine aire d'autoroute pour que tu adoptes une tenue plus confortable et que tu récupères ce dont tu as besoin ?

Je hoche la tête et pense à envoyer un message à Rim.

Megan
Je me demandais ce que tu mijotais à être sur ton téléphone si régulièrement ces derniers jours... Merci <3

Dans la seconde, mon téléphone émet un bip sonore.

Rim
De rien, mon canard.
Tu le mérites !!
Profite de ton homme !!

Megan
Ce n'est pas mon homme !!

Rim
Pour combien de temps encore ?
Je rêve d'un mec qui m'emmène voir les criques espagnoles en contactant mon patron pour obtenir mes congés à ma place !

Je lâche un rire et réalise ne même pas avoir remercié celui qui a organisé la plus grande partie de tout ça.

— Dylan ?

— Mmh ? marmonne-t-il, concentré sur la route.

— Merci.

Un sourire se forme sur ses lèvres alors qu'il me jette un rapide coup d'œil. C'est rapide, mais j'ai le temps de voir ses yeux briller de joie.

Ou d'amour ?

* * *

Après nous être arrêtés à Collioure, nous arrivons enfin à la frontière espagnole.

Depuis quand n'ai-je pas voyagé ?

— Oh, regarde ! m'exclamé-je comme une enfant de cinq ans. Le panneau de l'Espagne !

— On s'arrête ? me propose Dylan.

Je hoche la tête avec excitation. Il se gare tout près de celui-ci et coupe le moteur. Je saute de la voiture et accours jusqu'au panneau que je prends en photo sous mille angles différents avant de faire une centaine de selfies devant.

— Tu veux que je m'improvise photographe pour toi ? demande Dylan en m'observant, appuyé contre la voiture.

— Oui ! Merci, t'es le meilleur !

Il rit tandis que je lui tends mon téléphone et prends déjà la pause. Nous en faisons plusieurs dizaines où je change régulièrement de position, jusqu'à en faire certaines que je voudrais probablement supprimer une fois que je les visionnerai sur l'écran de mon téléphone.

— On en fait une ensemble ? l'interrogé-je, excitée comme une puce.

Il acquiesce en adoptant ce sourire qui me fait toujours fondre.

Bon sang que j'aime cet homme !

Je suis tellement heureuse que je ne parviens pas immédiatement à saisir mes pensées. Nous prenons des photos ensemble en tirant la langue et finissons par remonter dans la voiture. Enfin, je repense à ce que je me suis dit quelques minutes plus tôt.

J'aime Dylan. Pas seulement comme un ami. Ce n'est pas de la simple attirance comme j'ai voulu me le faire croire pendant longtemps.

Je l'aime.

D'un amour infini et réel. Je ne veux pas qu'il me répare, je veux qu'il m'aime en retour. Je veux qu'il soit à mes côtés pour toujours, et qu'il me fasse sourire comme il sait si bien le faire jusqu'à la fin du monde. Parce que jamais je n'ai été si heureuse. Je n'ai plus peur d'aimer. Je n'ai pas peur de souffrir. Je veux vivre et être aimée.

Être heureuse.

Si on doit se relever, relevons-nous à deux.

Chapitre 42
Megan

Après plusieurs heures supplémentaires à rouler, nous arrivons en fin d'après-midi à Palamòs, une petite ville côtière avec une énorme jetée qui n'en finit plus tout proche de notre hôtel.

— On commande ? me propose Dylan une fois que nous sommes installés dans notre chambre composée de deux lits doubles.

— Oui, pourquoi pas.

— Asiatique ?

— Carrément, souris-je. Je vais me doucher, en attendant.

Il acquiesce alors que, déjà, j'attrape de quoi me changer dans ma valise, très bien composée par Rim, bien que je ne sois pas certaine que le body en dentelle noir était utile. Je pénètre dans la salle de bains et me débarrasse de mes vêtements avant de me glisser sous le jet d'eau froide, espérant qu'il régulera ma température corporelle.

Lorsque je sors de la salle de bains, les cheveux encore humides, l'odeur de la nourriture me parvient et fait frétiller mes papilles.

— Oh wow, ça sent vraiment bon tout ça ! m'exclamé-je en me dirigeant vers la table où Dylan a laissé les sacs. Ça fait longtemps qu'on les a reçus ?

Il secoue la tête.

— Cinq minutes à peine. Le soleil se couche dans trois heures, ça te dit d'aller sur la plage pour manger ?

Je réfléchis un instant. Je viens de me laver, et vais devoir y repasser à cause du sable, mais puis-je réellement refuser une proposition pareille ?

— Oui, beaucoup !

Il sourit et quitte son lit pour enfiler une paire de claquettes tandis que je récupère mon téléphone branché avant de mettre à mon tour mes tongs. Nous sortons de la chambre, un sac de nourriture chacun dans une main, et rejoignons la plage à deux pas de là. Nous sommes dans une si petite ville qu'il n'y a que quelques couples parsemés ici et là. Quel plaisir de pouvoir profiter de la plage en plein été sans qu'elle soit assaillie de monde !

Dylan installe une couverture assez grande pour qu'on s'y couche de tout notre long sans en dépasser, alors je n'hésite pas et prends place. Je pose devant moi le sac de nourriture et l'ouvre pour en sortir tout son contenu tandis que Dylan fait de même. Nous remplissons les petits bols des différentes sauces et sortons nos baguettes pour les séparer. Dylan commence par des sushis et de mon côté, j'attaque les gyozas japonais.

— Mmmh ! grogné-je tant l'intérieur de la bouchée vapeur est fondante contrairement à son extérieur grillé.

— Tu aimes ? me questionne Dylan.

Je hoche la tête en souriant, heureuse de consommer une si bonne nourriture après une journée de travail compliquée et des heures de voiture. J'adore passer des heures en voiture, bien sûr, mais pas en tant que passagère, et encore moins quand il s'agit de respecter les limitations de vitesse. C'est si ennuyeux ! Je jalouse les Allemands pour leurs autoroutes sans limitations.

Nous continuons notre repas qui se compose de boissons à l'aloe vera, de salades aux pousses de haricots, de plats chauds et froids, tous en petite quantité pour goûter de tout sans avoir à en gâcher le moindre gramme.

— On fait un château de sable ? me demande Dylan alors que le soleil n'est pas encore décidé à descendre bas dans le ciel.

— Pourquoi pas, ça sera amusant !

Nous voilà alors à construire un château de sable seulement à l'aide de nos mains.

— On devrait utiliser les boîtes de pâtes, déclare Dylan. Ça nous permettrait de faire des formes.

— Excellente idée, ris-je en en attrapant une que je remplis déjà de sable que je tasse à la main.

Peu à peu, notre château prend forme malgré ses tours qui font parfois honte à la Tour de Pise. Nous rions alors que nous replongeons au cœur de notre enfance.

Lorsque nous décidons qu'il est terminé et qu'il est temps de faire des photos de notre œuvre, nous réalisons que le soleil est bien descendu et que d'ici quelques minutes, il nous offrira un spectacle de lumières orangées. Nous faisons ainsi quelques grimaces et alors que Dylan va rapidement jeter nos déchets, je l'interpelle.

— Dylan !

Il se tourne vers moi et je lève le pied pour le placer au-dessus du château. Il ouvre grand la bouche en se dépêchant de tout enfoncer dans la poubelle déjà remplie quand mon pied s'écrase sur le sol, détruisant ce que nous avons mis une heure à construire.

— Ça va pas la tête, princesse ? s'écrie-t-il en se mettant alors à foncer vers moi tandis que je fuis vers la mer.

J'explose de rire en courant du plus vite que je peux, mais c'est peine perdue : il me rattrape et bien vite, ses bras m'entourent. Je passe à mon tour mes bras autour de lui, appréciant son contact.

— Tu as tout cassé, déclare-t-il en souriant.

— Tu ne m'en veux même pas.

— Seulement parce que c'était drôle de te courir après.

— C'est pourtant ce que tu fais depuis plus d'un an.

— C'est vrai, acquiesce-t-il. On dirait que tu as fini par m'accepter dans ta vie. Ça valait le coup d'être patient.

Je lève les yeux au ciel mais ne peux m'empêcher de penser qu'il a raison. S'il n'avait pas été si têtu, où en serions-nous aujourd'hui ? Y aurait-il même un « nous » ? Je me tourne vers l'horizon et observe le soleil se coucher, mais finis par de nouveau poser mon regard sur Dylan, sentant un poids invisible sur mes épaules.

— Quoi ? le questionné-je.

— Tu es vraiment, vraiment sublime quand tu souris comme ça.

— Que veux-tu ? J'ai un homme dans ma vie qui me rend heureuse.

Ses sourcils se lèvent et son sourire s'agrandit.

— Tu parles de moi, là ?

— Non. De Tiger.

— Qui est… ? dit-il sur un ton d'interrogation.

— Mon chat.

Il secoue la tête, cherchant comment me faire dire qu'il me rend heureuse.

— Il y a bien un autre homme dans ta vie qui te fait sourire, non ?

— Lasko, mon chien, oui.

Il souffle.

— Un humain ?

— Rim.

— Un être humain de genre masculin ?

— Toi.

— Enfin ! s'écrie-t-il en souriant. Il faut toujours te tirer les vers du nez.

— Ce ne serait pas drôle, sinon.

— Parle pour toi, marmonne-t-il.

Je souris et l'observe, puis nos regards se croisent. Nos bouches sont proches, pourtant aucun de nous ne fait le premier pas. Prise par l'angoisse, je tourne la tête vers le soleil qui rend le ciel orange. Et je souris encore.

Heureuse.

Chapitre 43
Megan

Le soleil est à peine levé lorsque nous quittons l'hôtel pour prendre la route en direction de Barcelone. Dylan a proposé que nous allions voir quelques criques avant de prendre l'autoroute, et forcément je suis pour. Rien n'est plus beau que les criques. Nous en voyons plusieurs qui sont sympas à voir et à prendre en photo, mais qui se ressemblent toutes. Je ne dis cependant rien de peur de blesser Dylan vu le temps qu'il a dû prendre pour tout organiser.

Il se gare sur un petit parking et m'annonce la Cala Cap Roig. Son nom ressemble à toutes les précédentes, mais soit, je le suis sans broncher.

— T'es sûr que c'est autorisé de passer par là ? le questionné-je alors qu'on emprunte un chemin où l'on traverse un parking privé.

— Je ne vois pas d'autre passage. Et toi ? On fera les touristes qui n'y connaissent rien, t'en fais pas.

J'acquiesce et le suis dans les escaliers. Je traîne, malheureuse de me dire qu'il faudra par la suite remonter toutes ces marches.

— Si tu veux on reprend la voiture et on arrête ? me propose Dylan.

— Pas maintenant qu'on est si avancés. Mais après celle-ci, je veux bien qu'on parte pour Barcelone, oui.

— D'accord, dit-il en opinant du chef.

Il disparaît un instant derrière un mur alors que les escaliers tournent soudain. Je manque de lui rentrer dedans en prenant le virage à mon tour et comprends immédiatement pourquoi il s'est arrêté.

— Oh wow.

C'est tout ce qui sort de ma bouche alors que je suis impressionnée par ce que je vois. Vite, nous descendons les dernières marches qui nous séparent du sable. La plage est complètement vide, pour notre plus grand bonheur. Elle rejoint un grand rocher sur lequel ont poussé plusieurs arbres. Le soleil qui se lève derrière cette petite montagne rend l'endroit encore plus magique, presque irréel.

Nous avançons sur la plage et découvrons, de chaque côté de la plage, des passerelles pour se promener le long des falaises.

— On y va ? dis-je en pointant du doigt celle de gauche.

— Carrément !

D'ici, la vue est encore plus belle et je ne peux résister à l'idée de faire un selfie ici. Je cadre la petite île rocheuse pour qu'elle se voit derrière moi et affiche mon plus beau sourire. Au second cliché, je n'ai pas le temps d'appuyer sur le bouton que Dylan se rajoute sur la photo avec un grand sourire enfantin. Je secoue la tête en levant les yeux au ciel malgré mon sourire.

— Quel tape-l'incruste !

— Et fier de l'être ! rétorque-t-il avec un sourire en coin.

Nous passons un moment à nous aventurer entre les roches, puis finissons par retourner à la voiture pour reprendre la direction de Barcelone. Le GPS indique une heure et demie, mais avec les bouchons du centre-ville, je suis certaine que nous en avons pour au moins deux heures avant de garer la voiture.

* * *

Comme je m'y attendais, nous avons pris plus de temps pour arriver que ce que nous avait annoncé le GPS. En ville, les bouchons sont monstrueux. Nous trouvons un parking souterrain non loin d'une bouche de métro et nous y garons avant de nous diriger vers la station dans laquelle nous achetons deux tickets.

— On commence par quoi ? me demande Dylan.

— La Sagrada Familia. J'ai toujours rêvé de la voir.

— Ça marche. Viens.

Nous passons les portiques et empruntons un couloir jusqu'au quai où attend déjà un train. Nous sautons dedans et descendons cinq stations plus tard. Nous débouchons sur une rue qui, contrairement à tout ce que nous avons vu jusqu'ici, est bondée de monde. Il est presque impossible de voir où nous mettons les pieds tant la foule est dense.

— Ça va ? me questionne Dylan avec un air inquiet.

— Je… Oui, ça va aller.

— Si ça ne va pas, tu me le dis, OK ? On part tout de suite.

— Je ne veux pas laisser mes peurs dicter ma vie.

Il sourit.

— Je comprends, et tu as raison, mais ce n'est pas une raison pour faire une crise d'angoisse. Si ça ne va pas, on s'en va, ou au moins, on s'isole.

— D'accord, acquiescé-je, touchée par sa réaction.

Ainsi, nous avançons le plus proche possible des murs, Dylan prenant garde à faire barrière entre moi et le monde. Bientôt, nous apercevons enfin la fameuse Sagrada Familia. Cette cathédrale très célèbre grâce à sa taille immense et ses façades si particulières. D'ici, on dirait qu'un enduit a coulé pendant la construction et a formé toutes ces reliefs. Or, rien de tout ça n'a été créé par le hasard mais bien par le travail acharné d'architectes.

Et c'est réussi. Je ne sais pas où donner de la tête tant tout est intéressant à regarder.

— C'est vraiment magnifique, déclaré-je en souriant. Merci de m'avoir emmenée ici, Dylan. Ça me fait un bien fou.

— Je t'emmènerais partout dans le monde si tu le voulais, princesse.

Je lève les yeux face à son romantisme exagéré, bien qu'il me fasse sourire.

— Arrête avec ce surnom, le reprends-je alors.

— Jamais. Il faut appeler un chat un chat.

— Je n'ai rien d'une princesse.

— À mes yeux, si.

Je me mords la lèvre. C'est trop pour mon cœur qui se met à battre plus fort tandis qu'une nuée de papillons prend son envol dans mon ventre. Cet homme me fait ressentir bien trop de choses pour que ce soit réel. J'ai rêvé d'un homme si parfait toute ma vie, qu'ai-je fait pour aujourd'hui réellement l'avoir ? Suis-je seulement chanceuse ? Je n'ai pas tant l'impression de le mériter, mais je ne m'en plains pas.

Je suis bien trop heureuse pour le faire.

Chapitre 44
Megan

Nous arrivons dans un hôtel plutôt luxueux après cette journée de visite qui n'en finissait plus. Mon application de santé me félicite d'avoir fait quinze mille pas aujourd'hui, mais mes pieds, eux, sont au bord de l'asphyxie.

— *¡Holà !* nous accueille l'hôtesse avec un grand sourire.

— *¡Holà ! Tenemos una reserva para esta noche*, annonce Dylan.

Je ne parle pas un mot d'espagnol, mais j'imagine qu'il lui dit que nous avons une réservation pour ce soir.

— *¡Claro ! ¿A nombre de quién ?*[9]

— Dylan Smith.

— *Espera un segundo.*[10]

La femme se met à taper sur son ordinateur et relève la tête vers nous.

— *Te encontré. ¿Una cama doble, sì ?*[11]

Dylan fronce les sourcils, perturbé.

— Il y a un problème ? le questionné-je alors.

— Ils nous ont mis un lit double, déclare-t-il. Je leur avais pourtant bien spécifié deux lits simples. Laisse-moi le lui dire, elle va régler ça en deux minutes.

Je ne lui donne pas le temps de se retourner vers la femme que je m'écrie :

— Non ! Ne t'en fais pas, reprends-je d'une voix plus posée, ce n'est pas grave. Elle doit avoir déjà beaucoup de travail, ne lui en rajoute pas.

— Tu es sûre ?

— Oui, à cent pour cent.

— OK.

9. Bien sûr ! À quel nom ?
10. Attendez une seconde.
11. Je vous ai trouvé. Un lit double, c'est ça ?

Il se tourne vers l'hôtesse qui nous dévisage tour à tour, tentant probablement de comprendre ce que nous nous disons.

— *¿Tienes un problema ?*[12]

— *No, todo está bien. Una cama doble, eso es.*[13]

— *¡Claro !*[14]

Elle attrape une carte, fait quelques manipulations qui paraissent techniques, puis nous la tend.

— *Disfrute de su estancia en nuestro hotel.*[15]

— *¡Gracias !*[16]

Nous empruntons alors un couloir qui nous mène jusqu'à un ascenseur qui, lui, nous fait monter jusqu'au dernier étage.

Nous pénétrons dans une chambre principalement dominée par une teinte rouge vif.

— Ils font pas semblant, les Espagnols ! ris-je en découvrant le mur recouvert de chaînes.

— Mais où est-ce qu'on a atterri ? s'étonne Dylan.

— On dirait une salle de bondage.

---

12. Avez-vous un problème ?
13. Non, tout va bien. Un lit double, c'est ça.
14. Bien sûr !
15. Passez un bon séjour dans notre hôtel.
16. Merci !

— Ouais, justement… C'est quoi ce bordel ?

Aux quatre coins du lit se trouvent des menottes et au bout de celui-ci, une barre de pole dance.

— Pour le coup, tu devrais le leur signaler.

Dylan acquiesce et compose le numéro de l'accueil.

Il se met à parler en espagnol, et finit par raccrocher.

— Il y avait deux Dylan Smith. Ils nous ont donné la mauvaise chambre. Ils arrivent avec la bonne carte.

— Oh. J'espère que ce Dylan Smith passera un bon moment parce qu'on dirait que c'est ce à quoi cette pièce sert…

Dylan explose de rire tandis que nous récupérons nos affaires avant qu'on toque à la porte. Un groom se tient là, une carte en main, l'air désolé. Il nous guide à l'étage inférieur et nous installe cette fois dans une chambre tout à fait banale aux murs blancs et immaculés. Dylan remercie l'homme avec un accent digne d'un natif tandis que je tente de l'imiter en baragouinant le mot « *gracias* ».

— C'est mieux, déclaré-je quand Dylan ferme la porte.

Il opine du chef et s'installe sur le lit.

— Ils ont quand même réussi à nous filer un lit double.

— Ce n'est pas grave, nous sommes ici seulement pour dormir.

J'acquiesce.

— En parlant de ça, je suis crevé. Je vais dormir, si ça ne te dérange pas ?

— Non bien sûr, dors ! Je ne vais pas tarder non plus. Cette journée m'a achevée.

Il me souhaite une bonne nuit, me fait un clin d'œil, et se glisse sous la couverture uniquement vêtu de son t-shirt et de son caleçon avant que sa respiration se calme. Il ne me faut que quelques minutes rapides à la salle de bains avant de faire de même.

Je veux que tous les jours de ma vie soient aussi riches en bonheur.

Chapitre 45
Dylan

Une respiration essoufflée me réveille soudainement. Je tourne la tête vers Megan qui se débat dans les draps.

— Megan ? soufflé-je sans la toucher.

Elle ne réagit pas.

— Megan ? réitéré-je.

Toujours rien. Les larmes coulent le long de ses joues, me brisant le cœur. Je prends le risque de la toucher en espérant que ce sera suffisant pour la réveiller. Ma main se pose doucement sur son bras, et elle s'éloigne subitement en se cognant la tête contre le mur.

— Merde ! Ça va ? lui demandé-je, à présent certain qu'elle est éveillée.

Elle ne répond pas, mais ses yeux analysent tout autour d'elle. Moi y compris.

Surtout moi, à vrai dire.

— Megan ? chuchoté-je.

Mon inquiétude est perceptible dans ma voix tremblante. Toujours pas de réponse, si ce n'est son regard qui s'intensifie sur mon visage et son corps qui se recroqueville d'autant plus.

— Dy-Dylan ? finit-elle par articuler difficilement.

J'opine du chef.

— Ça va ?

Elle secoue la tête, toujours en larmes.

— Tu veux m'en parler ?

Un instant, elle hésite et pose ses yeux sur son corps frêle.

— Je… je ne sais pas si j'en suis capable.

— Alors ce n'est pas grave. Je ne te forcerai à rien. Jamais. OK ?

Elle acquiesce.

— J'ai envie. Je… je ne sais pas par où commencer.

— Par ce dont tu as envie. Par le début, s'il y en a un.

— D'accord, dit-elle en prenant une grande inspiration. Quand j'étais au lycée, j'ai rencontré Léo, grâce à ma mère.

— Ton ex ?

Elle hoche la tête et continue :

— Elle connaissait son père, ils ont fait l'école vétérinaire ensemble et se sont liés d'amitié. Et puis elle m'a dit, un jour, que l'homme qui venait régulièrement à la maison avait un fils de mon âge.

— Léo.

— Oui… chuchote-t-elle. Ils ont décidé que nous devrions nous rencontrer, qu'il n'y avait rien de mieux qu'un couple qui unirait nos deux familles.

Pourquoi je m'attends au pire ?

Megan

Léo et moi étions ensemble depuis quelques mois désormais, et je n'avais jamais été si heureuse avant ça. Tous les jours, je bénissais ma mère pour m'avoir forcée à le rencontrer ce soir-là. Et tous les jours, je me demandais pourquoi ils avaient attendu si longtemps.

Peut-être avaient-ils peur que nous couchions ensemble trop tôt. Après tout, dans le christianisme, l'idée de se préserver pour le mariage est importante. Je n'ai jamais été croyante, contrairement à ma famille. Mais si je le leur avais dévoilé, ils m'auraient dit que j'étais ingrate, au vu de tout ce que Dieu nous avait offert.

Une nuit, alors que nous avons eu le droit de dormir ensemble, tant que la porte restait ouverte, il m'a avoué qu'il ne croyait pas en Dieu, lui non plus, et qu'il voulait être honnête avec moi, parce que même s'il était certain qu'à nos dix-huit ans, nous nous marierions, il n'avait pas envie d'attendre si longtemps avant de sentir ma peau contre la sienne.

Moi non plus, je ne voulais pas attendre. Je l'aimais, je le savais. Nous avons alors décidé de le faire malgré tout.

Nous avions tout préparé. J'allais déclarer à mes parents que mes règles me faisaient terriblement mal et que je n'étais pas en état de sortir. Léo, lui, allait proposer de rester avec moi pour être aux petits soins. Nos parents ont trouvé ça si romantique qu'ils ont accepté et nous ont laissé seuls pour la soirée.

Quelques minutes après leur départ, nous avons commencé à nous embrasser. Mon corps s'embrasait alors que les mains de Léo parcouraient mon corps. Il touchait mes courbes, et grognait dans mon cou. J'appréciais tant son contact. C'était si agréable. J'étais heureuse de pouvoir vivre ma première fois avec lui, que je prenais pour l'amour de ma vie. Il était doux et à l'écoute. Il avait fait attention à tout, n'oubliant jamais de me demander si tout allait bien. Je n'aurais pas pu rêver mieux.

Mais avec le temps, notre relation s'est dégradée. Nous sauvions la face lorsque nos parents étaient dans le coin, mais dès que nous étions seuls, dehors ou quand nos parents partaient en soirée et acceptaient à présent qu'on ne vienne plus, c'était le chaos. Il a commencé à me jeter des choses au visage. Au début, il s'agissait de vêtements, par la suite, cela a commencé à être des objets plus durs, mais qui ne se casseraient pas facilement. Mais les objets, à un moment, ont fini par ne plus être suffisants. Il s'est mis à me frapper à des endroits stratégiques, sans jamais toucher aux parties visibles.

Par honte, jamais je n'ai dévoilé les endroits tuméfiés. J'avais peur. Et si, pour se venger, il faisait pire ? Pourtant, me frapper et m'insulter ne le satisfaisait plus. Avec tout ce qu'il se passait entre nous, il a fini par me forcer à le faire. J'ai encore la sensation de ses mains sur mon corps alors que je tentais de me débattre. J'ai encore en tête les moments où il me plaquait contre le mur pour me couper le souffle de ses doigts sur ma gorge.

Mon corps, mon esprit et mon cœur sont encore marqués de lui. Et le seront à jamais.

Dylan m'observe sans rien dire.

— Tu ne dis rien ? le questionné-je alors, la voix tremblante à cause des sanglots qui ont redoublé après que je lui ai tout raconté.

— C'est horrible. Ignoble. Dégueulasse. Je voudrais le tuer. Dis-moi au moins qu'il a eu tout ce qu'il mérite, pitié.

— Malheureusement, non. Je n'ai jamais réussi à en parler à mes parents.

— Et Rim ?

Je secoue la tête.

— J'étais trop honteuse. Je lui ai seulement expliqué qu'il m'avait quittée, et elle m'a crue.

— Tu ne lui as jamais dit depuis ? s'étonne-t-il.

— À quoi bon ? C'était il y a trop longtemps.

— En France, tu as des années pour porter plainte contre ça, tu sais.

— Et quoi ? Je n'ai aucune preuve. Quand bien même ils n'ont pas le droit de refuser une plainte, ça ne changera rien, elle sera classée sans suite. Je n'ai rien contre lui, Dylan.

Il ferme les yeux.

— Même si elle est classée sans suite, ça sera une trace. Ce n'est pas inutile. Ça ne l'est jamais. Parce que si une autre personne porte plainte contre lui pour les mêmes choses, ils verront que ce n'est pas la première fois qu'il y a une telle accusation.

— Je ne suis pas certaine d'être assez forte pour le faire.

— Je t'accompagnerai, si tu veux.

Je prends une grande inspiration.

— Je vais réfléchir.

— Prends ton temps, Megan.

Il attrape doucement ma main.

— Je suis là, et je serai encore là dans le futur. Je ne t'abandonne pas. Et je te promets de ne jamais te faire vivre la même chose.

J'acquiesce en serrant sa main dans la mienne. Qu'ai-je fait pour mériter un homme si parfait dans ma vie ? Certes, Léo m'a détruite, mais aujourd'hui, mon corps m'appartient de nouveau, mon cœur ne saigne plus, mon esprit est apaisé, et Dylan fait partie de ma vie pour mon plus grand bonheur, même si notre relation n'est pas officialisée. Nous prenons notre temps parce que nous l'avons et parce que nous nous respectons l'un l'autre.

Et c'est exactement pour ça que je l'aime d'un amour infini.

Chapitre 46
Megan

Hier, nous avons quitté Barcelone dans la matinée pour rejoindre Marbella, au sud de l'Espagne. Plus de mille kilomètres séparent les deux villes, mais avec des pauses et en se relayant au volant toutes les deux heures, nous l'avons fait. Nous sommes arrivés en fin de journée, si bien que nous nous sommes seulement installés tranquillement à l'hôtel pour manger et regarder *Hunger Games*.

Aujourd'hui en revanche, la journée s'annonce très chargée. Nous nous dirigeons jusqu'au bord de plage où se trouve un commerce d'activités nautiques.

— T'es prête à t'essayer au jet-ski ? me demande Dylan alors que nous revêtons nos gilets de sauvetage.

Je souris et hoche la tête.

— J'ai toujours rêvé d'en faire, annoncé-je.

— J'ai tapé dans le mille, alors ?

— Totalement.

Un sourire naît au coin de sa bouche alors qu'il termine d'ajuster son gilet. Une femme nous explique comment se servir des jet-skis, nous fait passer un petit test sur le sable, puis nous emmène jusqu'au bout du ponton où se trouvent les engins.

— Vous êtes prêts ? nous demande-t-elle dans un français parfait.

Nous acquiesçons, puis avons enfin l'autorisation de monter sur l'un des jet-ski. Je prends place derrière Dylan, puis nous échangerons à mi-temps pour que je pilote à mon tour.

— OK. Prête ?

— Oui ! dis-je dans son oreille.

Il allume le moteur et déjà, nous quittons le port. On nous a informés de rester dans la zone sécurisée, bien que celle-ci nous offre beaucoup d'espace. Le vent claque contre mon visage alors que nous prenons de la vitesse. Mon cœur se met à battre plus vite et mes veines se chargent d'adrénaline. J'ai l'impression de vivre un *run* sur l'eau, cette sensation est magique et je voudrais pouvoir la connaître tous les jours.

Parfois, je jalouse les pilotes de Formule 1 qui ont fait de la course leur métier, mais je me demande si j'aurais pu supporter constamment cette attention, où que j'aille. J'aime les *run* pour ce côté anonyme et ce cercle fermé, où personne ne te court après pour avoir un autographe ou une photo. Mais peu importe. Ce n'est pas le moment pour penser à ce genre de choses. Ainsi, je me concentre simplement sur l'essentiel.

Dylan, moi, et une grande dose d'adrénaline.

* * *

— Je t'emmène à la prochaine activité ? me propose Dylan.

Il n'a pas voulu me dire de quoi il s'agit, seulement que j'allais adorer. J'acquiesce et nous nous dirigeons vers une cabane qui annonce de la plongée, entre autres.

— De la plongée ? le questionné-je alors.

— Un peu plus que ça, répond-il avec un sourire.

Je parcours des yeux l'affiche qui annonce les activités proposées en espagnol, portugais, anglais et français. Plongée en côte, plongée en eau profonde, plongée libre, plongée guidée, baptême de plongée… il existe une tonne d'activités possibles, mais une attire particulièrement mon regard.

Plongée avec les requins.

Quel autre type de plongée pourrait-on faire qui me plaise à ce point ? Il connaît mon amour pour l'adrénaline, d'autant plus qu'il ressent la même chose.

— On va plonger avec les requins ? lui demandé-je dans la file d'attente.

— T'es forte. Oui, j'ai pris une réservation. Ça te plaît ?

— Ce serait trop de dire que ça aussi, ça fait des années que je rêve de le faire ?

— Non, parce que je l'ai fait pour mes dix-huit ans – un cadeau des gars –, et depuis je n'ai jamais repris le temps, mais j'avais adoré l'expérience.

— C'était ici ?

— Non, c'était en Thaïlande.

— Wow. Je n'ai pas eu la chance de voyager autant.

Il sourit.

— Il faut bien un avantage à la richesse. Je t'y emmènerai, un jour.

— Je ne veux pas de ton argent, tu sais ? J'ai mon boulot, je suis très bien payée, je n'ai plus à me plaindre comme avant lorsque mes parents me refusaient la moindre chose qui n'avait pas de lien avec ma scolarité ou Léo.

Il grimace.

— Tu n'es pas obligée de parler de lui, Megan. Inutile de réveiller le passé. Et puis, ça me fait plaisir de t'offrir tout ça. Je ne sais pas quoi faire de ma richesse, autant t'en faire profiter.

— Fais-en don à des associations.

— C'est la première chose que je fais tous les premiers du mois. Mais j'en ai encore beaucoup malgré tout.

Je souris. Évidemment qu'il fait des dons, il a un cœur en or, je me sens bête d'avoir suggéré cela comme s'il n'avait pas pensé à le faire de lui-même.

— *¿Señora ? ¿Señor ?*[17]

Nous tournons la tête vers l'hôtesse qui nous appelle dans sa langue natale. À discuter, nous n'avons pas fait attention à la queue qui se vidait devant nous. Dylan prend la parole dans la langue du pays et lui dit je ne sais quoi. Je le contemple formuler des mots que je ne comprends pas en espagnol et suis à pas grand-chose de baver devant lui et son accent parfait.

Merde, quand on dit que l'espagnol est une langue sexy, je comprends pourquoi maintenant !

— T'es prête ? me demande-t-il en se tournant vers moi.

Je ne réponds pas tout de suite, complètement obnubilée par son charisme.

17. Madame ? Monsieur ?

— Megan ?

— Ou… oui ? bafouillé-je en revenant à mes esprits.

— T'es prête ? On y va ?

Je hoche la tête, toujours un peu à l'ouest. Si ça ne tenait qu'à moi, je l'embrasserais là, tout de suite. Mais je veux que notre premier baiser soit parfait, réfléchi, et fait dans les meilleures conditions. Je ne suis pas certaine qu'à quelques minutes de plonger au milieu des requins soit *le* moment.

On nous fournit alors des combinaisons et des bouteilles d'oxygène sont chargées sur le bateau sur lequel nous montons ensuite. Après plusieurs minutes à s'éloigner des côtes, nous voilà au fameux endroit où nous allons plonger. La profondeur ici est telle qu'il est impossible de savoir à combien de mètres se trouve le fond. Mon cœur bat rapidement.

Après nous avoir donné plusieurs instructions, l'un des plongeurs professionnels qui nous encadrent plonge dans la cage, sans doute pour appâter les requins. Nous attendons plusieurs minutes encore avant d'enfin recevoir le feu vert. Les premiers couples sautent tour à tour et bientôt, Dylan et moi sommes les prochains.

— À trois, annonce Dylan, ce à quoi je réponds par un hochement de tête. Un… Deux… Trois !

Presque aussitôt, mon corps entre en contact avec l'eau glacée. Des yeux, je cherche Dylan et attrape sa main. Derrière mon masque à oxygène, je souris.

Grâce à nos palmes, nous atteignons bientôt l'endroit où tous sont réunis, non loin des barreaux de la cage, et pour cause : les requins sont là. Il y en a plusieurs sortes, des gros et des petits. Ils sont magnifiques, tels des rois régnant sur les profondeurs des eaux. J'aimerais parler, mais c'est impossible, Dylan ne peut pas m'entendre.

C'est si calme, en contraste avec l'excitation évidente dans laquelle nous sommes tous plongés. J'apprécie ce moment de connexion avec la nature qui me permet de réunir mon esprit et mon cœur en une parfaite harmonie. De réfléchir à ce que je veux. Et à cette question, la réponse est simple.

Dylan.

Chapitre 47
Dylan

Après la plongée, nous nous sommes pris un verre en terrasse pendant environ une heure, puis avons repris la route en direction du Portugal. Il y a plus de six heures de route entre Marbella et Lisbonne, mais il était impossible de tout faire en une fois. Ainsi, nous en avons fait les deux tiers hier, et avons décollé ce matin de l'hôtel à sept heures tapantes pour parcourir les derniers kilomètres qui nous séparaient de Lisbonne.

Il est à présent neuf heures et demie et nous nous baladons dans la ville où j'ai passé une grande partie de mon enfance puisque ma grand-mère maternelle habitait en banlieue. Je lui réserve une dernière surprise pour ce soir, et j'espère qu'elle l'appréciera. Mais pour le moment, place au tourisme. Je l'emmène aux quatre coins de la ville, tantôt à pied, tantôt en transport. Nous ne ratons évidemment pas l'occasion pour monter dans le tramway qui parcourt les hauteurs de la ville.

J'ai toujours aimé venir ici, quand j'étais jeune. Les côtes et nombreux escaliers ne m'ont jamais fait peur, bien au contraire, j'adorais courir si vite pour rejoindre le sommet de la ruelle tandis que ma mère était encore tout en bas, à bout de souffle.

Je me souviens que je redescendais en courant pour la tanner sur son souffle erratique, ne comprenant pas à l'époque ce qu'était l'asthme.

Je regrette ces moments où je m'éloignais d'elle alors que j'aurais pu profiter. Maintenant que me reste-t-il si ce n'est son corps immobile dans un lit d'hôpital ? Plus le temps passe, plus les chances qu'elle se réveille un jour s'amenuisent. Et ça me fait peur. Je sais qu'elle est encore là, au fond, et ça me rassure. Mais je ne suis pas prêt à lui dire adieu. J'ai besoin qu'elle sache qui je suis devenu.

À présent, nous marchons jusqu'à la tour de Belém que j'ai toujours trouvée sublime. Il fallait impérativement que Megan voit ce magnifique bâtiment marqueur du passé avant que l'on ne se dirige vers la surprise que je lui ai préparée.

Nous arrivons chez le tatoueur après vingt minutes de marche supplémentaire dans la ville.

Le visage de Megan paraît perturbé, mais pas déçu.

— Je me suis dit que ce serait bien de marquer ce voyage dans notre peau.

Elle plante ses yeux dans les miens, puis ses lèvres s'élargissent en un grand sourire.

— C'est parfait, Dylan. Merci mille fois. Je ne pouvais pas rêver mieux pour terminer ce voyage.

J'affiche un énorme sourire, heureux de ne pas m'être planté.

Nous entrons alors et sommes immédiatement accueillis par de la musique rock. Je bouge la tête en rythme en avançant jusqu'au comptoir.

— Bonjour, salué-je l'homme qui se trouve derrière celui-ci en portugais.

Il me salue en retour puis me demande si nous avons une réservation.

— Non. Vous avez de la place ? Nous ferons chacun un petit tatouage.

Il regarde sur sa base de données et annonce :

— Vous avez de la chance, il y a un créneau de deux heures libre dans une heure. Ça vous laisse le temps de choisir ce que vous voulez.

Je le remercie et rejoins Megan qui attend sagement sur le canapé.

— Tu as une idée de ce que tu veux faire ?

— J'ai pensé à ça, dit-elle en me montrant un dessin qu'elle a griffonné sur un morceau de papier mis à disposition.

— C'est beau et ça représente bien le voyage, commenté-je en observant ma Koenigsegg sur une route bordant la mer.

— Je me suis dit qu'on pourrait le faire tous les deux. Ce serait encore plus significatif. Ce voyage, on l'a fait ensemble, après tout.

Pendant un instant, je reste bouche bée, certain d'avoir rêvé. Un tatouage en commun, c'est comme une déclaration d'amour, et pourtant, nous n'en sommes toujours pas là, bien que j'en meure d'envie.

— Alors, tu en dis quoi ? me questionne-t-elle.

— J'en dis que ce serait génial.

Son sourire fait rayonner son visage, et je ne peux m'empêcher de m'imaginer me pencher vers elle pour l'embrasser. Je dois être patient, je le sais, mais cela devient de la véritable torture pour mon cœur fou amoureux d'elle.

— Je vais aller le montrer au mec. Tu le veux où ?

— Sur la côte gauche.

— Ça marche.

Je récupère son dessin et retourne au comptoir.

— Voilà ce que nous voudrions, déclaré-je en portugais à l'homme qui nous a accueillis.

— Vous avez choisi l'emplacement ?

— Sur la côte gauche pour elle, sur le pectoral gauche pour moi.

Il adopte un sourire en coin, signifiant qu'il comprend pourquoi j'ai choisi un tel emplacement. Je n'aime pas me mettre nu, et encore moins devant des inconnus, par peur du jugement, mais pour Megan, je le ferai. Pour Megan, je montrerai mes failles au monde entier.

L'homme m'annonce le prix que je paie sans rechigner, puis je rejoins Megan pour attendre que la tatoueuse termine avec son client.

— Bonjour, nous accueille-t-elle une demi-heure plus tard.

Nous la saluons à notre tour puis lui indiquons chacun l'exacte position choisie pour notre tatouage.

— Monsieur, il faudrait me montrer sans votre t-shirt, vous n'allez de toute façon pas le garder pendant que je vous tatoue.

Évidemment, je m'y attendais. Cependant, j'ai peur que mon torse mette la puce à l'oreille de Megan, or je n'ai pas envie qu'elle l'apprenne de cette manière.

— En fait, expliqué-je en portugais, je suis très pudique. Ce serait possible de cacher ce qui peut l'être avec du papier ?

— Oh, si ce n'est que ça ! Bien sûr. Il y a une cabine juste à côté.

Elle attrape alors du matériel dans ses rangements.

— Tenez, du papier et du scotch spécial. Faites attention à ne pas recouvrir l'endroit que vous souhaitez tatouer.

— Tu fais quoi, Dylan ? me questionne Megan, assise.

— Je n'aime pas vraiment montrer mon corps aux étrangers.

Elle fait signe qu'elle comprend tandis que je disparais dans la cabine adjacente. Habitué à faire ça par le passé, il ne me faut que cinq minutes pour les placer comme je le veux. Ainsi, je rejoins les autres quelques minutes plus tard.

Megan est à présent seulement habillée de son soutien-gorge, et je m'efforce de ne pas laisser traîner mes yeux. La tatoueuse s'affaire à lui poser le stencil selon les indications de Megan. Et, quelques minutes plus tard, elle sort son aiguille et commence à la tatouer.

— Ça va ? demande-t-elle en français malgré son accent.

— Oui. Merci.

La pièce étant petite et peu détaillée, elle passe rapidement à moi.

— Vous êtes prêt ? me demande-t-elle en étant repassé en portugais, langue qu'elle maîtrise évidemment mieux que le français.

J'acquiesce et déjà, je sens l'aiguille pénétrer dans ma peau. Ce n'est pas douloureux, mais tout de même loin d'être agréable. Tandis que la tatoueuse s'applique sur son travail, je tourne doucement la tête vers Megan pour l'observer. Elle me sourit en étudiant l'artiste s'affairer sur ma peau.

— Tu as mal ?

— Non, ça va. Et toi ? Les côtes font mal, non ?

— J'ai l'habitude, répond-elle simplement.

Il est vrai que c'est loin d'être son premier tatouage dans ce type d'endroit dit douloureux. J'ai aperçu sur son dos des éclairs qui remontent tout le long de sa colonne vertébrale.

— Il signifie quoi, ton tatouage dans le dos ? la questionné-je alors, curieux.

— La foudre signifie la force à mes yeux. Je l'ai fait au pire moment de ma vie, mais il m'a aidée à me souvenir qu'il n'aurait aucune signification tant que je ne me serais pas relevée de mon passé. Aujourd'hui, je crois pouvoir dire qu'il représente ma force mentale.

Elle a guéri. Elle a réussi.

Chapitre 48
Megan

Hier, nous avons de nouveau passé la journée en voiture pour rentrer à Toulouse. C'était long et j'ai fini par en avoir marre alors même que j'adore être en voiture en temps normal. Nous étions si fatigués qu'à peine rentrés chez lui, nous nous sommes couchés dans son lit et ne nous sommes pas réveillés avant d'avoir dormi pendant douze heures.

Cependant, alors que je pensais que ce week-end serait calme pour se reposer avant la reprise du boulot, Dylan en a décidé autrement. Ainsi, nous sommes en route pour le cinéma. Ce n'était pas si difficile de me convaincre quand il m'a annoncé que c'était pour visionner le septième volet de *Mission Impossible* avec Tom Cruise dedans.

On parle de Tom Cruise.

Nous nous rendons donc bien entendu au cinéma et y entrons rapidement en scannant nos billets.

— On prend quoi comme snack ? me demande Dylan.

Je hausse les épaules.

— Prends ce que tu veux. Je paie.

— Merci, souris-je.

Je choisis donc le basique du cinéma : du pop-corn. Ces choses dont tout le monde a horreur parce que même en essayant d'être discret, ça fait un max de bruit. Avec cela je prends un cornet de bonbons mixte, et je rajoute une boisson.

— Voilà, déclaré-je.

— C'est tout, t'es sûre ?

— Oui. Je ne comptais rien prendre.

Il hausse les épaules et se sert à son tour, étant bien moins raisonnable : le format maxi de pop-corn, trois paquets de bonbons, un Toblerone, et trois boissons.

— Tu vas manger *tout ça* ? m'étonné-je.

— Peut-être. Je verrai, et sinon je les ramènerai. Ce n'est pas perdu.

Il passe en caisse avec toutes nos emplettes et enfin, nous nous dirigeons vers la salle de projection. Nous pénétrons dans la salle de 4DX et je suis immédiatement soufflée par les sièges totalement différents des autres salles. Ceux-ci sont noirs et bien plus espacés, d'autant plus qu'ils sont beaucoup moins nombreux.

Quelques personnes sont déjà installées, et rapidement, nous faisons de même. Dans l'attente, je pioche machinalement dans mon pop-corn. Mince, j'ai toujours critiqué ceux qui faisaient ça, argumentant qu'au début du film, ils n'ont déjà plus rien, et voilà que je me mets à faire de même !

Au bout de plusieurs minutes de publicités et bandes-annonces, les lumières s'éteignent et le film commence. Les actions s'enchaînent rapidement si bien que je suis complètement plongée dans le film, d'autant plus avec les effets spécifiques à la 4DX. À la moitié du film, Dylan se met à gesticuler.

— Tout va bien ? lui chuchoté-je alors.

— Non. Je-J'ai reçu un appel de l'hôpital.

— Oh.

Je me sens bête de n'avoir été capable que de dire ça, cependant sa phrase m'a fait l'effet d'un poignard dans le cœur, quand bien même je ne connais pas sa mère.

— Tu devrais les rappeler.

— Il faut que je sorte.

— Alors on sort, déclaré-je.

— Tu peux rester, contre-t-il.

— Non, je viens avec toi.

— OK.

Nous nous levons en faisant en sorte de ne pas gêner les autres et quittons la salle. Aussitôt, Dylan rappelle l'hôpital. Il se présente et bientôt, ses larmes coulent à flots sur ses joues.

Non, non, non…

Sans réfléchir, je viens entourer son corps de mes bras et le serre le plus fort possible contre moi. Je dois être là pour lui comme il l'est pour moi. Je ne sais pas ce que ça fait de perdre un parent aimant, je n'ai pas eu la chance d'en avoir, mais je sais que lui est brisé par la situation de sa mère. Et si j'étais à sa place, je la pleurerais comme il le fait là.

Il raccroche et me serre fort contre lui.

— Ça va aller, murmuré-je en embrassant sa joue et en le serrant plus fort encore.

— Enfin… marmonne-t-il. Putain, enfin !

Attends, *quoi* ?

— Enfin ? le questionné-je.

— Ma mère est réveillée.

Megan

C'est un miracle.

À peine Dylan a-t-il prononcé ces mots que nous nous sommes empressés de nous rendre à l'hôpital. Dylan entre alors en courant et rejoint rapidement l'ascenseur. Il le retient cependant pour que je puisse le rejoindre. Dès que j'ai mis un pied dedans, il s'acharne sur le bouton de fermeture. Je pose mes mains sur les siennes.

— Tout va bien, calme-toi. Elle ne va pas soudainement disparaître.

Il acquiesce, mais continue à afficher une mine stressée.

— Dylan ? Tout va bien se passer, tu sais ?

— N'en sois pas si sûre, répond-il en rongeant son frein.

Je fronce les sourcils, mais l'ascenseur s'ouvre, mettant fin à mes pensées. Nous nous dirigeons vers la chambre de sa mère et y retrouvons le médecin.

— Bonjour Dylan. Comment vivez-vous la nouvelle ?

— Je suis stressé.

— C'est normal. Vous ne lui avez pas parlé depuis des années. Elle va paraître troublée sur beaucoup de choses, mais ne vous inquiétez pas, elle s'habituera vite.

Dylan acquiesce mais continue à se mordiller les ongles.

— Je vous laisse en famille. Elle va être très heureuse de vous revoir.

— J'en doute, marmonne Dylan, ce qui me fait froncer les sourcils une nouvelle fois.

— Tu as dit quoi ? le questionné-je.

— Rien, répond-il, bien trop vite pour que ce soit sincère.

Je fronce les sourcils, perturbée.

Pourquoi se comporte-t-il comme s'il me cachait quelque chose ?

Nous entrons dans la pièce et alors qu'il devrait presque courir jusqu'à elle, il reste en retrait. Bordel, que se passe-t-il ?

— Bonjour, dit la femme couchée dans les draps blancs que j'imagine être sa mère. Qui êtes-vous ? Je suis désolée, j'ai du mal à m'habituer à tout ce monde qui passe me voir !

— Bonjour, maman.

— *Maman* ? répète la femme, incrédule.

— Je devrais appeler un docteur, chuchoté-je à Dylan. Elle a oublié qu'elle a un fils ?

— Non ! m'arrête-t-il aussitôt.

Il prend une inspiration avant de reprendre la parole d'une voix plus posée, bien que stressée :

— Il y a quelque chose que je ne t'ai pas dit. Je le voulais, et j'aurais dû. Je ne voulais pas que tu l'apprennes d'une telle manière, mais je ne peux pas faire semblant ici. Je ne peux pas cacher mon passé.

Ma peur prend alors le dessus, et je recule, incrédule. Qu'a-t-il fait de si grave pour parler sur ce ton ? Que s'est-il passé ?

— Maman. C'est moi.

— Je ne vous connais pas, jeune homme, affirme-t-elle alors. Je n'ai qu'une fille.

Dylan baisse alors la tête.

— Je suis Annabelle, maman. Enfin, je l'étais.

Et là, tout s'éclaire.

Dylan est un homme transgenre.

Bien que cela ne change rien à la façon dont je le perçois, je comprends pourquoi il ne me l'a pas dit. Il avait peur de ma réaction, et son air inquiet me le confirme. Je m'approche alors et attrape sa main que je serre, pour lui dire que je suis là, et que je ne compte pas m'enfuir face à qui il est. Parce que je l'aime, quoi qu'il arrive, qui qu'il soit, tant qu'il est lui. Je ne l'aime pas pour son apparence, pour son genre ou pour son sexe, mais pour sa personne, pour son cœur et sa personnalité.

— Que voulez-vous à ma fille ? s'indigne sa mère. Annabelle doit aujourd'hui être une belle jeune femme, exactement comme votre amie. C'est toi, Annabelle ?

Je secoue la tête.

— Non, madame. Je suis la petite amie de votre fils, Dylan.

— Je n'ai pas de fils !

Dylan souffle, désespéré.

— Si. Je suis un homme, maman. J'étais Annabelle dans tes souvenirs, mais aujourd'hui, je suis Dylan. Tu n'as jamais trouvé qu'Annabelle se comportait souvent comme un garçon ? Préférait le foot plutôt que la marelle ?

Sa mère réfléchit un instant, puis acquiesce.

— Ça n'explique rien, répond-elle cependant. Ma petite Annabelle était différente, oui, mais ce n'est pas un garçon. Soyez réaliste et faites-la venir.

Dylan me lance un regard tandis qu'une larme perle au coin de ses yeux.

— J'étais Annabelle, maman. Crois-moi. Je t'en prie, dit-il dans une supplique qui brise mon cœur en mille morceaux.

— Je… bafouille-t-elle, perdue. Je ne sais pas quoi penser de ça. Laissez-moi du temps, jeune homme. S'il vous plaît.

De nouvelles larmes se forment, de plus en plus intenses. Bientôt, elles dévalent ses joues alors qu'il reste immobile, blessé par les mots de sa mère. Je m'approche de lui et le prends dans mes bras.

— Laisse-lui du temps, elle en a besoin. Elle t'acceptera, tu le sais. Elle a seulement beaucoup de choses à digérer, elle vient de faire un bond de dix ans en avant. Sois compréhensif avec elle si tu veux qu'elle le soit avec toi. Je suis certaine qu'avec le temps, elle t'écoutera.

Ses yeux me communiquent sa souffrance, humidifiant ainsi les miens, faisant tomber mon cœur à nos pieds. Moi aussi, si j'étais à sa place, je souffrirais plus que jamais. Mais puisque je n'y suis pas, je dois l'épauler.

— Viens. Ce n'est bon ni pour elle ni pour toi que tu restes pour le moment. Vous vous retrouverez bientôt, dans de meilleures conditions, je te le promets.

Il hoche la tête difficilement, serre ma main encore accrochée à la sienne, renifle, et me tire vers la porte de la chambre.

— Ça va aller ? lui demandé-je, inquiète.

— Un jour sans doute. Je voyais nos retrouvailles différemment.

— Ce ne sont pas vraiment vos retrouvailles. Elle est perdue, et ça se comprend. Ne t'inquiète pas. Tu vas retrouver la mère que tu as connue et qui t'aime passionnément. Elle n'oublierait pas comme ça l'enfant qu'elle a porté pendant neuf mois dans son ventre.

Il pose sa tête contre mon épaule et fond en larmes.

— Je te promets que ça ira mieux, le rassuré-je en murmurant avant de poser ma tête contre la sienne.

— Tu peux me laisser seul ? finit-il par demander.

— Oui. Oui, évidemment. J'ai oublié mon sac dans la chambre, je dois y retourner, d'accord ?

Il hoche la tête en mettant fin à notre contact physique. Soudain, je réalise ce qu'il a vécu dans le passé, alors que je le lui refusais, incapable de passer outre ce que j'ai vécu.

— On se retrouve dans la voiture ? proposé-je.

— OK, accepte-t-il avant de s'éloigner dans le couloir tandis que je pénètre de nouveau dans la chambre de sa mère avec, pour intention, tout sauf récupérer un sac inexistant.

À nous deux, madame Smith.

Chapitre 49
Megan

— Madame Smith ? Je peux vous parler un instant ?

Je fais un pas vers le lit de celle-ci, stressée.

— Oui, répond-elle d'une voix enrouée par les dix années où elle n'a pas été utilisée.

— Comment allez-vous ?

— Aussi bien qu'une personne qui vient de se réveiller après dix ans de sommeil, se marre-t-elle.

Je lui adresse un sourire poli, bien que je n'aie pas la tête à rire.

— Vous comptez accepter Dylan comme votre fils ? l'interrogé-je de but en blanc.

Elle hausse les sourcils, étonnée de ma question.

— Je pense. Je ne suis pas née en l'an 1900, je sais ce qu'est une personne transsexuelle, mais que ma fille le soit, c'est difficile. Je n'ai pas la sensation d'avoir dormi plus d'une simple nuit, si on oublie toutes ces technologies bien plus avancées, et ma fille qui me demande de l'appeler par un autre prénom.

Je ne relève pas le fait qu'elle utilise le mot « transsexuelle » plutôt que « transgenre ». Ce sera pour plus tard, pour quand elle se sera habituée à la vie d'aujourd'hui, bien différente d'il y a dix ans. Pour le moment, je continue la conversation, au plus simple pour ne pas la troubler.

— Je comprends. Mais Dylan est terriblement blessé. J'espère que vous saurez l'accepter au plus tôt.

— Je ferai des efforts. Elle… *Il*, se rectifie-t-elle, reste mon enfant. Je ne suis pas de ces mères qui rejettent leur enfant parce qu'il n'est pas comme ils auraient rêvé. On ne fait pas un enfant pour le conditionner à être parfait à nos yeux. Il faut seulement qu'il me donne du temps. C'est trop soudain.

Je lui adresse un sourire sincère.

— C'est tout ce que je voulais entendre. Je vais rejoindre Dylan maintenant. Bonne soirée.

Elle acquiesce et m'observe quitter de nouveau la pièce. Quelques minutes plus tard, je retrouve Dylan en pleurs dans la voiture.

— Eh, soupiré-je en passant mes bras autour de lui. Ça va aller, elle a besoin de temps.

— Je sais, renifle-t-il. Mais toi… tu n'as pas posé la moindre question.

— Quelles questions voudrais-tu que je pose ? Je n'en ai aucune. Je me fiche de ton corps, de ton genre ou que sais-je. Peu importe ton prénom, ton genre ou ton sexe, tu restes *toi*. Et c'est tout ce qui compte pour moi.

Je fais une pause, le laissant prendre en compte mes paroles. Il prend ma main dans la sienne et la porte à sa bouche pour en embrasser le dos. Puis, il sourit.

— Merci, murmure-t-il contre ma peau.

— Ne me remercie pas d'accepter qui tu es, Dylan, dis-je avant de prendre une inspiration. Je t'aime. Je suis désolée d'avoir pris tant de temps à te le dire et à accepter mes sentiments pour toi. J'avais peur. Je voulais être certaine que tu sois le bon. Pendant des mois, tu m'as prouvé que tu es parfait. Et je ne veux personne d'autre que toi dans ma vie.

De nouveau, des larmes coulent le long de ses joues, redoublant d'intensité.

— C'est pas censé te faire pleurer, le taquiné-je.

Il se marre en secouant la tête.

— Je t'aime, Megan. Merde, je t'aime comme un fou.

Je ris en réalisant que nous nous sommes enfin dit ces mots qui n'attendaient que de franchir nos lèvres. Ceux que j'ai rêvé dire et entendre pendant longtemps. Ceux que j'avais *peur* de dire et d'entendre pendant longtemps. Mais c'est terminé. À présent, je me sens heureuse et amoureuse. Surtout, je me sens en sécurité. Soudain, l'envie d'enfin poser mes lèvres sur les siennes devient inexplicablement forte. Je suis incapable de résister.

Alors, d'un doux mouvement, je m'approche de lui. J'aurais aimé que ce moment nous arrive après un *run* que nous aurions gagné main dans la main, mais j'imagine que je dois me satisfaire d'un baiser dans sa voiture, sur le parking de l'hôpital, comme si sa mère ne venait pas de le rejeter.

— Je t'aime, répété-je.

— Je t'aime, répond-il en souriant. Tu ne vas pas te lasser de ces trois mots, je me trompe ?

— Jamais, ris-je en m'approchant encore de lui.

Comprenant enfin ce que je tente de faire, il amorce un mouvement vers moi. Nos lèvres sont proches, prêtes à se dévorer. Pourtant, nous prenons notre temps.

Puis, comme s'il n'était plus capable d'attendre un seul instant, sa bouche se pose sur la mienne. Nos langues dansent ensemble, nos dents se percutent, mais jamais nous ne grimaçons malgré la douleur. Notre baiser dure une éternité qui me paraît bien trop courte lorsque Dylan met fin à notre contact pour reprendre son souffle.

— Merde, c'était... bafouille-t-il, les neurones complètement foutus en l'air par la passion qui nous unit.

— Parfait.

— Exactement, acquiesce-t-il.

Il prend ma main dans la sienne et sourit.

— Je pourrais faire ça toute la journée, je crois. Tu m'as rendu accro en un baiser.

— Tu n'étais pas accro à moi avant ça ?

— Si, mais pas à tes lèvres.

— Attends de savoir ce que je sais faire, prononcé-je d'une voix rocailleuse en lançant un regard entendu à son entrejambe.

— Tu es sûre ? s'inquiète-t-il, soudain trop sérieux.

— Je suis guérie, Dylan. J'ai simplement besoin de ta douceur.

— Barrons... nous... de... là... prononce-t-il d'une voix aussi prise par les sentiments que moi, chaque mot ponctué d'un baiser volé.

Bordel, oui.

Chapitre 50
Megan

La porte claque dans mon dos alors que Dylan et moi avançons à tâtons dans son salon plongé dans le noir. J'arrive à m'affaler dans son canapé quand il s'assoit à côté de moi en passant sa main sur ma nuque. Il pose ses lèvres sur les miennes et refuse de les quitter même pour parler.

— T'es sûre à cent pour cent ?

— Complètement, chuchoté-je contre sa bouche, incapable de m'en séparer rien qu'un instant. Et toi ?

— Absolument putain !

Je souris en mordillant sa lèvre alors qu'il reprend déjà la parole. Je n'ai jamais autant détesté l'idée qu'il parle, mais là, je veux seulement qu'il m'embrasse.

— Je veux que ce soit parfait. Viens dans ma chambre.

J'acquiesce, heureuse qu'il veuille coucher avec moi dans un lit et pas simplement dans un canapé, d'autant plus pour notre première fois ensemble. À contrecœur, il quitte mes lèvres pour se relever puis me tire par la main jusqu'à sa chambre. Je m'allonge de tout mon long sur le lit et aussitôt, il me rejoint, encadrant mon visage de ses bras pour se maintenir au-dessus de moi.

— Toujours certaine ? me questionne-t-il.

— Toujours, affirmé-je.

Il s'abaisse pour m'embrasser, et je profite de cette sensation qui a tant tardé.

— Je dois quand même te dire… commence-t-il, je ne l'ai jamais fait depuis mon opération. Je risque d'être maladroit.

Je secoue la tête.

— Je m'en fiche, Dylan. Tout est parfait tant que c'est avec toi. OK ?

Il acquiesce et m'embrasse de nouveau. Je sens son sourire sous mes lèvres et suis heureuse de savoir que je choisis les bons mots avec lui. La dernière chose que je veux ce soir, c'est que l'un de nous soit mal à l'aise. Sa main vient doucement me caresser la hanche, faisant d'ores et déjà naître des sensations bien trop agréables dans le bas de mon ventre. Sa bouche dévie sur ma mâchoire puis mon cou, laissant une trace légèrement humide sur ma peau. Les sensations redoublent.

— Ça va toujours ?

Incapable de prononcer le moindre mot sans gémir, je me contente de hocher la tête. Il descend alors que ses mains s'aventurent sous mon débardeur.

Bordel, ça arrive vraiment !

Je retiens mon souffle alors que sa main droite frôle l'armature de mon soutien-gorge. Comprenant qu'il souhaite me déshabiller, je me crispe.

— On arrête, si tu veux, déclare-t-il aussitôt en s'immobilisant.

— Non ! Je voudrais seulement que tu commences par ton t-shirt avant de retirer le mien…

Il acquiesce et retire immédiatement son top.

— Je peux ? demandé-je en observant son torse cicatrisé.

— Je… C'est encore difficile à accepter pour moi.

— Laisse-moi te montrer que tu peux aimer ton corps tel qu'il est.

— Je n'aurai jamais le corps d'un vrai homme, se confie-t-il tristement.

— Tu *es* un vrai homme. Transgenre certes, mais ça ne change rien. Tu es parfait, et ton corps aussi.

Il baisse la tête.

— Pas aux yeux de la société.

— Ne laisse pas la société te dicter ce que tu dois aimer chez toi, sinon tu ne t'aimeras jamais.

— D'accord.

— Laisse-moi te montrer que j'aime ton corps, s'il te plaît.

Il se contente d'opiner du chef, mais cela me suffit pour poser délicatement mes mains sur son torse. Sous mes doigts, sa peau tressaille, mais il ne bouge pas. Je me surélève et y dépose un baiser.

— J'aime ça de toi, dis-je avant d'en faire un autre à quelques centimètres. Et ça.

Je continue encore jusqu'à ce qu'il m'arrête.

— Finalement, je crois que j'aime mon torse, se marre-t-il.

— Tu ne dis pas ça pour me déshabiller, quand même ?

— Touché.

J'éclate de rire, mais redeviens vite sérieuse lorsque ses doigts s'insinuent sous mon haut pour m'en débarrasser. Il le lance à l'autre bout de la pièce et caresse le bord de mon soutien-gorge. Son toucher est doux, presque imperceptible, mais me procure pourtant des sensations inexplicables. Comment vais-je tenir si longtemps s'il continue à être si tendre ? J'apprécie tant, et j'en ai besoin, mais cela devient une torture et si les choses étaient différentes, je rêverais qu'il aille plus vite.

— Dylan… chuchoté-je comme pour lui intimer de ne plus aller si doucement.

— Chuuut, profite, se contente-t-il de répondre.

Alors je l'écoute. J'oublie mon passé, j'oublie ce qu'il pourrait arriver dans le futur, et je me concentre sur l'instant présent. Sa main passe dans mon dos et, d'un geste habile, il décroche mon soutien-gorge.

Mon cœur se met à battre plus vite, d'appréhension et d'excitation, mais je ne prends en compte que la deuxième raison, refusant de laisser ma peur gâcher le moment présent alors que ce ne seront que des hypothèses qui ne se réaliseront jamais.

Enfin ses doigts frôlent le bout de mes tétons en feu. Je lâche un soupir de libération, si bien qu'il arrête subitement ce qu'il me fait.

— Je suis désolé… souffle-t-il.

— Pourquoi ?

— Tu… tu ne veux pas que j'arrête ?

— Non, pitié n'arrête pas.

Il sourit et pose sa bouche sur ma poitrine sans crier gare. Un cri m'échappe avant que je me mette à rire. Bon sang, depuis combien de temps n'ai-je pas ressenti ces sensations en le voulant ?

— Tu veux qu'on s'arrête là, ou on va plus loin ? me questionne Dylan timidement.

— Ne t'avise jamais de me laisser sur ma faim pour me préserver de mes peurs. Continue si tu le veux aussi.

— Très bien, princesse.

Sur ces mots, il se met à dévorer ma poitrine sans s'inquiéter de ma situation plus longtemps, et pour la première fois, j'ai l'impression d'être normale. Je me laisse aller sous ses coups de langue avant de pousser mon bassin contre le sien.

— Je dois comprendre quoi par ce geste ? me questionne-t-il.

— Que j'en veux plus.

— À vos ordres, princesse.

Les papillons dans mon ventre se réveillent lorsque j'entends ce surnom que je détestais, un an auparavant. Mon cœur se met à battre plus vite alors qu'il vient m'embrasser langoureusement pendant plusieurs secondes. Il redescend alors en déposant des baisers sur ma peau à intervalles réguliers jusqu'à atteindre la ceinture de mon short. Il titille mon nombril tout en faisant disparaître le tissu qui le sépare encore de ma peau.

— T'es prête ? me demande-t-il en jouant avec l'élastique de ma culotte.

Je hoche la tête, bien trop enhardie par les sensations pour prononcer rien qu'un mot. Soudain, la chaleur se dépose sur mon pubis, et descend sur mon clitoris. À travers le tissu de mon sous-vêtement, il m'embrasse.

Les pulsations de mon cœur deviennent de plus en plus irrégulières, de pair avec mon souffle.

Oh bordel.

— Dylan… gémis-je avec difficulté.

Ses doigts passent sous le tissu et le font descendre le long de mes jambes. Quelques secondes plus tard, il revient face à moi, nu à son tour.

— Salut, chuchote-t-il en souriant contre mes lèvres.

— Salut, réponds-je dans le même ton avant de lui voler un baiser.

— Tu te sens prête à ce que je te pénètre d'un doigt ?

Je me mords la joue et acquiesce, stressée.

— Tu peux dire non, tu sais ?

— J'en ai envie, affirmé-je, honnête.

— D'accord, dit-il en m'embrassant une nouvelle fois avant de faire doucement descendre sa main jusqu'à mon pubis.

Peu à peu, il descend plus bas et me caresse avec une extrême douceur. Ses doigts viennent doucement s'introduire dans mes plis pour titiller mon clitoris, me coupant le souffle. Je gémis sans me retenir, ce qui motive Dylan à passer à l'étape supérieure. Son doigt s'approche de mon entrée, faisant pulser plus fort encore mon clitoris gonflé, avant de me pénétrer.

J'avale une grande goulée d'air pour garder contenance, mais fonds tout de même dans ses bras. Après quelques aller-retours, il me demande si je suis prête à accueillir un second doigt, ce que j'accepte. Il n'attend pas plus longtemps pour l'ajouter à l'équation. Je suis au bord de la falaise, prête à toucher les étoiles. Mais je ne veux pas jouir sans lui. J'ai besoin de le sentir en moi, contre moi, de l'embrasser.

— Dylan… soufflé-je difficilement.

— Princesse ?

— Reviens ici.

Il m'écoute et remonte aussitôt à mon niveau.

— Tout va bien ?

— Oui. Je te veux en moi.

— Tu es certaine ?

— Arrête de me poser cette question. Je vais bien. Je veux tout de toi, Dylan. Pitié.

— D'accord.

Il m'embrasse et s'agenouille pour inspecter son pénis. Je réalise alors qu'il n'est pas en érection et ne peux m'empêcher de m'inquiéter.

— C'est normal ?

— Oui. La science n'a malheureusement pas trouvé de façon pour que nous ayons une érection naturelle comme les hommes cisgenres[18]. Je dois le gonfler avec une pompe. J'ai déjà essayé, mais pas assez sans doute pour être prêt avec toi. Crois-moi, tu m'excites.

— Prends ton temps.

Il sourit et après une manipulation paraissant technique, il attrape un préservatif et le déroule sur son sexe.

— Tu ressens des choses quand même ? le questionné-je alors qu'il s'allonge sur moi.

— Oui, c'est fait de plein de nerfs, ne t'inquiète pas, dit-il d'un ton humoristique, je vais sentir les parois de ton vagin autour de mon pénis.

Je ris en l'embrassant.

— Prête ? demande-t-il, sérieux.

J'acquiesce et enfin, il me pénètre. J'expire, prise par des sensations que je n'avais plus connues depuis des années.

— Ça va ? m'interroge-t-il.

— Oui. Et toi ?

— Oui.

Il ose enfin faire un mouvement, et déjà, mon clitoris se remet à pulser.

---

18. Homme né avec des organes dits « masculins », a contrario d'un homme transgenre qui est né avec les organes dits « féminins ».

— Tu aimes ?

— J'adore, soufflé-je.

J'aimerais dire plus, mais j'en suis incapable. J'aimerais lui dire que c'est parfait, et que j'ai la sensation que jamais auparavant je n'ai ressenti autant pendant une relation sexuelle. J'ai envie de lui dire à quel point je l'aime, à quel point je me fiche de ce que pourraient penser les autres, à quel point je rêve de l'avoir entre mes jambes toutes les secondes du reste de ma vie. Parce que jamais je ne me suis sentie aussi connectée à lui, jamais je n'ai aimé autant.

Je me souviens de notre rencontre, de mes peurs quant à mes sentiments grandissants envers lui. Je me souviens avoir voulu le détester jusqu'à ce que cela devienne réel, sans que jamais ça n'ait fonctionné parce qu'à mesure que le temps passait, mes sentiments ont évolué en amour sincère et indestructible.

Ses va-et-vient en moi transforment mon corps en un tas de braises rougeoyantes.

Je vais exploser.

Mais pas sans lui.

— Je vais… commencé-je alors qu'il pose son front contre le mien.

— Lâche tout. Laisse-toi aller. Profite.

— Et toi…

— Je me fiche de moi, me coupe-t-il.

Alors je l'écoute et ne retiens pas mon cri lorsque l'extase prend possession de mon corps. Quelques secondes plus tard, nous sommes de nouveau côte à côte, le drap nous recouvrant, nos yeux ancrés à ceux de l'autre.

— Je dois retourner à La Rochelle, déclaré-je soudain.

Il fronce les sourcils, et paraît soudain blessé.

— Qu-quoi ? bafouille-t-il.

— Je veux dire… pour parler à mes parents de Léo. Ils ont le droit de savoir pourquoi je me suis tant éloignée d'eux.

Dylan lâche un souffle rassuré avant de hocher la tête.

— Oui, bien sûr. C'est une bonne chose que tu fasses ça. Tu veux que je vienne avec toi ?

Je réfléchis un instant, puis secoue la tête.

— Je crois que je dois faire ça seule. Et puis, c'est un peu tôt pour que tu rencontres déjà mes parents, ajouté-je en riant.

Il rit à son tour et acquiesce.

— Tu as raison. Tu veux partir quand ?

— Au plus tôt possible. Demain, sûrement.

— D'accord.

Sur ces mots, il m'enlace et dépose de nouveaux baisers partout sur mon visage. Je souris et m'endors presque tant la sensation d'amour est agréable.

Je veux ressentir ça tous les jours jusqu'à mon dernier souffle.

Chapitre 51
Megan

Après plus de cinq heures de conduite sur des routes bouchonnées, je dépasse enfin le panneau qui indique l'entrée dans La Rochelle. J'adore conduire, mais lorsque je suis bloquée dans les bouchons, c'est tout sauf une partie de plaisir pour moi.

Mon téléphone, connecté au Bluetooth de ma voiture, sonne tandis que j'espère que mes parents vont répondre rapidement. J'ai décidé de leur faire la surprise, cependant, je dois savoir ce qu'ils font actuellement alors que je m'approche de leur maison.

— *Allô ?* répond la voix de ma mère.

— Maman ! m'exclamé-je, heureuse de l'entendre après plusieurs jours sans lui parler. Vous allez bien ?

— *Oui, et toi ? Le boulot, ça marche bien ?*

— Toujours. On est en train de bosser sur les prochains modèles. Vous avez prévu de vous promener, aujourd'hui ?

— *Non. Ton père est fatigué. Il a fait un long vol, hier. Avec l'âge, ça devient difficile de s'en remettre.*

J'acquiesce. Mon père étant pilote d'avion, son corps subit une fatigue plus prononcée que la plupart des hommes de son âge en raison de l'exposition constante à la pression, aux décalages horaires et aux variations de température, à mesure qu'il vieillit.

— Oh. Je comprends. Donc vous restez à la maison toute la journée.

— *Oui. Pourquoi tu veux en savoir autant ?*

Je ris.

— Je n'ai plus le droit de m'inquiéter de ce que font mes parents chéris ?

Cette fois, c'est elle qui lâche un rire.

— *Tu as raison. Je n'ai pas l'habitude que tu m'en demandes autant. Sauf si tu as besoin de quelque chose. Est-ce le cas ?*

Je tourne dans la rue de mon enfance.

— Non ! J'ai seulement envie d'avoir des nouvelles de vous.

Je me gare à quelques pas de la maison, pour qu'ils n'entendent pas le moteur.

— *D'accord. Eh bien si tu veux en savoir plus, j'étais en train de lire un bouquin, et ton père regarde sa série. Et toi, que fais-tu ?*

Je marche jusqu'à votre porte d'entrée.

— Pas grand-chose, je me repose après une longue semaine de boulot en essayant d'oublier que ça recommence demain.

— *M'en parle pas*, souffle-t-elle, même si je perçois dans son ton qu'elle sourit.

J'appuie sur la sonnette et entends aussitôt la mélodie à travers la porte et à travers mon téléphone.

— *Oh ! Megan, je dois te laisser, ça sonne à la porte. Probablement encore l'un de ces démarcheurs qui comprennent pas que le dimanche est sacré*, marmonne-t-elle.

— Ceux-là alors… grogné-je avec elle. Bisous, maman !

— *Bisous, ma chérie !* dit-elle en raccrochant.

Une seconde plus tard, la porte s'ouvre.

— Megan ? demande-t-elle, pensant sans doute rêver.

— Coucou, maman, la salué-je, un grand sourire aux lèvres.

Elle secoue la tête.

— Mais que fais-tu là ?

Je souffle. J'aurais aimé venir pour des choses plus joyeuses que ce que j'ai à leur dire – comme par exemple leur présenter Dylan –, mais malheureusement, les réunions de famille ne peuvent pas toujours être géniales.

— J'ai des choses à vous dire… Je repars demain matin. C'est court, mais je n'ai pas pu faire mieux, l'entreprise a besoin de moi.

Surtout, je n'ai pas le courage de rester plusieurs jours ici. Être avec mes parents me fait plaisir, mais savoir que je suis si proche de Léo me terrifie.

— Oh. Viens, entre, ma chérie. Tu es venue en voiture ?

— Oui. Elle est un peu plus loin, je ne voulais pas que vous entendiez le moteur.

Elle éclate de rire.

— Tu sais que j'aurais couru à la fenêtre pour regarder qui est la personne qui s'est garée devant chez moi.

— Oui, me marré-je en retirant mes chaussures.

Nous pénétrons dans le salon où mon père est installé.

— Salut, papa ! m'exclamé-je en le prenant dans mes bras.

— Megan ? Que fais-tu ici ? me demande-t-il en me serrant malgré tout contre lui.

— J'ai quelque chose à vous dire, avoué-je en quittant ses bras. J'aurais dû vous le dire il y a longtemps, mais je n'en avais pas le courage.

Je baisse la tête alors que mes parents me dévisagent. La série de mon père ne devient plus qu'un bruit de fond tandis que le livre de ma mère est retourné et posé sur le canapé.

— Dis-nous, chérie, m'encourage ma mère en posant sa main sur mon bras.

— Je… je sais pas par où commencer.

Mon père secoue la tête.

— Dis-nous comme les mots te viennent, on comprendra.

Je hoche la tête et prends une grande inspiration. Je suis entourée des deux êtres qui m'aiment le plus dans ce monde, je ne dois pas avoir peur de parler, même s'ils adoraient Léo à l'époque. Ils me croiront plutôt que lui.

— Léo… il m'a…

Je suis incapable de finir ma phrase. Il m'est impossible de prononcer ce simple mot qui résume une action m'ayant brisée pendant des années, qui m'a marquée à jamais. Pourtant, ma mère fronce les sourcils, et m'encourage silencieusement à continuer alors que mon père attrape ma main pour la serrer.

— Violée, lâché-je enfin.

Ma mère s'étouffe, en larmes, tandis que mon père serre ma main encore plus fort avant de m'attirer dans ses bras pour me tenir contre son cœur.

— Je vais le tuer, déclare-t-il. Quand ? Combien de fois ? Il subira chaque douleur que tu as subie par sa faute.

Je secoue la tête.

— Non, papa. Je veux tourner la page. Je voulais vous le dire parce que vous êtes mes parents et parce que vous avez le droit de savoir pourquoi je vous ai évités pendant tant d'années et pourquoi j'ai déménagé si loin. Je n'ai jamais voulu vous briser le cœur, mais je ne pouvais plus continuer. J'avais peur qu'il vienne pendant la nuit et recommence malgré notre séparation. J'avais peur qu'il me suive quand je sortais pour le faire lorsque j'étais bourrée. Je ne pouvais plus vivre sans penser au fait qu'il serait peut-être à quelques pas de moi, caché dans l'ombre.

J'explose en larmes alors que ma mère nous rejoint pour m'emprisonner entre son corps et celui de mon père.

— Ça va aller, mon bébé, me rassure ma mère. On est là, maintenant.

Je hoche la tête, bien que je ne suis pas certaine qu'elle perçoive mon mouvement.

— Tu dois porter plainte, déclare mon père.

Je le sais. Et j'y pense sérieusement. Mais je ne suis pas encore tout à fait prête à me confier à un inconnu. Je ne le serai pas tant que je n'aurai pas tout dit à Rim.

— On peut penser à autre chose ? demandé-je en essuyant mes yeux.

— Évidemment, ma chérie. Tu veux faire quoi ? On peut regarder un film en famille ! Ça te ferait du bien ?

Je hoche la tête et, déjà, mes parents s'affairent à préparer une soirée familiale parfaite. Et contrairement à ce que je pensais en arrivant ici, je me sens en sécurité. Parce que mes parents sont là pour me protéger, quoi qu'il arrive.

J'aurais dû le leur dire il y a des années.

Chapitre 52
Megan

Ma respiration est lourde, intensifiée par mon stress. J'ai peur, mais je ne peux plus me taire. Après avoir tout dit à Dylan et à mes parents, j'ai senti mon cœur devenir plus léger. À présent, je dois le dire à Rim pour me sentir totalement libérée, peut-être même tourner complètement la page. Je lui ai menti sur ce qu'il m'est arrivé avec Léo, et je m'en veux, mais à cette époque, elle pensait tellement que j'étais heureuse que je n'ai pas pu me résoudre à le lui dire.

Peut-être que j'avais peur, aussi. De ne pas être crue, d'être rejetée parce que je serais prise pour une menteuse, ou que l'on me dise que refuser de coucher avec son copain, c'est une raison pour se faire violer, parce que dans un couple, tu dois toujours avoir envie de l'autre, sinon tu ne l'aimes pas.

Mais non. La vérité, c'est tout autre chose, et même si je suis heureuse de le savoir maintenant, j'aurais aimé le savoir avant. Je n'avais personne pour me dire que peu importe le partenaire, le consentement doit être présent et que même en couple, le sexe et l'attirance sexuelle ne sont pas une obligation. Jamais on ne devrait être forcé à avoir des rapports si intimes sans le vouloir, peu importe la situation, si l'un des deux le refuse.

Aujourd'hui je le sais, et je sais que plus jamais je ne laisserai qui que ce soit me forcer à avoir une relation. Plus jamais on ne me touchera sans mon consentement, et si malgré tout ça arrive, j'agirai et je me vengerai.

Je ne me laisserai plus faire.

On dit souvent que la femme est le sexe faible et pourtant c'est nous qui traversons tous les mois des règles parfois très douloureuses, c'est nous qui devons porter un enfant dans notre ventre pendant neuf mois et subir les dérèglements hormonaux et les maux de dos, c'est nous qui devons accoucher.

Ce sont les femmes qui meurent chaque année suite à des grossesses ou avortements qui ont mal tourné. Ce sont les femmes qui se font agresser dans la rue par des hommes incapables de se tenir. Ce sont les femmes qui sont constamment rabaissées. Et pourtant, ce sont les femmes qui se relèvent à chaque épreuve.

Certains hommes n'ont pas de chance et font partie du faible pourcentage d'hommes agressés, et je ne les oublie pas. Cependant, je n'oublie pas non plus le nombre de féminicides qui augmente tous les mois malgré les signalements nombreux. Je n'oublie pas non plus les violeurs récidivistes en liberté malgré les plaintes, toujours classées sans suite. Je n'oublie pas toutes ces femmes détruites par des hommes qui pensent avoir un droit sur nous.

Mais aussi, je n'oublie pas que nous sommes fortes, que nous sommes bien plus fortes que les hommes à bien des égards, et que nous pouvons toutes nous relever. Parce que même si la justice n'existe pas pour nous, je sais que je ne suis pas seule.

J'ai passé la journée au boulot à penser à comment me confier à Rim, puis je me suis souvenue qu'avant l'arrivée de Léo dans ma vie, je lui disais tout sans m'inquiéter de la formulation que j'employais. Si j'avais envie d'utiliser mille et une insultes, j'en avais le droit, si j'avais envie de tout raconter à l'envers, je le pouvais.

J'ouvre alors la porte de l'appartement en prenant une grande inspiration.

— Rim, tu es là ? demandé-je en me déchaussant.

— Yep ! répond-elle en arrivant dans le couloir.

Mon cœur bat vite, et je résiste à l'envie de gratter mes avant-bras jusqu'au sang.

— Je dois te parler, déclaré-je.

— Oh. C'est à propos de Dylan ? s'inquiète-t-elle alors. Tout va bien avec lui ?

— Oui, tout va bien avec lui, ne t'en fais pas, il est génial. Ce n'est pas à propos de lui. C'est à propos de Léo.

Elle fronce les sourcils, étonnée que je prononce ce prénom qu'il a longtemps été interdit de mentionner.

— Léo ?

Je hoche la tête.

— Tu ne sais pas tout. En fait, tu ne sais rien de ce qu'il s'est passé avec lui. Je t'ai menti.

Elle paraît plus inquiète, mais surtout, elle est dans l'incompréhension totale.

— Je ne comprends pas, chuchote-t-elle.

— Léo ne m'a pas quittée. C'est moi qui l'ai fait.

— Mais alors pourquoi tu as passé ton temps à pleurer et à ne pas sortir avec de nouveaux gars ?

— Parce que Léo n'était pas celui que tu t'imaginais.

Elle fronce une nouvelle fois les sourcils.

— Notre relation s'est dégradée avec le temps, et ce que nous montrions, c'était loin de la réalité. Lorsque nous étions seuls, il me…

À voix haute, ce mot est toujours difficile à prononcer. Comme si le faire allait me faire revivre le passé.

— Tu veux dire que… Léo te faisait du mal ?

Je hoche la tête.

— Il me violait, Rim. Il me frappait et m'insultait aussi.

Elle affiche une grimace et, déjà, des larmes se mettent à couler le long de ses joues.

— Et je n'ai rien vu… Putain je m'en veux ! Tout ce temps à te dire que tu devrais tourner la page, que tu finirais par arrêter de l'aimer… J'étais complètement à côté de la plaque ! Pourquoi tu ne m'as rien dit ?

— J'avais peur, me contenté-je de répondre, trop prise par la douleur qui s'insinue en moi.

— Je suis désolée, Megan. Est-ce qu'il y a des choses que je dois arrêter de faire ?

Je secoue la tête.

— Ne me prends simplement pas pour une victime. C'est dur d'en parler, mais je crois que j'ai tourné la page. Dylan m'aide beaucoup pour ça. Il me montre que tous les hommes ne sont pas comme Léo, et il me rend réellement heureuse.

Elle sourit et ne parle plus de Léo, comprenant que cela reste un sujet sensible pour moi.

— C’est le principal alors. Je suis contente que tu aies trouvé la perle rare. Je ne t’en voudrais même pas si tu décidais de t’installer avec lui.

— Nous n’en sommes pas encore là. Nous venons à peine de coucher ensemble.

— Oh. Mon. Dieu. Enfin ! Depuis le temps que vous vous tournez autour.

Je me marre.

— Ouais… Je crois que c’est le bon. Il était tellement doux.

— C’est beaucoup trop romantique ! Moi aussi j’ai besoin d’une femme qui prend son temps avec moi.

Je cligne des yeux plusieurs fois.

— Une femme ? Tu ne m’avais jamais dit que tu aimais les femmes.

Elle hausse les épaules.

— Je l’ai remarqué récemment. Tu m’as un peu abandonnée pour aller en boîte et à force, j’ai compris que je ne draguais que les mecs que parce que je rentrais dans une case, que j’étais acceptée dans la société, et que c’était plus simple. J’ai commencé à flirter avec les femmes et merde, j’me sens bien avec elles.

— Je suis contente pour toi, si ça te plaît ainsi.

Elle rit comme une gamine avant d’annoncer :

— J'ai une dernière chose à te dire.

Je penche la tête sur le côté, intriguée.

— Si tu m'annonces que t'es une *serial killer*, je ne réponds plus de rien !

Elle explose de rire.

— Non, mais je participe à des combats de boxe illégaux. C'est pour ça que j'avais pas pu venir à ta soirée de lancement.

J'ouvre grand la bouche.

— Tu te fous de ma gueule ? Et dire que je croyais que c'est parce que tu préférais te taper des mecs plutôt que de venir voir ce que j'avais accompli !

Elle se marre.

— En quelque sorte, c'était le cas. Je fous des meufs au sol régulièrement. D'ailleurs, y a un combat ce soir, tu veux m'accompagner ?

J'acquiesce avec excitation et moins d'une demi-heure plus tard, nous partons en direction de Roques.

Ma meilleure amie m'avait manqué.

Nous arrivons finalement dans une usine désaffectée, qui est pourtant loin d'être abandonnée. Une tout autre activité s'est installée ici, et personne ne semble étonné de voir une nouvelle tête.

Rim salue plusieurs personnes en les prenant dans ses bras après leur avoir fait un check.

— Tu connais tout le monde ici ? la questionné-je alors que nous évoluons dans la foule.

Heureusement pour moi, les gens ne sont pas serrés les uns contre les autres, ce qui me laisse la liberté de passer sans me faire toucher involontairement.

— Non, seulement les habitués des premiers rangs, les organisateurs et les combattants.

— Oh. Tu vas te battre contre qui, ce soir ?

— Une fille apparemment. On l'appelle Mami Wata[19]. C'est la deuxième fois qu'elle vient et je peux te dire qu'elle porte bien son nom, c'est une vraie guerrière une fois sur le ring.

— T'as peur ?

— Moi ? Pas le moins du monde. J'ai pris le nom de Hurricane[20], tu penses que j'ai peur de Mami Wata ?

Je me marre.

— T'es un ouragan alors ? l'interrogé-je.

— La Rim de la vie quotidienne et la Rim une fois dans la cage, je te jure que c'est pas la même personne.

---

19. Provient des croyances vaudou d'Afrique de l'Ouest et des Caraïbes. Mami Wata est une divinité de la mer associée à la guerre et à la protection des soldats en mer. Elle est souvent représentée avec une queue de poisson et un haut de corps de femme.
20. Ouragan en anglais.

— Prouve-le alors.

Elle m'adresse un sourire en coin quand, justement, un homme vient lui annoncer qu'elle doit monter. Elle enfile ses gants et annonce :

— Prépare-toi à en prendre plein la vue, c'est bien mieux que tes courses de voitures.

Je prends un air étonné.

Comment sait-elle ça ?

— Tu ne peux rien me cacher, déclare-t-elle en disparaissant.

Sous l'ordre de quelqu'un, je prends place sur une chaise posée tout près du ring.

— Mesdames et messieurs, accueillez tous notre championne Hurricane !

La foule est soudain en délire. Tous tapent contre le sol de leurs pieds et crient si bien que je me joins au mouvement général.

— Et maintenant, la petite nouvelle, mais pas des moindres. Vous le savez, elle s'est déjà fait une place auprès du club la semaine dernière. Aujourd'hui, elle réitère : Mami Wata !

Les cris et bruits redoublent alors que la tension monte dans le bâtiment entièrement construit en taule.

— J'espère que vous avez tous parié, parce que ce combat s'annonce serré !

Prise dans l'excitation, je me mets à crier à chaque parole de l'homme qui se tient encore au milieu du ring. Enfin, il se décale.

— Les filles, êtes-vous prêtes ?

Rim et son adversaire hochent la tête en même temps.

— Bien… *Go* !

Il sort alors rapidement de la cage et referme derrière lui à l'aide d'une chaîne et d'un cadenas. L'adrénaline est à son comble alors que déjà, les premiers coups sont envoyés. Je n'ai aucune idée des noms des coups et mouvements qu'elles utilisent, cependant, c'est impressionnant à voir. Chacune ignore la foule, comme si les barrières les séparaient complètement du reste de l'immense salle. Elles sont concentrées sur leurs coups et leurs ripostes. Aucune d'elles n'est blessée pour le moment. Elles évitent les coups de l'autre et je découvre alors une nouvelle face de ma meilleure amie.

Hurricane.

Elle attrape soudain le bras de Mami Wata et le lui tord avec force. Je grimace à la vue de cette violence. C'est fou comme son comportement ici n'a rien à voir avec la personne joyeuse qu'elle est quotidiennement. Celle qui m'appelle « mon canard » est bien à l'opposé de celle qui achève coup après coup sa concurrente. Je reste bouche grande ouverte quand, dans une nouvelle prise pleine de vivacité, elle plaque Mami Wata au sol. Celle-ci saigne du nez et ne se relève plus.

La foule explose dans un cri général – de joie ou de désespoir selon sur qui ils avaient parié. À mon tour, je crie, souriante, pour féliciter ma meilleure amie. Elle s'en sort avec une arcade cabossée qui aura dégonflé d'ici la fin de soirée grâce à la glace qu'on lui procure rapidement.

— Alors ? me demande-t-elle, folle de joie.

— C'était époustouflant.

— Tu veux essayer ?

— Ça va pas ? m'exclamé-je d'une voix bien trop aiguë. Elle t'a pas loupée, t'as perdu un sacré paquet de neurones !

Elle explose de rire et déjà, un nouveau combat commence. Cette fois, ce sont deux hommes plus que musclés qui se font face. Et cette fois, je manque de vomir tant chaque coup est violent et m'aurait déjà flanquée dix fois au sol.

— Comment tu as découvert, pour les *run* ? questionné-je Rim entre deux combats.

— Tu apprendras à fermer les pages Web de ton ordi, la prochaine fois.

Je grimace. Il arrive en effet qu'elle se serve de mon ordinateur, et ça ne m'a jamais dérangée, je ne lui cachais rien.

Sauf ça.

— Je crois que tu devrais assister à une course, toi aussi. Histoire que tu découvres mon univers à ton tour.

— Tu penses vraiment que je t'ai pas suivie ? T'es naïve, se moque-t-elle.

Je lève les yeux au ciel mais la rejoins rapidement dans un fou rire alors qu'un nouveau combat se profile.

Notre relation paraît tellement meilleure quand on est honnête l'une envers l'autre.

Chapitre 53
Dylan

Ma mère est enfin sortie de l'hôpital et pour l'occasion, nous avons décidé de faire simple : un dîner chez moi.

Alors que nous mangeons, le silence s'installe.

— Alors, hum… commencé-je, gêné.

— Je… me coupe celle-ci.

D'un signe de la main, je l'invite à continuer tandis que Megan se tient à mes côtés, silencieuse. Sous la table, sa main se glisse sur ma cuisse et la presse, comme un rappel qu'elle est avec moi et qu'elle m'encourage.

— J'ai beaucoup réfléchi, reprend ma mère d'une voix posée, bien que ses doigts s'excitent sur la table.

C'était compliqué à avaler, comme tout ce à quoi j'ai dû m'adapter. Cependant, tu restes mon enfant.

Déjà, mes larmes perlent au coin de mes yeux. Au fond, même si je savais qu'elle m'accepterait un jour ou l'autre, j'avais peur qu'elle ne le fasse pas avant longtemps.

— Maman… chuchoté-je en reniflant.

— Laisse-moi finir, s'il te plaît.

Je hoche alors la tête.

— Tu as beaucoup changé, c'est vrai. Mais je te reconnais. Je sais que c'est toi. Et je ne t'abandonnerai pas. Je vais avoir du mal à t'appeler de suite mon fils. Peut-être même qu'il m'arrivera de parler d'Annabelle, ou de parler de ma fille. Mais je ferai les efforts qu'il faut, je te le promets. Je ferai les choses aussi bien que je le peux.

J'attrape sa main et la serre entre les miennes.

— Le principal, maman, c'est que tu m'acceptes. C'est que tu essaies. *C'est que tu m'aimes.*

— Je t'accepte. Je vais essayer. *Je t'aime.*

Je me lève et contourne la table pour la prendre dans mes bras. J'aimerais ne plus jamais la lâcher, j'aimerais lui répéter en boucle que je l'aime, que pendant ces dix dernières années, elle m'a manqué. Que ces dix années sans elle étaient l'horreur, et que parfois, j'ai cru que jamais ça ne s'arrêterait, ou pire, que je finirais par l'oublier, la laissant seule, prisonnière de son corps dans une chambre d'hôpital aseptisée.

Retrouver ma mère et découvrir qu'elle m'accepte est la plus belle sensation qu'il m'ait été donné de ressentir.

Megan

Avoir été spectatrice de la discussion entre Dylan et sa mère m'a fait réaliser que si celle-ci est capable de s'adapter à sa nouvelle vie, après avoir passé dix ans dans le coma, je suis capable de faire un pas en avant vers ma nouvelle vie et d'oublier mon passé.

De faire payer ceux du passé.

— Je vais porter plainte, annoncé-je à Dylan alors qu'il s'apprête à se glisser sous le drap du lit, uniquement vêtu d'un caleçon maintenant qu'il peut me révéler son torse sans peur.

Il se tourne alors vers moi.

— *Vraiment ?* s'étonne-t-il avec un sourire sincère.

J'opine du chef.

— Je dois tourner la page. Changer de chapitre.

Je fais une pause.

— Non, en fait, je dois changer de tome. Fermer le livre de mon passé et ouvrir celui de mon présent et de mon futur. Avec toi.

— Quand ? s'inquiète-t-il.

— Maintenant, avant que je perde mon courage.

— Tu es courageuse, Megan. Tu l'as bien montré au fil des années. Mais si tu souhaites le faire ce soir, alors allons-y. Je serai là du début à la fin, OK ?

Je me mords la lèvre inférieure, malgré tout stressée.

Léo m'avait promis qu'il me ferait vivre un enfer si je portais plainte, mais peut-il honorer sa menace à plusieurs centaines de kilomètres ?

— J'ai peur de ce que fera Léo en l'apprenant.

Il grimace.

— Parle de tes peurs à la police. Ce sont les seuls qui peuvent te protéger. Il connaît ton adresse ?

— Non, mais il est intelligent. Il pourrait me trouver.

— Alors tu vas rester chez moi autant de temps qu'il le faudra.

— D'accord.

Je prends une longue inspiration et me relève, motivée.

— Allons-y.

Dylan affiche un sourire fier et attrape ses clefs de voiture. Et, quelques minutes plus tard, nous arrivons enfin au commissariat. Mon cœur bat rapidement, mais je m'efforce de le calmer.

Tout va bien se passer, Dylan est là.

— Bonjour madame, monsieur, nous accueille une policière avec un sourire. En quoi puis-je vous aider ?

Je lance un regard à Dylan qui hoche la tête pour m'encourager.

— Je viens pour déposer une plainte.

— Bien. Quel est votre nom, pour quel motif et contre qui ?

— Megan Egeberg. Pour viol, agressions sexuelles, et violences conjugales. Contre mon ex, Léo Pace.

Elle hoche la tête, l'air sombre.

— Je suis désolée. Nous allons passer derrière. Avez-vous quoi que ce soit à voir avec cette affaire, monsieur ?

— Non, affirme Dylan. Mais j'aimerais accompagner Megan si c'est possible.

— S'il vous plaît, ajouté-je.

— Venez.

Nous la suivons jusqu'à une salle isolée phonétiquement tandis que l'un de ses collègues la remplace à l'accueil.

— Asseyez-vous et racontez-moi tout. Prenez votre temps si c'est nécessaire. Mais avant ça, sachez que je vous crois.

Je ne m'attendais pas à tant de soutien venant d'une policière, tant il est rare de rencontrer un agent qui ne remet pas en cause notre crédibilité.

— Je peux vous poser une question ? demandé-je.

— Bien entendu.

— Pourquoi vous me croyez ?

— Pourquoi en serait-il autrement ? rétorque-t-elle d'une voix douce.

— Parce que j'ai lu tant de choses qui dénonçaient les policiers refusant les plaintes pour ce type de délit…

— Et je suis navrée que ce soit le cas. Pour répondre à votre question, je suis entrée dans la police précisément pour foutre les criminels comme mon père et votre ex derrière les barreaux.

Sa confidence me rend bouche bée.

— Je suis désolée que vous ayez vécu ça.

Elle baisse la tête, les yeux brillants, avant de la relever.

— Pas moi. Parce qu'aujourd'hui, j'ai assez de pouvoir pour les mettre en prison, au moins temporairement. Ça marque, ces choses-là.

— Merci de vous être dévouée à une telle cause.

Elle sourit puis me demande de tout lui raconter. L'idée d'être crédible me permet de le faire facilement, comme si elle était pour moi une confidente.

Lorsque j'ai terminé, ses yeux passent de Dylan à moi.

— Et aujourd'hui, quelles en sont les conséquences ?

— Je déteste être touchée sans mon accord explicite, même serrer la main est devenu plus que désagréable. Si cela se produit, même par accident, je risque de faire une crise d'angoisse. S'il y a beaucoup de monde, aussi. J'ai eu peur de retomber amoureuse, et de construire des relations amicales. Plus généralement, j'avais peur des hommes.

— Avais ?

— Avant de rencontrer Dylan et de comprendre que ce que j'ai vécu avec Léo ne va pas recommencer parce que je tombe amoureuse d'un homme.

— Bien. J'ai tout ce qu'il me faut venant de vous. Et je ne devrais pas vous le dire, mais parce que je sais que cela vous rassurera, je vais quand même le faire. J'ai cherché son nom dans la base, et vous n'êtes pas la première à porter plainte contre lui pour ces motifs. En fait, vous êtes la cinquième, et aucune de vous n'êtes liées par autre chose que lui. Il a déjà écopé de prison avec sursis et été en garde à vue, mais cette fois, ça ne suffira pas. Il y a de grandes chances pour qu'il passe plusieurs années en prison au vu de la récidive. Si ça ne tenait qu'à moi, il y finirait sa vie, malheureusement ce n'est pas de mon ressort. Je vous recontacterai lorsque nous aurons plus d'informations. En revanche, attendez-vous à ce que la suite se fasse à La Rochelle, puisque tout s'est passé là-bas.

Sans pouvoir me retenir, je fonds en larmes.

Il est fort probable qu'il aille en prison.

C'est tout ce dont j'ai rêvé pendant toutes ces années de souffrance, et enfin, on me l'offre. Dylan me prend dans ses bras alors que je me libère de toutes mes peurs, de tous mes traumatismes, et de tout mon passé.

— On va gagner, chuchoté-je à Dylan.

— Oui, princesse. Je suis fier de toi, tu as réussi. Tu es incroyablement forte.

Je le serre plus fort encore dans mes bras. Rien n'est encore gagné, mais j'ai le sentiment que rien ne pourra le sauver. Pas avec autant de témoignages. Si nous sommes cinq à avoir porté plainte, combien d'autres encore ont subi à cause de lui ? Je ressens soudain tant de dégoût et de haine envers Léo, tant de tristesse pour les autres victimes de ce connard.

Mais je ne peux m'empêcher de me sentir enfin libre.

Enfin aimée.

— Je t'aime, Dylan, chuchoté-je soudain, ma tête posée sur son épaule.

— Je t'aime à l'infini, Megan.

Je me suis relevée et je suis tombée amoureuse de lui. La boucle est bouclée.

Épilogue
Megan

Deux ans plus tard

Il y a deux ans jour pour jour, j'ai porté plainte contre Léo. Il y a un an jour pour jour, il a été condamné à vingt ans de prison ferme. Je revis. Je suis libre, heureuse, et amoureuse.

Il y a deux ans, j'ai enfin dit à Dylan que je l'aimais. Et aujourd'hui, nous commençons les démarches d'adoption. Ce ne sera pas facile, d'autant plus que notre couple est atypique : aucun de nous n'est fertile.

— Bonjour, nous accueille un homme de la quarantaine. Vous êtes Dylan et Megan, c'est ça ?

— Oui, exactement.

— Bien.

Le rendez-vous se passe tranquillement, l'homme nous pose pas mal de questions, et nous devons lui filer une tonne de documents en tout genre. Qui pourrait s'imaginer qu'adopter est si difficile en France alors que des centaines d'enfants attendent encore de trouver des parents aimants ?

— Tu en penses quoi ? On va réussir à ton avis ? me questionne Dylan, stressé.

Je lui prends la main.

— Ne doute pas de nous, on était super. Notre dossier est en béton, aucune raison qu'ils nous le refusent, même si ça risque de prendre des années.

— Et s'ils refusent ?

— On ira adopter à l'étranger. Je ne me laisserai pas faire.

— Tu regrettes ton ablation ?

Je secoue la tête.

— Non. J'ai toujours eu peur de la grossesse et j'ai toujours voulu adopter, il me semble. Et puis, ça n'aurait rien changé, tu ne peux pas faire d'enfant non plus.

— On aurait pu trouver un donneur.

— Je n'en aurais pas non plus eu envie.

Il acquiesce et me proposer d'aller au *fast food* du coin. Il est vrai qu'après une telle épreuve, le gras des frites et du burger ne pourra que nous aider à nous sentir mieux.

* * *

Quatre ans plus tard

Quatre ans.

Quatre années à se battre pour adopter un enfant.

Et enfin, notre demande a été acceptée pour Arthur, quatorze ans, enfant difficile, mais surtout en manque d'amour. Nous aurions pu prendre un bébé, mais quand nous avons vu sa fiche, en voyant qu'à ses six ans, il avait perdu ses parents biologiques dans un incendie, et que depuis, il a changé de foyer des dizaines de fois, nos cœurs ont décidé que c'était lui que nous voulions comme enfant.

Je n'oublierai jamais comment ses yeux se sont mis à briller quand nous lui avons annoncé que nous voulions l'adopter, mais que pour ça, il devait nous montrer que lui aussi allait faire des efforts avec nous. Il a accepté, surtout lorsqu'il a reconnu Dylan des réseaux sociaux et a décidé qu'il ne pourrait pas avoir de père plus cool que lui.

Je ne lui en veux pas de ne pas s'intéresser tant que ça à moi. En fait, je le comprends. Dylan est devenu si connu que nous sommes constamment en déplacement partout dans le monde pour des conventions automobiles et même pour des *fashion weeks*.

De mon côté, je suis passée en télétravail pour continuer à bosser pour G-RACE tout en suivant Dylan où qu'il aille. L'entreprise a tellement grandi qu'aujourd'hui, les voitures se vendent avec une marge quatre fois plus élevée qu'à ses débuts, et notre carburant est distribué dans toutes les stations-service. Les chercheurs travaillent à présent sur un carburant vert pour les poids lourds, et les tests promettent un résultat probant d'ici peu.

Maintenant qu'Arthur va rejoindre la famille, nous allons limiter nos déplacements un maximum pour lui offrir une stabilité et une vie de qualité, bien que nous ayons prévu de l'emmener en voyage avec nous pendant les prochaines vacances scolaires.

— Salut, Arthur ! s'exclame Dylan lorsque celui-ci entre dans le bureau du centre d'adoption.

— Salut, Dylan ! Ça y est, t'es mon père ?

— Attends, nous devons encore signer le document. On voulait que tu sois là.

Notre fils affiche un grand sourire et se précipite vers nous.

— Vite. J'attends ça depuis si longtemps, putain !

— Langage ! le reprend Dylan.

— T'es pas mon père ! rétorque Arthur avec un sourire en coin.

Pas de doute, ces deux-là étaient faits pour se trouver.

Je signe le document et le tends à Dylan, qui le signe à son tour.

— Maintenant, si.

Arthur saute dans les bras de son père et m'invite à me joindre à eux. Je le fais avec plaisir, les larmes aux yeux. Ma famille s'est officiellement agrandie, et je n'aurais pas pu rêver mieux.

— Merci de nous avoir donné cette chance, dis-je à la femme du centre.

— Vous avez su montrer vos motivations, affirme-t-elle. Je n'ai rien à voir là-dedans.

Je souris puis nous quittons cet endroit, enfin considérés comme une vraie famille. Parce qu'évidemment, sur un coup de tête, Dylan m'a demandée en mariage, il y a deux ans. C'est bien son genre, et même si je ne le voulais pas à la base, j'ai bien conscience que cela nous a largement avantagés dans notre démarche. Et que je n'avais pas si peur que ça de m'engager auprès de lui.

Rien ne me fait peur lorsque c'est de Dylan que l'on parle.

Parce que nous nous sommes relevés ensemble.

Remerciements

Heart Racing est apparue dans ma vie il y a quatre ans. J'avais seulement quinze ans. À ce moment, je commençais tout juste à écrire sérieusement, et pour être plus précise : *Heart Racing* est la première histoire totalement fictive dans laquelle je me suis lancée.

À cette époque, l'histoire était bien différente de celle qu'elle est aujourd'hui. Concrètement, en dehors des prénoms de Megan et de Dylan ainsi que l'idée que cela se passerait dans l'univers des courses urbaines, il n'y avait rien de similaire. Cela ne se passait pas à Toulouse, Rim n'existait pas, le passé de Megan et de Dylan non plus… Bref, j'ai fait un long chemin depuis (et on ne parlera pas du nombre de versions que cette histoire a connues…).

À cette époque, j'étais loin de penser qu'un jour, *Heart Racing* trouverait sa place sur les étagères des librairies, au milieu de tous mes livres préférés. Et pourtant, quatre ans plus tard, m'y voilà.

Devenir une auteure publiée, c'était un rêve que j'avais depuis très longtemps, mais je savais à quel point c'était dur de mettre un pied dans cette industrie. Mais j'étais déterminée. Déjà à l'époque, l'écriture était un moyen pour moi de vivre des vies tellement lointaines de la mienne.

Alors je me remercie d'avoir continué à y croire, d'avoir abandonné environ mille fois *Heart Racing* pour enfin le reprendre à zéro en 2023. Cette fois-ci, je voulais le terminer, c'était ça ou rien. Et je l'ai fait. C'est cette version que vous tenez aujourd'hui entre vos mains. Et bordel, je m'en remets pas encore. Cette histoire qui est née dans ma tête en 2019, est enfin en librairie.

Bordel de merde, je l'ai fait.

Maintenant, je dois remercier toutes les personnes qui m'ont entourée.

Commençons par ma famille.

Ma mère qui, même si elle n'aime pas trop le genre que j'écris, lit chacun de mes romans.

Ma grand-mère qui, alors qu'elle n'aimait pas lire, s'est empressée de lire le roman que j'avais imprimé. J'aurais aimé que tu puisses avoir celui-ci dans tes mains. J'espère que tu es fière de moi, de là où tu es maintenant.

Et tous les autres pour avoir été fiers lorsqu'ils ont appris que j'allais publier un roman. Merci, mille fois.

N'oublions pas mes amis.

Julie, qui ne lit jamais mes romans alors qu'elle est la première à qui je les envoie (croyant encore qu'elle va les lire…), mais qui est mon plus grand support émotionnel, je sais pas ce que je ferais sans toi. Tu es littéralement *la* personne que je vais voir quand j'ai un doute, un truc à dire (même le plus nul du monde) et à chaque fois, même si je te fais franchement chier, tu m'écoutes et tu m'épaules. Je pourrais probablement t'écrire un roman mais on va faire simple : merci. Et même si on est vraiment mauvaises pour montrer notre amour, je t'aime (beurk, arrache cette page, s'il te plaît).

Sam, qui est fidèle à Hugo mais qui, pour moi, n'hésitera pas à avoir du Nisha dans sa bibliothèque. Je prends ça comme une preuve d'amour venant de toi… À notre amitié rentable beaucoup trop souvent, t'es trop utile à ma vie alors juste pour ça : merci.

Marie-Charlotte, que j'ai rencontrée par hasard il y a un moment mais qui ne m'a jamais lâchée et qui est toujours là quand j'en ai besoin. Merci pour ton soutien et pour avoir fait la sublime illustration de *Heart*

Racing en respectant toutes mes demandes alors que j'étais hyper chiante.

Sarah, ma première lectrice et surtout ma plus fidèle. Tu as connu *Heart Racing* dans sa première forme, et tu es toujours restée à mes côtés. Merci d'avoir cru en moi, merci d'être là à chaque nouveau projet farfelu que j'entreprends. Merci pour tes larmes, tes sourires et tes updates à des heures pas possibles.

Manon, qui suit chacun de mes romans depuis quelque temps maintenant. Tu me fais toujours sourire à chacun de tes retours et surtout, tu es un véritable soutien. Peu importe que ce soit dans l'écriture ou sur les réseaux sociaux, tu m'épaules constamment. Merci pour ces quelques mois à tes côtés, en espérant que notre amitié va prospérer.

Léane, qui a été une bêta-lectrice de qualité pour de nombreux projets et notamment pour *Heart Racing*. Merci pour tes modifications toujours utiles.

Et à tous les autres que j'ai rencontrés sur le BookTok, qui ont montré tellement de soutien lorsque je leur ai dit que *Heart Racing* était sous contrat d'édition. Je ne vais pas commencer à donner des noms parce que je suis persuadée que je vais en oublier. Alors vous vous reconnaîtrez, j'en suis sûre. Je vous aime.

N'oublions pas non plus l'équipe Nisha Et Cætera, sans qui ce rêve n'aurait pas été réalisé. Merci d'avoir cru en moi et en l'histoire de Megan et Dylan, malgré la difficulté des sujets qui y sont abordés.

Lydie, la graphiste qui a su m'offrir ma couverture de rêve, suivant exactement ce que j'ai demandé.

Coralie, mon éditrice, qui m'a accompagnée pour ce premier roman. Merci pour ta gentillesse, et tes mails toujours remplis de bonne humeur.

Yungblud, Dom, Dominic Harrison… Bref, mon artiste préféré de tous les temps. J'ai mis longtemps à te trouver, mais maintenant, je ne te quitte plus. Et même si tu ne liras jamais ces remerciements, merci. Merci de m'avoir sauvée, merci d'avoir sauvé tous ces gens qui ont souffert. Ceux qui, comme Megan, ont vécu des choses horribles, et ceux qui, comme Dylan, ont dû apprendre à s'aimer dans une société où ils sont trop peu acceptés. Dans ce roman, j'ai espéré que les choses soient plus faciles, même si la réalité est bien moins simple. Merci de me faire sourire, merci de faire sourire toutes les personnes qui en ont besoin, juste en étant toi-même. Keep going, Ilysm <3

Et enfin, à vous, les lecteurs.

Merci d'avoir cru en moi, en mon histoire. D'avoir décidé de prendre mon roman plutôt qu'un autre en librairie. De l'avoir même précommandé pour certains… Bref : merci de m'avoir lu. J'espère que vous avez passé un excellent moment avec Megan et Dylan. Si vous avez aimé (ou non) votre lecture, n'hésitez pas à me faire des retours, à me taguer, à donner votre avis sur les sites de vente en ligne…

Promis, on se retrouve bientôt…

Célia <3

Mes réseaux sociaux :

Instagram : @celia.blomgren et @celiasbookshelves
TikTok : @celiasbookshelves
Wattpad : @celiablomgren

@nishaEtcaetera est sur les réseaux sociaux :

RdV sur nos pages pour du fun, des cadeaux, des promos et pour découvrir tes auteures en off !

On a hâte de papoter avec toi :)

Vous avez un manuscrit de romance
à nous proposer ?

Foncez !

Envoyez-le-nous à cette adresse :

manuscrit@editionsopportun.com

Imprimé en France par CPI Firmin-Didot
en décembre 2023
N° d'impression : 177713
ISBN : 978-2-38015-867-0
Dépôt légal : janvier 2024